不是每个故事都有结局◎

王豕／著

CNS 湖南文艺出版社 HUNAN LITERATURE AND ART PUBLISHING HOUSE 博集天卷 CS-BOOKY

前 言

二〇一五年六月一日，本人正式拉开了此生第一本书的写作帷幕。

其实，这并不是我真正意义上的开始动笔，第一笔早在二〇一二年十二月二十八日就写下了。别以为是什么记忆犹新，只是我从数以千计的奇怪文档中把它翻出来时，看了一眼创建日期而已。

我并不理解跟我接头的这个编辑哥们儿为何走位如此风骚，竟然突发奇想，无比诚恳地来发掘我这方面的潜能。于是，我执着地认为，一定是出版工作压力太大，他有点思维错乱，导致决策出现了错误。可是，我原谅了他，他貌似也接受了我的体恤，我们在亲切友好的气氛中欣喜地交换了意见，并快速落实了这整件事。然而，到目前为止，我一直觉得，从勾搭到定案如此神速的原因，是我俩都怕对方反悔。

这本书开始的名字叫《那边》。为什么叫《那边》？原因很简单，本书讲的是发生在法国的故事，法国相对于中国，不就是山的那边、海的那边吗！这是一个多么酣畅淋漓、言简意赅、快意恩仇的名字呀！

编辑问："名字啥意思？"

我愣住了，因为一时间真的想不出一个高大上且说服力极强的理由来。可是，学了这些年当代艺术，什么真材实料也没学着，虚头巴脑倒是学会了不少，一牵扯到长篇大忽悠，就怎么假大空、怎么云山雾罩怎么来，不但可以光明正大地凑字数，而且内容也可以显得扑朔迷离、牛×闪闪，还可以美其名曰"艺术中的哲学"。于是，按照国际惯例，我给了他一个我自己颇为满意的解释："在法语里，'那边'这个词叫Là-Bas，Là-Bas的另一层含义就是彼岸，遥不可及的地方，或者，另一个世界。当然，并不是特指地狱，也可能是平行世界……"话还没说完，他连思索都懒得思索，就毅然决然地说："名字不行，换一个！"

我看到如此斩钉截铁的否决，不但没有挣扎，反而毫不犹豫地放弃了自己的想法，谄媚地问："你说，换啥？"

他："《痛过，才是青春》。"

我："其实也并没有很痛……"

他："《青春是没有返程的旅途》。"

我："Please……"

他："《来到这世界，只为遇见你》。"

我："你不觉得这是《从×××的世界×过》和《当×××时，××遇见你》生出来的怪婴吗？"

他："《愿你幸福，如花盛开》。"

我："……"

他："《一个人也要好好的》。"

我："不如叫《要名字没有，要命一条》。"

然后，我俩陷入了一种隔空对视且谜一样的尴尬。

网络交流就是这一点好，可以显得情商很高，如果当时面对面，我一定会控制不住自己灵活健硕的眼轮匝肌和走位飘逸的眼珠子，冲他翻白眼的！

最终，我们双方同时选择采用"再说"这个充满诡计感、极具社交礼貌的词来敷衍对方，才勉强平息了这场风花雪月的斗争。

那天签约后，我从出版社出来，慷慨地奖赏自己不坐地铁，潇洒地打了辆黑车回窝。到家后，我高调地沐浴更衣，打开电脑，仪式感极强地写下了三个字："第一章"。

然后呢？然后我仔细地回复了朋友圈每个好友的动态，刷了半小时微博，把洗好的衣服晒了，吃了两块西瓜，把猫抓来蹂躏了一番，破天荒地翻出一片快过期的面膜敷了起来，看了半集《银魂》，忽然稍感倦意，我安慰自己说："文字工作者都是夜晚工作的。"于是，我睡了。

这一睡，一周都没怎么清醒。

是个留学生似乎就有个要写留学故事的梦想，我是个俗人，不能免俗地在二〇一二世界末日预言被疯狂打脸后没几天，就决定写点什么，在下个世界末日到来前，用来装饰一下我在这片土地上混吃等死的光辉岁月。好吧，其实就是闲得难受。

周围人写出的不同版本的故事的开头，我都看了不下五六个了，能让人看进去的并不多。但是，我不会劝他们弃笔，因为我知道，反正他们也写不下去。

果真，不久后，泡妞的泡妞，补考的补考，实习的实习，代购的代购，折腾的折腾，赚钱的赚钱。只有闲得难受的我，一直对这个梦抱有一丝残念。

其实，回国三个月后，我就完全记不清在法国生活的细节了。并不是我真的已经善忘至此，而是人总是会刻意地去回避和选择性遗忘一些让人纠结、蹉跎的记忆。如若不是这次的机缘，不晓得这个故事还要沉默多久。于是，慢慢地有了这个时间跨度很大，几度被遗忘且埋藏，但最终还是被讲出来的故事……

但听故事，莫问真假。

目　录

于一是我，也不是

于一是我，也不是；

于一是某部分的我，也不是；

于一是一个美好的我，也不是；

于一是一个旁观世界的我，嗯，是……

给于一起名字的，是她爹。能取出这种名字的人，要么是文盲，要么是文人，很不幸，于一的爹貌似为后者。

这个“出类拔萃”的名字诞生的过程并不顺遂，可谓一波三折，但是还好最后曲径通幽。于一的妈得知自己怀孕并且和丈夫分享这个喜讯的时候，于一的爹就已经开始为名字筹划了。由于于一的爷爷是个老革命，所以她家并没有族谱被继承。于是，她爹翻遍《辞海》、《辞源》、四书五经、唐诗宋词来寻找心仪的字；思考从立意、音韵、形态、命理、谐音、审美情趣、流行趋势、别出心裁等各个方面展开；预计起名范围会从几千个逐步缩小为几百个，然后淘汰为几十个，继而角逐出几个，最后众人投票产生那个“唯一”。然而，这一切都只是美好的设定而已。

两句话概括一下：第一，于一的爹是个严重的拖延症患者；第二，于一的妈预产期提前了。嗯，是的，于一早产了。所以，直到于一的妈从生产的精疲力竭中清醒过来，提醒抱着女儿欣喜若狂的丈夫，他俩的孩子还是个无名氏时，她爹这才发现起名并未完成。再怎么说，文人就是文人，经过半盏茶的工夫，出生证明上就有了这个让人一头雾水、言简意赅却又高深莫测的名字——于一。

按照于一的爹当时对众人的解释，这个名字简直就是融五千年中华文明于一身，集各家各派智慧之大成，什么“道生一，一生二，二生三，三生万物”“昔之得一者：天得一以清；地得一以宁；神得一以灵；谷得一以盈，万物得一以生；侯王得一以为天下正”“一花一世界，一叶一菩提”。

于一有了独立思考的能力后，严谨地回溯了这个问题，最后她得出结论：这理论体系漏洞也忒大啦！不然之前道家来道家去，怎么又冒出个佛家的“一菩提”？套路不对呀！

无论起因如何，于一个人还是很欣赏这个结果的。得益于名字只有四画，而且四分之三是横，她是班上最早学会写自己名字的小朋友，而且写得最工整，为此还拿了小红花。还有，恰巧是这个简单的名字，让当时智力发展水平有限的同学们也没办法借由她的名字给她起什么无聊的绰号，并且也没遇到什么严重的重名困扰。

唯一的困惑就是这个名字实在太缺少性别特质，男女皆可。不过，这个困惑在于一芳龄十二三岁以后也就土崩瓦解了，因为大家都觉得这个不男不女的名字实在是很搭配于一雌雄莫辨的性格，纷纷赞美于一的爹如此具有前瞻性。反倒是于一的爹开始反思自己这个名字取得是不是真的恰当，也许叫个芬、芳、丽、秀之类女性气息浓郁之名，女儿的性格会稍微婉约一点？并且像煞有介事地对于一进行“售后回访”。于一只回复了两个字：不改！此事也就不了了之了。

于一让人觉得莫辨的不只性别，还有整个人，她的频道和时间轴似乎总是跟常人不太一样。高中时，别人都在读书，她在恋爱；到了大学，别人都开始恋爱，她却满世界地做兼职，之后甚至找到了一份自由时间的全职工作；眼瞅着要毕业了，大家都开始准备找工作，她忽然决定出国读书。是的，于一经过整整一下午长时间的思考，决定了一件事，一件非常符合她的性格，可是所有人都无法理解的事情，特别是她爹——辞职出国，认识自己。

认识自己是动机，出国留学是途径，貌似这个动机和途径并没什么必然联系，但是在于一看来，彻底离开原本生活的环境，避开所有的惯有模式和既定结论，抛弃所有成绩和光环，放下所有历史和过往，用现如今相对成熟的逻辑和思考能力，重新从心开始去认识自己，才有可能真的离自己更近一点。然而，这也仅仅是“有可能”。

可是，为了这个可能，她乐意一试，因为在她看来，人生没有必须要走哪条路，没有必然要到达的终点，人生就是一个过程，其组成就是各种各样的经历和体验。如果连自己都不认识自己，那么这些经历和体验又是建立在哪个本我的基础上呢？

Γνώθι σεαυτόν（认识你自己），这是刻在阿波罗神庙上的三句箴言之一，相传是苏格拉底说的，也有人说是出自泰勒斯。尼采在《论道德的系谱》的前言中也针对“认识你自己”说过：我们对自己必定仍然是陌生的，我们不理解自己，我们想必是混淆了自己，我们的永恒定理是“每个人都最不了解自己”。

大多数人不认识自己，不知道自己是谁，要做什么，如何去做。其实，人生中的大多数悲剧都源于此。有些人对此感到迷惑，从而思考渴望得出答案，一生探索；而大部分人则是浑浑噩噩，甚至拿别人的人生规划和理想作为自己的。人们总会思考：也许我过上了那样的生活，我就会很幸福。于是，最多人去模仿的那个模式，就成了普世价值观推崇的大众标准，让那些空空如也的躯壳可以假装这就是自己的灵魂，从而自我欺骗。

真相呢？真相就是大家往往都不怎么幸福。因为内心不会纵容你去自我欺骗，你总会觉得哪里不对，像是有个洞，怎么也填不满。原因很简单：你在过别人的人生，在满足自己并不需要的欲望，在奋斗自己并不在意的成就，在经历自己并不在意的故事。

于一不想从生到死都在错位的人生中挣扎，于是，去认识自己，对于一来说，此道势在必行。

一路向西

东一区时间凌晨，飞机在戴高乐机场降落，于一抵达了巴黎。国内还是烈日炎炎的夏末，巴黎的清晨已经让人瑟瑟发抖了。经过一路折腾，到了马赛已经接近傍晚。

马赛在法国南部，地中海沿岸，天气和巴黎简直不在同一个季节里。相对于萧瑟的巴黎，这里依然充斥着夏日的气息，夕阳透过天窗射进室内，光影斑驳地折射在墙面和地面上，最终笼罩着整个车站，让空间显得巨大而炫目。人群安静且迅速地移动着，川流不息，井然有序。

预订好的华人家庭旅店的老板娘按照约定的时间来到火车站接于一，带她前往旅店。办理完入住登记，入房，上床，于一这才长长地松了一口气：“终于到了。”

华人家庭旅店是国人圈子里的特色，这些旅馆一般是当地的一些留学生或者定居者利用自己的寓所，面对华人游客和学生开设的有偿借宿服务。所谓的旅馆，往往就是一套几室几厅的公寓，或者几个套间，每个房间有几张床，有的按照床位付费，有的按照房间付费，但是，价格比一般酒店便宜很多。而且，优势不仅仅是便宜，对一些初来乍到的人来说，更多的是可以提供很多便利信息。房东一般通过在华人论坛发广告来宣传揽客，客人在网上通过邮件或者直接电话预订。因为往往是无执照经营，所以是不会挂招牌的，地址也相对隐秘而复杂，一般是你到了之后，他们会派人去车站接你。恰逢暑假过了，没什么游客，于一很是幸运，虽然她只租了个床位，每天二十欧元，却独自享受了整个单间。

接下来，于一的首要任务就是找房子。在法国，无论是办理学校注册，去警察局办理居留，去银行开户，还是去通信公司拉宽带、签手机，都需要提供住址，所以，有一个稳定的居所是接下来一切事务的前提。对于找房子这件事，于一有点无从下手。小旅馆老板娘的一句话提醒了于一，她说：“你可以去学校的公告栏上贴一个求租的告示，说不定有学生刚好退租。”

于一觉得这是个好主意，于是第二天一大早就去了学校。并没有正式开学，学校人迹寥寥，来往的人都是来办手续的，于一也无心逗留，仅仅把头一天晚上写好的告示贴好就匆匆离开了。由于没有手机，于一留的是旅馆的电话。回到旅馆后，还没到中午，老板娘就进来叫她，说有她的电话，对方是个中国人。于一接起电话，一个女孩子说，自己看到了于一的求租信息，自己因为走得急，合同没到期，因此需要找人顶租。房子是合租的，三室一厅，在市中心，离学校步行十五分钟，每个月房租算上杂费，三百五十欧元。这套房子是专门出租给留学生的，因此不需要提供担保人。她们当即约好下午看房。到了才知道，房间一大两小，主卧四百五十欧元，剩下的每间三百五十欧元。这个女孩要于一顶租的就是其中一间带阳台的小卧室。

在法国租房是很有规矩的，大部分房子除了必须提供担保人之外，带家具的房子如需退租，需要提前一个月写挂号信通知房东；不带家具的房子如需退租，则需要提前三个月写挂号信通知房东。大部分房东是接受找人顶租的，就是说，如果你急着走，又马上找到了下家，就可以不必赔付违约金。这个女孩要换学校，录取通知书刚刚才下来，所以急着搬家，又不想损失一个月房租，就想找人顶租，今天去学校拿些材料，刚好看到于一的告示。

于一觉得房子很合心意，价钱也合适，就答应顶下。这个女孩让于一先搬进来，自己马上联系房东，约好次日见面签约。于一看到另外两个房间还是空的，就顺嘴问了一句。女孩说这两间租出去了，具体情况她也不知道，不过她让于一放心，这套房子是只租给女孩子的。

其实，除了一些有洁癖的房东比较嫌弃中餐的油烟对房子的损毁，不乐意租给中国人外，大部分房东还是很喜欢租房给中国留学生的，尤其是女孩子，因为信誉好，从不拖欠房租，以及安静不喜滋事。

看完房，于一就匆匆回了旅馆，结账拿行李，正式入住了在法国的第一个窝。那个女孩很友善地带着于一到处转了转，告诉她哪个超市便宜，哪条路去学校近，商业区要怎么走，去大型超市要坐几路车。晚上，两个人找了个土耳其肉夹馍的小摊，一人要了个四欧元的肉夹馍，大快朵颐。从此，于一便深深地迷恋上了这种小吃。

第二天，房东如期而至，是一对老夫妻，人很和蔼。大部分时间是女孩在和房东交流，于一只是在一旁听着，回答一些简单的问题。从对话中，于一大概得知，两间空房的其中一间预留给了国内某留学中介的境外服务机构了，他们安排了一个女孩子来住，大概过几天就能到。另一间大的假期前就已经租出去了，租客回国过暑假还没回来。

说到留学中介的境外服务，其实大多是承包给比较能折腾的留学生来做的。所谓境外服务，就是帮那些刚来的学生开始在法国的生活，接机、找房、银行开户、办理入学手续，甚至教他们买手机、办理网络等等，一应俱全。对初来乍到、人生地不熟、语言比较差的学生来说，这绝对是个必要的服务。对那些语言好、适应能力强、能折腾的学生来说，就真心没必要了。

合同签完了，于一有了地址，于是马上冲到银行预约开户时间，约会定在两天后。于一松了口气，可算不用整日揣着一张现金支票和一些大钞提心吊胆地过日子了。两天很快过去，第三天去了银行，客户经理接待了于一。客户经理说话相当书面，加上大量的专业术语，让于一一头雾水。经过一番手舞足蹈，于一最终大概明白了流程和内容，开了户，存了钱，松了气。有了账户和支票本，接着马上去签了一部手机，然后就是办理报到手续，缴纳学费、保险。

于一感觉来法国的日子跟过关打怪似的，一件事情接着一件事情，一环扣一环，没有一刻消停。每过一关，就松一口气，却发现还有更麻烦的跟在后面。注册完回到家，上楼刚到门口，于一就发现门口摆着几个行李箱，心想，估计是其他租客来了，然后默念，可别是什么奇形怪状、很难相处的人呀。

开门进屋，发现一个长相让人过目就忘的男子正在跟房东连手带脚地比画交流着，那法语烂得连于一这种水准都觉得不忍直闻。这个男子身后站着一个女孩子，一脸初来乍到的样子。很明显，这个男子是留学中介的境外服务人员，身后这个女孩子是他带的新生。沙发上坐着另一个女孩，一脸轻车熟路的疲倦，这应该就是那个暑假前就租下房子然后回国的女生；与此同时，她用几乎跟于一一样尴尬的表情看着男子和房东鸡同鸭讲。终于，她忍不住站了出来，帮忙表达了男子用尽肢体语言和表情语言也并没有很好传达的内容，于一和新生都松了一口气。

看样子租约是搞定了，男子离开了。三个女孩面面相觑了一下，那个老练很多的女生带着老鸟特有的淡然打破了僵局，说："你们叫什么？我是董蔓荷，草头董，草头蔓，草头荷。"

只是因为孤独

“你五行缺草吧？”这是于一对董蔓荷说的第一句话，然后三个人都愣住了。可能在这三人中，唯独那个新来的女孩是因为有点错愕而愣住的，而两个当事人则都是在琢磨：这句话何其牛×，有种高端且猥琐的奇异幽默感。

董蔓荷坐在张牙舞爪的于一旁边，显得那么斯文。人果然是需要对比的，她们虽然拥有类似的家庭出身和背景，可是性格迥然至此：一个特立独行，一个恬淡如烟。

董蔓荷的人生迄今为止都是中规中矩、按部就班的，她甚至没有早恋过，从来都是“别人家的孩子”，算得上传统意义上品学兼优的好女孩。她有颇有社会地位的父母和优越的家境，也有良好的教育背景、似锦的前途，以及高大英俊、爱她爱得要死要活的前男友。

但她骨子里是个纠结的人，言行规矩但是内心澎湃，渴望另类、不凡和自由，所以，她对奇葩及其言行的容忍度极高，更何况于一这种让人虎躯一震、眼前为之一亮的无心之失。这一句话就让董蔓荷彻底喜欢上了于一这个频率不正常的妖孽，而蔓荷对这句话的态度则让于一彻底拜服在她的气度之下，因为被于一某句无心之失憋出内伤之后，对其怀恨始终的“玻璃心”，累计起来应该已然超过一个加强连的人马了。这导致于一很欣赏这种抗打击能力奇强的人，她觉得自己有义务靠近这类“奇行种”。

蔓荷的性格形成和家庭估计脱不了干系，她很小的时候，父母就离异了，没过几年父亲就再婚了，跟现任妻子生了个妹妹。大学录取通知书到达那天，母亲告诉了她自己也准备再婚的消息后，蔓荷一个人枯坐在小时候爸妈没分开时他们家的旧宅门口生锈的秋千上，整整一个下午，直至现在的住客警惕地出来询问她是谁、想干什么时才被迫离开。

父母离婚时，蔓荷并没有如此绝望过，一是因为年纪小，二是觉得即使父母分开了，也还是自己的父母。接下来父亲再婚，她至少还有母亲，而现在再婚的母亲让她彻底感到，家没了。

在大学阶段，蔓荷每天上坟般地阴郁。原本就早熟的个性让她并不太合群，新的环境、疏离的人际关系和母亲对她彻底的“抛弃”，导致她的人生似乎一下子进入了一种悬浮状态，摸不到顶，也触不到底。她总是在失落，会莫名其妙地陷入崩溃的负面情绪中，感觉穿着别人的衣服，生活在别人的轨道，甚至经常灵魂出窍似的觉得这躯体都不是属于自己的。

大四的某一天，她无意中在朋友圈看到一个学长留学后的惆怅感言，内容大概是感慨异国他乡无亲无故、孤独寂寞冷、重新开始多艰难之类的废话。那一瞬间，蔓荷忽然决定，她要出国。

她的动机非常妙：也许在每个人都孤独的环境里，自己的孤独就不会显得这么刺眼和尴尬。这是一个多么神奇且愚蠢的动机呀！可是，在蔓荷这样的孩子看来，能让自己的形单影只不那么突兀，就已经是万分奢侈了，蠢不蠢已经不重要了。于是，她着手申请去法国留学。当然，除了那个让人无法评价的动机外，必然有一部分原因是为了跟林夏分手。

董蔓荷一天都没有爱过林夏，从开始的那一天起的三年里，林夏的存在似乎只是为了让她的孤独显得更加讽刺而已。林夏是蔓荷的学长，长得高大威猛，一脸正义凛然，跟蔓荷家境相仿，可谓门当户对，对蔓荷好的方式虽然没什么建设性，但至少是掏心掏肺的。他经常带着水果、点心或者小礼物，徘徊在董蔓荷的宿舍楼下，然后一条短信过去，故作潇洒而忙碌地说："你下来拿一下东西，我马上还有系会要开。"

学生时代的我们都在做梦，做各种梦，企图在梦境中实现自己学生时代对成人世界的所有憧憬和幻想：进入学生会这种莫名的组织，就以为自己站在权力的巅峰；参与各种儿戏般的校园活动，就以为自己玩转了社交；身边有几个被荷尔蒙严密控制了智力的追求者，就以为自己是风华绝代的名媛；买了一部领先于宿舍室友的手机，就以为自己已然跻身上流阶层，顿时只会用眼角左右向下斜着看人……

是的，林夏是个"有头有脸的人物"，就是传说中大部分人在大学时期都会崇拜的那种"呼风唤雨"的学生会主席。林夏一直在执着地演绎着自己的"成熟稳重"和展示着自己超凡脱俗的"社会地位"，殊不知，在跟同龄人相比早熟很多并且对这种"筹码"嗤之以鼻的董蔓荷眼里，他的幼稚跃然纸上，一个能拿"学生会主席"身份作为高价值来吸引女人的男人，能成熟到哪里去？

说这些都是白搭，虽然林夏的招数毫无作用，可蔓荷最终还是接受了林夏。原因很简单：第一，每个人都有男朋友；第二，不知道怎么拒绝；第三，母亲再嫁后，她需要人陪。其实这三个原因没有一个能成为接受一个自己不喜欢的人的理由，可是，为了给自己愚蠢的行为找到一个看似合理的能说服自己的借口，蔓荷愣是相信了这三个理由存在的合理性。

董蔓荷很清楚林夏对自己的包容和讨好，她说东，林夏连西都不会瞥一眼；只要她张嘴要，林夏千方百计地满足她。蔓荷觉得自己应该感到幸福，应该对林夏好一点，可是，从跟林夏在一起的第一天起，她就开始时不时地想到分手。其实，除了蔓荷自己，在其他任何人看来，蔓荷都找了个对的人。但是，林夏的“好男人”特质完全无法激起蔓荷的半点爱欲。林夏的“世俗完美”导致她连毛病都挑不出一个，连借故发脾气闹分手的机会都没有。对此，她很是撮火，那是一种莫可名状的憋闷感：所有人都觉得对，但她自己就是觉得哪里不对，并且，她说不出哪里不对。

其实，她没办法对他好，因为不爱；也没办法对他不好，因为内疚。无法坦然面对他对自己好，因为不爱他，所以深知他为自己所做的一切都是徒劳；也无法释怀他对自己不好，因为不爱他还委屈自己跟他在一起，这恩德岂容他有半点怠慢！ 他所有的行为，都会把董蔓荷夹在这恍惚的矛盾里无法自拔。他本人越优秀，条件越好，她的矛盾心态越严重。因为她发现，他的优秀并不会让自己从心底里爱上他，但是会从世俗虚荣的角度去眷恋。这才是导致她崩溃又无处发泄的根本原因。

董蔓荷到法国后的第二周，就跟林夏提出了分手。林夏誓死不从，于是，两个人持续了相当长一段时间的奇特关系：她这个男友，或者说前男友依然给她打电话，跟她联系，完全拿她当女友来维系，而她则拿他当前任。

其实，由于相隔太远，无论什么态度和方式，似乎都没那么重要了。当两个人的距离大过一定数值时，无论如何，这种恋爱关系都很难一如往昔地承载彼此间正常的情感诉求。更何况，分手本来就是一个人的事情，根本不需要得到对方的首肯。

蔓荷似乎这辈子就没有随心所欲过，总是活在别人的眼光和评价里。她非常在意别人的看法，这跟她讨好型的人格有很大关系。她生怕自己的举动在别人眼里落下口实，遭人厌恶。家庭过早破碎导致蔓荷极度缺乏安全感，会不断脑补和夸大自己在某个其实并非祸端的问题中的负面影响力，从而小心翼翼，谨言慎行。她从不敢造次，不是有所牵绊，只是害怕如果自己任性了，只会让原本受到的不多的关注变得更少；她从不敢爱，即使再在乎，也忍着怕表现出来让自己显得很被动与狼狈；她也不敢恨，即使心里咒骂一万遍，表面上也连半个“不”字都说不出口。

董蔓荷在林夏鞭长莫及、无力回天的状态下，竟然整整用了十八个月才跟林夏彻底分开，这让于一觉得很不可思议。在于一看来，这就是一条短信的事情。

迷雾中前行

人是在雾中前行的人。但是当他向后望去，判断过去的人们的时候，他看不见道路上的任何雾。他的现在，曾是那些人的未来，他们的道路在他看来完全明朗，它的全部范围清晰可见。朝后看，人看见道路，看见人们向前行走，看见他们的错误，但是雾已不在那里。

——米兰·昆德拉

柯米的母亲是土生土长的上海女人，“文化大革命”的时候下乡插队到外地去了，当时看回城无望，就在当地嫁给了柯米老实本分的父亲，生了她。后来，在柯米不大的时候，家里按照政策把她的户口弄回上海了。柯米在上海是由外婆照顾的，当时一起的还有表妹。

表妹的妈妈，就是柯米的姨妈，由于年纪比柯米的母亲小不少，刚好避过了上山下乡，也没怎么好好读书，早早就结婚生子，因为嫌弃老公没什么本事，孩子不大就和老公离了婚。柯米的姨妈长得很漂亮，上海又一直是中国最时尚的城市，那个年代，姨妈就打扮得十分洋气。姨妈是个很能折腾的角色，离婚后过了没几年，不知道通过什么关系的一个介绍人，找了一个日本男人结了婚。那个日本男人年龄不小了，没结过婚，性格很内向，在日本是个普通的工人。那男人看到姨妈的照片时，简直就是一见钟情，虽然知道姨妈是离过婚的，却一点也不介意。但是，姨妈厉害就厉害在完全隐瞒了自己有孩子的情况。

没过多久，姨妈就嫁到日本去了，把表妹留在了上海，跟柯米还有外婆住在一起。姨妈聪明能干，在日本很快学会了日语，并且找到了一份工作。那个日本男人很疼爱姨妈，姨妈经常回来探亲，也按时寄充裕的钱回来给外婆和表妹，还有各式各样新奇的洋玩意儿，表妹因此过得很优越。

同属跟外婆长大，柯米的境遇却跟表妹天差地远。爸爸是个乡下的教书先生；母亲虽然心比天高，但命比纸薄，现在也就是个曾经是大城市姑娘的普通农妇，并且每天都在为当年的决定后悔，不该嫁给她爸爸，否则自己也可以回城，而不是只能整天抱怨她爸爸没本事。两口子在乡下的日子过得很艰难，自然没什么钱寄给寄养在上海外婆家的女儿。

势利的外婆面对境况完全不同的两个外孙女，态度自然也是相差十万八千里。这种对比式的寄人篱下的生活，对任何人都是一种巨大的磨砺，甚至是摧残。这就让柯米在看似温顺的表象下孕育出一颗无比坚硬甚至冷酷的心。

直到柯米上大学的时候，她母亲才终于带着从来没有在城市生活过的父亲回到上海定居，但是两个人都没有正式工作，只能到处打打散工。全家人挤在外婆在棚户区的老房子里，看着外婆的脸色，而表妹此时已经被姨妈弄去日本读书了。

柯米的母亲一直很羡慕自己的妹妹，离了婚还能嫁到日本去过好日子，终日自怨自艾、捶胸顿足，明明样貌不输给妹妹，可惜命运不公，如果下乡的是妹妹，不是她，那么嫁到国外过好日子这种事情也轮不到妹妹了。

母亲受到妹妹太大的刺激，导致想法很是极端，觉得女人改变命运的唯一方式就是婚姻，每天灌输给柯米的就是嫁得好才能翻身，才能幸福；或者嫁出国，国外都是有钱人。她甚至不断催促柯米在学校物色一个金龟婿，毕业后就能借结婚翻身。

柯米一直很怕面对母亲，她母亲是一个过分执拗的女人，执拗地爱，执拗地恨，执拗地错，执拗地痛苦，执拗地坚持一些莫名其妙的原则。而最执拗的，就是望女成凤的虚荣心。

人生最大的痛苦，大多来源于能力配不上野心，自己配不上欲望。母亲是个极其要强且不甘心的女人，她也意识到自己这辈子是没希望了，于是，中国式的子女继承父辈梦想的噩梦就理所当然地降临在柯米的身上了。

但是，她母亲在望女成凤的技巧上很有一套，她不是那种直接要求和强迫，而是终日展示出一副郁郁寡欢的样子，诉说自己此生的辛酸、命途的多舛，然后歌颂柯米是她的骄傲，唯一的希望。这让柯米骑虎难下，自动自觉地去满足母亲的期许。

柯米很清楚母亲的个性，所以她一直在想办法在孝顺的前提下让自己的人生不被过度操纵。可是，很明显，她从未成功过。我们能逃避一段痛苦、一段感情，但是，我们永远不能真的逃避自己的父母，以及他们给我们带来的一切。

捷径？迷途？

大三实习期间，柯米认识了一个男人，是她所在的法国公司从总公司派来驻华的管理人员，叫Louis。据他说，他对柯米一见钟情，情深不可自拔，于是对柯米展开了疯狂的追求。很快，柯米就答应了他的求爱，成了他的女友。他们的感情发展得很顺利，柯米的实习期还没结束，她就带着Louis回家给父母和外婆看了。她母亲超级开心，使出浑身解数做了一桌子菜招待老外。外婆自然也是乐得合不拢嘴。

他们的爱情简直甜出了蜜，除了如胶似漆的痴缠、海枯石烂的誓言，Louis甚至若有似无地开始提到“未来”之类的关键词。他对柯米说，如果我们有孩子，他会有你的嘴唇和我的眼睛。

柯米觉得自己找到了幸福，嫁给Louis，一切想得到的、该得到的，都会得到。这就是幸福吧！

一转眼，柯米到了大四下半学期，她理所应当地依然沉浸在单方面对幸福的幻想之中，可是Louis给了她当头一棒。他告诉她，他要回法国了，那边有一个很好的升职机会，他要回去试一试。柯米先是不肯接受现实，然后陷入巨大的哀伤。Louis不断地说着抱歉，两个人难舍难分，柯米根本没意识到Louis回国对他们的关系来说意味着什么。

Louis直到走也没有明确确认过两个人的前路如何去走，对娶柯米更是只字未提，只是不断地重复“我爱你”“我会想你”“希望能再看到你”之类的废话，甚至没有说明两个人是否继续维持情侣关系。

Louis走后，他们仅仅依靠网络有一搭没一搭地联系着。但是，女孩天真地、一厢情愿地悄悄拟订了自己的计划，决定到Louis的国家去留学，去继续他们的“爱情”。因为，柯米把一切问题的根源归结于“距离”，她觉得这就是他们之间问题的症结所在，是一切矛盾的原罪。她曾经因为跟父母之间无法逾越的距离，已然损失了太多的关爱；现在，自己是个成人，有能力去改变现状，所以她决定由自己来跨越这个结界。

她开始强化法语，查询留学的信息，同时准备毕业。一切都进行得看似顺利，唯一的问题是，她家没钱。但是，柯米不以为然，她甚至在心底里有一丝丝不切实际的期盼，也许Louis在经济上可以帮助她，毕竟自己是去投奔他的。

于是，留学事宜准备得差不多的时候，柯米向Louis阐述了自己的计划，但她最终犹豫了一下，并没有提到缺钱的问题。她本以为Louis会对他们的重逢欣喜若狂，以为Louis会迫不及待地设计他们梦幻的未来。但是，男人的回应让她非常震惊，他说：“你自己的人生要因为自己去选择，你千万别为了我改变你的生活，别因为我做出这么大的决定。”Louis的言辞，乍一听，那么充满哲理和鸡汤，那么自然而然和冠冕堂皇，可是仔细一想，这似乎跟撇清关系是一个意思，这让柯米忽然失去了判断力。她隐隐觉得自己不能这样坐以待毙。

于是，柯米三天没上线。第四天，她坐在上海的家中，通过MSN通知Louis，她到了他的城市。这个男人竟然沉默了，大概过了一个世纪那么久的几分钟，对方的头像灭了。对，他下线了。

柯米这招够狠，无论是对自己还是对对方。测试结果看样子更狠。她坐在电脑前，大脑空白到甚至都忘记了怎么绝望，这时她才恍然发觉，和她如此相爱的这个男人，甚至连电话号码和家庭住址都未曾透露给她。她只知道一个名字、一个MSN账号，就连这些信息，现在都不确定是真是假了。

自从柯米开始跟Louis交往，她母亲就马不停蹄地在三姑六婆和街坊四邻之间大肆宣传女儿的情事，搞得方圆三公里之内，连街口小吃摊的阿姨都知道柯家囡囡有个帅气的法国男朋友。柯米已经没有后路了，这个时候宣布被抛弃，装作若无其事地继续生活下去，应该会让母亲彻底崩溃吧？

于是，柯米没有跟母亲吐露半点试探Louis的事情，更没有提及半点真相，只是说一切都很顺利，他很期待她的前往。她母亲听到“喜讯”后自然欣喜若狂，如果女儿钓到一个欧洲的洋女婿，自己就可以一洗这十几年的耻辱，在母亲和妹妹面前彻底扬眉吐气了。

柯米默默地开始办理去法国留学的手续，保证金还是在母亲歇斯底里的“祈求”之下，外婆才勉强答应借给她的。

手续办得很顺利，到了面试那个环节的时候，面试官问她：“你在法国有亲戚或者朋友吗？”柯米的心忽然抖了一下，然后微笑着坚定地摇了摇头，回答：“没有。”

被通知可以去取签证的那一瞬间，柯米忽然很紧张，呼吸急促，她有点害怕面对结果，因为她觉得自己去法国的动机连自己这一关都过不了。取签证的那一瞬间，看到那张蓝不蓝绿不绿的签证，柯米倒是不紧张了。她忽然觉得，自己选的路，没理由也要走完，说不定走着走着，一切都会清晰起来。

但有一点已经清晰起来了，就是自己已经彻底对Louis无感了。

阴　影

这并不是柯米第一次被“抛弃”。大一的一次外联部校外活动中，柯米认识了一个男人。她对他一见钟情，而他对她也是相当殷勤。之后，男人经常去学校找柯米，带她去约会，吃东西。两个人天南海北地聊，肆无忌惮地笑，暧昧到无可暧昧，可就是没有下一步的进展，没有表白，没有甜言蜜语，更别说什么爱的承诺。一来二去，虽然并没有确定关系，可是亲密的小细节多得不胜枚举，柯米作为一个初涉情场的少女，自然觉得这种互动就是“在一起”的状态。

可是，事情并没有柯米想的那么顺理成章，或者说，感情的事总是没有少女们幻想的那么美好。她总是能感觉到男人的欲拒还迎，每当她想进一步，那男人就疏远一些。然而，当她开始心灰意冷、满腹失落时，男人又会给她点小希望。她渐渐开始困惑于这段看似光明磊落，实则扑朔迷离的情感关系。

两个人在一起的标志是什么？表白？默认？可以正大光明地吃对方的醋？堂而皇之地告诉追求者和大众自己已“售罄”？不再对对方以外的异性产生兴趣？……这些统统是表象，本质上，是给予对方的那个不可取代的位置，时刻尊重对方的存在。问题是，如何确认对方的真实态度？其实谁也不知道。做出来的都可以是假象，更何况是说的。

一天晚上，男人带着柯米吃夜宵，忽然手机响了。他低头瞥了一眼手机屏幕，表情有点犹豫，但还是接了起来，开始只是“嗯”，然后没说两句就站起身来走开了，态度很怪。那时，柯米虽然单纯，但是并不傻，细致和敏感的个性让她瞬间感觉到些许异样。她默默地边吃边等，因为直觉告诉自己，大概会马上知道些什么。

男人回来了，表情很凝重，欲言又止。良久后，他对柯米说：“我是喜欢你的。”

听完这第一次的表白，柯米竟然没有丝毫兴奋，因为她知道以这种句式作为开场白的表达，下面往往会接着令人崩溃的转折，她在冷静地等待着接下来的那个“但是”。

果不其然，他接着说下去，大意是有个女孩子在疯狂地追求他，他并不喜欢她，仅仅是有些好感而已；那女孩家里有钱，最重要的是有背景，有关系。那女孩太喜欢他了，大力承诺会给他提供一切事业上的支持和帮助，这对要创业的他来说简直诱惑太大了。所以，他觉得如果和她在一起，能少走些弯路。所以，他虽然很喜欢柯米，但是并不能和她在一起，因为他并不能给她提供好的生活环境。

一般人，无论男女，遇到这种情况，都会哭天抢地、怨天尤人地觉得自己输给了钱，输给了现实。而柯米的态度比她自己预想的还要冷静，她心里暗笑，是我不能给你提供好的生活环境吧！至于少奋斗二十年这种话，变通成“少走些弯路”，听起来也是如此合情合理、令人动容，自己差点就相信了呢。

柯米的冷静大抵来自从未对情感有过什么过高的期许。缺少爱护的成长经历让她知道，没有什么情感是理所应当的，连在自己的父母亲人身上都不能无偿获取的东西，凭什么在一个外人身上得到得理直气壮？

她甚至感到很庆幸，在自己感情最单纯的白纸时期，上了一堂很好的现实主义教育课。他让她知道了：男人现实起来比女人可怕得多，女人的现实无非就是几个包包、有车有房；可男人现实起来，希望从女人身上得到全世界。而她也第一次为自己的身世感到自卑。

话虽如此，但道理都是拿来安慰别人和自欺欺人的，女孩还是受伤了，她的初恋就这么坍塌在现实面前，她之所以保持一脸坚忍，只是因为不想输得太难看。被男人刺伤的自尊，被现实撕得粉碎的幻想，都让她一夜成长。

只可惜，是揠苗助长。

这场没开始就夭折了的恋情结束两天后，柯米做了个自己都没想到的决定，她约他出来，见面第一句话就说："我们去开房吧！"男人愣住了，忽然闪现出警惕的表情。

是呀，都已然恩断义绝、互不相欠了，女孩忽然说要把第一次给你，任谁都会觉得有阴谋。柯米看出了他的顾虑，尴尬地笑了，说："放心吧，没阴谋，我只是想有一个完整的梦而已。算我恳请你。"

他们走进一家酒店，男人办好了手续，拿到了房卡，牵起在沙发上等待的柯米，走向电梯间。前台的服务生低着头，翻起眼睛快速扫了她一眼，露出非常职业且毫无意义的礼貌笑容。柯米丝毫没感觉窘迫，也没觉得丢脸，这么具有仪式感的告别懵懂和青涩的方式，让她感觉很庄重，甚至有些许兴奋。

进入房间，两个人坐在床上，气氛僵持而凝固。她没有经验，他没有行动。

过了不知道多久，柯米站了起来，开始准备脱衣服。当外衣褪去后，渐露出少女饱满的身体，男人的喘息开始加重。柯米正准备除去内衣时，男人一个箭步上去，按住了她的手，然后捡起掉落在地上的她的衣服，慌乱地给她裹上，说："在感情上，我已经是个人渣了，我出卖了自己，继而出卖了你。在肉体上，我唯一能做的，就是什么都不做。"

随后他夺门而出，头也不回。

启　程

柯米的行李非常简单，破旧的行李箱是姨妈的闲置之物，比起别的留学生张灯结彩、敲锣打鼓地采购出国的物资，柯米的装备看起来更像是去小住。姨妈倒是阔绰地送了台新的笔记本给柯米，换下了她那台不知道是几手货，动不动就各种白屏、蓝屏、黑屏的老机子。

柯米登上飞机的一刹那，原本压抑的恐惧荡然无存，冲上心头的反而是一种获得新生的轻松感，那种感觉不像是离别，倒像是重生。这种轻松的感觉，在很大程度上弥补了出国动机的空洞，让柯米少了些许不安。

柯米知道，对她这样靠借钱出国的穷孩子来说，出国留学简直就是炼狱，但是比起寄人篱下来，炼狱都是天堂。至少这炼狱是自己的选择，这苦难也是用自己的方式而活。

柯米很清楚自己的家境，她注定不能像家境优越的那些留学生那么自在，于是早早就开始积极地半工半读，养活自己。经济的拮据让柯米并不敢选择巴黎这样的城市，她选择了马赛。相对于巴黎，马赛的消费比较低，但是作为大城市，依然拥有很多打工的机会，算是个性价比较高的选择吧。值得一提的是，这里离Louis所在的城市只有半小时车程。其实，柯米并不明白自己做出这种选择的动机是什么。

柯米的中介给她安排的住处，另两个房间分别住着于一和董蔓荷。

长期寄人篱下的孩子有着一种天生的敏感，很会察言观色，甚至投其所好。柯米也不例外，为了让自己的日子没麻烦，忍让、奉承和八面玲珑都是最基本的能力。再加上聪明、勤快、肯吃苦，柯米很快就有了很稳定的打工收入。

柯米有着一副随和的面具，可是骨子里，她比谁都看得透彻和分明。她看得出，于一和董蔓荷都不是难相处的人，于一就是个诡异而带有攻击力的热心肠，一开始并不是很好亲近，实际上是个心地柔软而欢乐的人；蔓荷看似开朗、随和、好接触，虽然不设防备，但是也没什么人能真的走进她心里。心思敏感细密的蔓荷也知道，这个柯米是个表面随和却会来事的滴水不漏的人，过于成熟复杂的眼神里全是防备。于一看问题的角度则是非常客观的：柯米和董蔓荷都是女的。

于是，这三个迥异的女孩间的关系，不咸不淡、不冷不热地维持着，并不像别的同居室友那样迅速地打成一片，手拉手地逛街、上厕所什么的。

这样的距离感直到一个人的出现才有了质的改变，这个人就是Louis。

为了避免结束，你拒绝一切开始

你不愿意种花，

你说："我不愿意看见它一点点凋落。"

是的，为了避免结束，你避免了一切开始。

——顾城

于一对诗向来有种莫名的恐惧感，它往往先直戳她心底最脆弱的部分，接着竟然是令她想发笑，然后是一种莫名的尴尬。她痛恨这种不能沉浸却也无法自拔的分裂感，一如爱情：冷静地看着自己疯狂，或疯狂地看着自己冷静。

到法国三周后，于一才第一次敢去思念文飞。她忽然很想给文飞打个电话，于是，她算了算时差，国内应该是夜里一点，文飞应该没睡。她匆匆下楼，找了个电话亭，拿出那张到法国后第一天买来给父母报完平安后就再没用过的电话卡，拨通了文飞的电话。几声长音后，那边一声："喂……"

"我安顿好了，给你个电话，告诉你一声我一切都好。你呢，好吗？"

“老样子。”文飞一如既往地言简意赅。

“嗯，那就好。”

接下来是两边同时沉默，看着通话时间在正数计时，卡上的话费在倒数扣费。于一忽然很不应景地想起了一个词“沉默是金”，然后笑出了声。

文飞问：“笑什么？”

“没什么。”于一回，“那么，再见了。”

“再见。”文飞回应。

可是，两个人都没有动。于一问：“为什么不挂？”

文飞说：“就好像在机场那样，等你离开。”

于一的眼泪唰的一下掉了下来，但她并没有哭出声，仅仅是无法控制地瞬间决堤奔涌而已。他们彼此倾听着对方的沉默，谁也没有挂断电话，直至电话卡里的余额不足，电话自动被切断了。于一站在电话亭里看着路上的车来来往往，有点迷惘。很快，她推开电话亭的门，走了出去。一阵秋风迎面，于一稍稍一愣，原来夏天已经过去了，自己竟然没有察觉。

于一没有跟任何人有意识地提起过这个男人的存在，因为她根本不需要任何人来品评是非好坏、利弊对错。

有人说，找伴侣要找相似型的；也有人说，找伴侣要找互补型的。其实，这个问题并没有标准答案，就好像有的女孩喜欢和朋友买一样的衣服，然后大家相约出门时穿姐妹装；而有些女孩最不能容忍的，就是和别人撞衫。可以说，于一是文飞的女版，而文飞是于一的男版，所以，戛然而止这种选择，于一做到了，文飞也做到了。于一无法控制地爱上了另一个自己，却理智地抛弃了另一个自己。这是她做过的最残忍却英明的决定。文飞身上有于一对男人的一切幻想，可是，对于一来说，浅尝辄止才是美好和永恒的最好途径。

文飞一定也会说谎，也会自私，也会浮夸，也会喜新厌旧，也会大男子主义，但是这一切，于一都不会知道了，于是，留在脑海里的文飞会是个完美的剪影。

那个电话，同时成了一个终结、一个标志和一个起点。

文 飞

在准备出国法语考试的时候，于一在图书馆借书处遇到了一个男人。那是一个成熟、安静、干净的男人，黑衬衫，黑西裤，黑皮鞋，修长的手指，身上有种游离的气息，不像是普通的管理员。于一第一眼见到他，就被小小地震撼了一下。后来才知道，这个人是这座图书馆的馆长，叫文飞，三十多岁。这座私人机构的图书馆并不大，人手不足的时候，他会下来帮忙做借还和整理图书的工作。于一是个勤奋的孩子，为了考试，她只要有空，就会来图书馆泡着。一来二去，两个人也就熟悉起来。

一次下大暴雨，于一没带伞，被困在图书馆，眼看周围的人都走得差不多了，图书馆也准备关门，已经开始关灯了。于一被卡在门口，正在不知所措的时候，文飞忽然站在了于一的后面，幽幽地说："我也没带伞，不然，你进来继续看书，我继续工作。我们一起等雨停，看样子这场雨不会下太久。"于一感激地看着他，跟他一起回到里面。从那时起，于一眼前是书，可眼里全是文飞。

那次的滞留持续了三小时，雨停了，他们一起离开。空气中弥漫着湿润的味道和一种诡异的情愫，时不时地，树上残留的雨水滑落，滴在两个人的身上，触碰到于一的神经。文飞点起一支烟，从图书馆到车站的十分钟路程里，两个人一句话都没说。可是，于一明明感觉到一种心照不宣的气息在流动。

公交车来了，于一摆了摆手，示意再见。文飞也摆了摆手，站在站台目送于一上了车。于一找了个位置坐下，用手抹掉玻璃上的水珠后，竟然看见文飞掉头离开了站台，向他们过来的方向返回。于一这才明白，他不是跟她顺路，而是故意送她一程。

于一从十六岁起，就不间断地各种恋爱着，按她自己的话说："就是不想一个人"。于一的父母也从来不干涉她的事情，可能是对她有信心吧。确实，于一从不会因为恋爱而耽误功课，耽误自己，甚至高考前和那时的男友大吵一架，冲出门淋雨高烧，第二天也照样进考场，照样上重点。于一是很聪明的，但是不到智慧过人、天赋异禀的程度，只是她是个知道自己在做什么的人，没什么事情能真的扰乱她的内心。

在情场上也算是所向披靡的于一，这次竟然像少女般羞涩和小鹿乱撞起来。这种感觉让于一很是不安，因为感觉太强烈，强烈到让她感到恐惧，她害怕这种感觉会吞蚀她的理智，让她做出错误的判断和决定。

于一企图对文飞冷处理，于是开始减少去图书馆的次数，改为借书回家看，因为她知道，发生在错误时间的爱情，哪怕对方是对的人，也不应该开始，既然决定出国，就要出。其实，这件事已经跟出国本身没什么关系了，只是关乎自己处世的态度。文飞已经能够扰乱自己的心绪了，这是个噩兆。

可惜，树欲静而风不止。于一去还书的时候，竟然发现文飞在还书处帮忙。于一把书递过去，文飞接过，说：“最近怎么没看到你？”

“嗯，忙签证和考试的事情，比较忙。”于一看着地板。

“最近新到了一套TCF（进入法国高等院校就读的学生必须通过的一种法语水平考试）的教材，估计对你的法语考试有帮助，你不准备看看？”

“啊，是吗？那我借。”

“这套资料是不能外借的，因为只有一套，只能留馆阅览。”

“哦，那算了吧！”于一自始至终都没敢看文飞一眼，最后飞快地逃走了。

第二天是假日，看书看到凌晨、下午才睡醒的于一在床上滚来滚去，不想起来。忽然，电话响了，是个陌生的号码。于一接了起来，电话那端传出一个熟悉的声音，是文飞。

“于一？”

“嗯？”

“我是文飞。”

“听出来了，你怎么有我的电话？”

“图书馆会员资料登记簿上有你的电话，不好意思，我不是故意窥探你的隐私和骚扰你，只是，你想要的那套考试资料，你还需要吗？我想拿给你。”

“哦？真的？那好！”

于一想也没想就答应了，倒不是那套资料有多重要，而是在还没睡醒的时候，人的意志力是最薄弱的，理智是最容易被情感控制的。当开始喜欢一个人时，其实，失控就会变成一种本能。憋着假装淡漠无视只会让自己更痛苦，能控制流量的，怎么会是感情呢？

这一刻，她很渴望见到文飞。

等到约好了时间、地点后，于一才彻底清醒，她很后悔千年道行一朝丧，但同时又非常期待这次约会。怀着无比矛盾的心情，于一刷牙洗脸，梳妆打扮，准备出门。

到了约好的地点，天已经擦黑了，只见文飞已经坐在那里抽烟了，手上的火光一闪一闪的。于一上前坐下，文飞问她要喝什么，于一说果汁。文飞扬手召唤服务生，帮于一点了一杯果汁之后，从包里拿出了一沓纸。

于一很是诧异：“不是说书吗，这沓是？”

“哦，没错，书还是不能外借，我就把整套书给你复印了。”文飞轻描淡写道。

这沓纸递到于一手里的瞬间，于一的情绪彻底崩溃了，随之崩溃的，还有她的心防。平日里多么淡定的一个女人，竟然控制不住自己的泪水，当着这个男人的面失声哭了出来。

“你为什么要这么做？为什么？你知道我要出国，我马上就要走了，我都计划好了，你是故意的！”于一凌乱得像是个从未恋爱过的少女。

“我知道。”文飞竟然在笑。

“为什么？”于一继续质问。

“因为我不能自控。”文飞收起了笑容，很严肃地看着于一的眼睛回答她。

“我注意到你，远比你注意到我要早得多。从你去年第一次来找法国留学的信息时起，我就注意到你了。然后就是你来自习准备考试，从我办公室的窗户看出去，正好能看到你爱坐的位置。我就这样一天一天地看着你，并不想打扰你，直到有一天，一个管理员请假，我才有理由说服自己到大厅替他。那次，你才真的看到了我。那次之后，我总是渴望能跟你接触，哪怕我是在工作。于是，我观察了你来自习的规律，在你来的时候，我会安排借书处的人干些别的事情，而我去帮忙，那样我就可以和你近距离地说两句话。我知道你在准备出国，我从来没奢望过有什么进展，直到下雨那次，我竟然觉得你和我有一样的感觉。我就是无法控制地想见到你，直到你不再来图书馆自习，我觉得你是故意在逃避我。但是，我想见你！”

“就算我和你有一样的感觉，你希望如何？你这是劝我留下吗？”于一终于停止了哭泣，她一面陶醉于这样双向的情感中，一面暗暗开始担心自己要面临的选择。

“我不知道，真的，我就想让你知道我的想法而已。”

文飞纠结地沉默了，这沉默，直至文飞送于一回到家，再没有被打破，他只是不断地抽烟。于一下了车，问文飞：“那天下雨，你为什么不开车送我？”

“如果我告诉你我有车，我就错过了那三小时十分钟和你相处的时间。”文飞认真地回答。

于一上去紧紧地抱住文飞，然后眼泪再次夺眶而出。文飞摸了摸她的头发，擦掉她的泪水，并没有说什么，只是把她紧紧抱住。那是一个让于一毕生难忘的傍晚。对于一这样的现实主义者来说，这情节发生得过于言情，虽然甜蜜浪漫，却有点恶心。

我愿为你离开我的轨迹，可你的轨迹不接纳我

接下来，于一开始恢复去图书馆自习，只不过每天自习之后，多了一个人陪她吃饭，送她回家。他们谈天说地，滔滔不绝，很是投契，两个人都在彼此身上找到了自己残缺的另一半的影子。

日子一天一天地飞快过去，于一顺利地完成了法语考试，有了一个很好的成绩。学校申请得也很顺利，拿到了语言学校的录取通知和专业预录取通知，然后就是等排期，积极地准备留学面试和签证。随着准备工作的不断完成，六月面试日期的不断临近，两个人的关系也越来越亲密。但是，他们之间有两个话题是不能碰的，那就是于一的离开和他们的感情。

面试那天，为了避开高峰期的拥堵，于一起得很早，梳洗打扮后，平静地喝了杯咖啡，拿起那些已经整理了无数遍的材料，前往大使馆下属的法国教育服务中心。

由于到得太早，教育处刚刚开门，小秘书一脸不爽地带着起床气整理着当天面试者的资料和顺序。于一找了个角落坐下，拿着手机漫无目的地点来点去，无意中，她滑开照片夹，里面有一张她偷拍的文飞的照片。于一的视线瞬间模糊起来，她感到胸口一阵发木，呼吸越来越急促，然后眼前一片黑。

于一睁开眼时，发现自己躺在医院的急诊病房里，手背上插着针头，在输液。父母都焦虑地坐在病床边，看着她。看到她睁眼，父亲连忙去招呼护士。

于一问发生了什么，母亲说，她在教育处休克了，教育处的秘书打了120，然后又按照表格上的紧急联络人电话找到他们。医生诊断不出于一的问题，只能确诊为过度紧张导致休克，建议留院观察一夜。

面试时间被取消了，但由于是意外，她可以再选一个时间进行面试。听到“取消”二字，于一忽然一阵轻松，她现在是不是可以选择留下，选择和文飞有个故事？

父母离开了，于一拨通了文飞的电话，文飞瞬间接了电话，于一感觉到文飞在等她。

“面试如何？”文飞问。

“没面试……”

“怎么会？”

“没什么，有个意外。”

“……”

“怎么，你不信？”

“别闹……”

“我没闹，真的没面试。”

“……”

随着文飞的沉默，于一也没再多说一个字，把电话挂了。

于一曾经千百次地问自己，如果文飞真的开口留她，她会怎么回答，她想不出答案。她绝不能允许自己做半途而废的事情，留学这条路是自己选的，虽然动机怪里怪气，甚至莫名其妙，可是，已经接近成功的事情，依照于一的性格，她是不会允许自己半途而废的。这不是前途问题，而是原则问题，做人的原则问题。对于一这种原则性极强且清晰的人来说，背叛自己的初衷形同背叛自己，这将摧毁她自己的底线和信念。但是，这次她真的遇到那个人了，不知道下次是何时。或者说，不知道还有没有下次了。

在自我原则和良缘或者说情劫之间，于一不知道该如何选择，与其说不知道，不如说不敢选，因为无论怎么选，势必都会失去一些最宝贵的东西。

可是，于一的潜意识替她选了，她竟然忽然昏倒了。万万没想到的是，她肯为之放弃原则的那个男人并不肯把她融入自己的轨迹。于一并不清楚，他是怕承担责任，还是真的为自己好。

挂了电话，于一拿着吊瓶走到医院的厕所，把吊瓶挂在隔间墙壁的挂钩上，反锁上隔间门，然后开始号啕大哭。哭泣时，身体抽搐导致手臂抖动得不断扯动输液管，针头反复移动，慢慢地，于一手背上开始往外渗血。

第二天，父母来接于一出院。车开到一半，于一跟父亲说：“去教育处吧，把下次面试的时间选了。”

该来的始终会来

“机票订了。”

“……嗯……几号？”

“九月八号。”

“嗯……”

接下来的日子一如往昔，看似一切照常，大家只会注意到这是一对平常的男女。可是，没人知道，这是一段在倒数的诡异关系；也没人知道，还差三天，就是于一启程的日子。

晚上，于一打电话约文飞出来，两个人在马路边的烧烤摊叫了些啤酒。文飞酒量不好，并没怎么喝，只是看着于一不停地在灌。他并没有试图劝阻她，只是默默地看着。两个人谁也没有开口说话，直到于一跑到一边吐了，文飞匆匆付了账，连找头也没要，就去搀扶于一，拿了瓶水给她漱口。吐完，于一开始流泪，一言不发地只是流泪。

哭不动了的于一开始说：“你为什么不开口留我？”

“我不能，也不想。”

又是一阵沉默……

“如果我开口留你，你会留下来吗？”

“不会。”

面对文飞的反问，于一竟然脱口而出“不会”，她想口是心非地给自己留下一点尊严，可是她心里在哭着喊：“我会呀！浑蛋，当然会呀！”

文飞其实一直很心痛，他终将失去这个女人，可是，他理智到完美的性格告诉他，他不想轰轰烈烈地爱，然后轰轰烈烈地伤。他不想让自己陷入任何一段不可控的关系中。他比她大十岁，职业晋升空间基本没有，钱也不多，只是每日挨着平淡如水的日子，即使于一留下来，两个人真的在一起，也不见得会开花结果。于一还年轻，意气风发，还有大把的青春可以拿来疯狂，还有很多时间可以拿来尝试，而自己已经人近中年，难道拴住这个才华横溢的女人回家洗衣服、煮饭、生孩子吗？

如果不是当时控制不住这潮水决堤般的情感，自己根本就不会跟她示情，唯一的一次情感控制了理智，却让两个人陷入了如此痛苦的境地，这让文飞很是懊恼。

可是，事已至此，呜呼哀哉都是枉然。文飞扶起东倒西歪的于一，送她回家。到了楼下，看到一个中年妇人正在楼门口左右张望，她看到于一被扶下车，立刻迎了上来，说："怎么喝得这么醉？打电话也不接。"文飞猜到应该是于一的母亲，于是说："我是她朋友，帮忙把她送回来，那我先走了。"于一的母亲觉得很奇怪，于一什么时候有个这么大岁数的"朋友"自己却不知道，片刻之后，就不再在意这个朋友的身份，而是费尽全力地把于一弄回家。

第二天，于一宿醉了一整天，到晚上酒还没醒清楚，又慌忙去参加朋友给自己开的告别派对。大家自然是各种灌，各种吐，各种倒。醉生梦死之间，于一很想文飞，她抄起电话，打开通信录，找到文飞的电话号码，大吼："你这个㞞货！你没种爱我！你会后悔的！"于一知道，电话没接通；于一也知道，没人会后悔。

接近凌晨，派对散了，于一打车回家，半醉间竟不自觉地报出了文飞家的地址。车停稳后，于一才发现这里不是自己家，她笑了笑，还是付钱下车了。她在文飞家楼下的台阶上坐下，开始放声大哭。哭着哭着哭累了，此时天边开始泛出鱼肚白，黎明之际，微风徐徐，于一忽然觉得眼前这一切很美好，也忽然觉得自己的所作所为很做作，很矫情。她竟然笑了出来，然后踉踉跄跄地站起来，晃到小区门口已经摆出来的早餐摊前，买了两根新炸的油条，笑眯眯地边吃边走，回家去了。于一果然很难胜任言情剧的女主角，这么催泪的开头，也能被她用如此难以评价的诡异方式收尾，啧啧。

剩下的时间，于一被老妈“禁锢”在家醒酒，理由是怕她到上飞机都没醒，在飞行途中发酒疯。于一很是配合，认真在家演淑女。直到临走的时候，都再没有文飞一星半点的消息。于一开始想，自己并不后悔开始这段倒数的情感，人生中总要有过一次吧，在最灿烂的地方戛然而止，也许会好过在岁月蹉跎中慢慢褪色……话音在脑海中未落，就有个真实的声音跳出来歇斯底里地喊：这些煽情的鬼话反复默念来骗骗自己得了，每隔十分钟就检查一次短信和未接来电这种掉价的事情，即使做了，此时此刻也是不能承认的。

该走的总要走

下午的航班，于一早晨就起来了，洗漱后，东西收拾完毕，坐在桌子前面，直勾勾地看着自己的手机，一言不发。在父母的三催四请下，她才悻悻地下了楼，上了车，还时不时地东张西望、左顾右盼。很明显，她在等文飞。难道文飞真的就这么从此消失，连个招呼都不打？可是于一又不想主动联系文飞，因为那夜的那句“不会”说得那么清醒和铿锵，自己还有什么颜面再说什么呢？

去往机场的路上，于一一直沉默，旁边的父母啰啰唆唆地交代着一些废话，无非是不要委屈自己，没钱跟家里要，经常给家里打电话之类的。于一虽然根本没听进去，却也逢迎地点头应允。到了机场，办完登机手续，于一看看时间差不多了，告别父母，准备过安检。正向安检的方向走去时，电话忽然响起，是文飞，于一接了起来。

电话那头说："你不要回头。"

于一原地站住了。

"我一直在你背后，可是，我不能叫你。你不要回头，我害怕看到你的脸，我会无法自控地去阻止你走。"

于一没有说话，只是哽咽，动作僵硬。一分钟的沉默，感觉过了好几年。

"走吧！我也走了，再见。"

文飞最后的几个字，让于一瞬间感觉咫尺天涯。

挂断电话，于一低下头，任凭最后的泪水垂直滴落在地上，然后，重新抬起头，向着法国的方向走去。

柯米的“爱情”

缠　郎

自从Louis从MSN上消失后，柯米并没有哭天抢地，也没有恶言相向，只是回了句“好吧，再见”，然后就此沉默。二人俨然成了那种虽然依然躺在对方的联系人名单里，但即使知道对方在线，也不会相互问候的关系。

这种情况持续到柯米到达法国后两个月左右，一日，MSN上忽然跳出Louis的对话框，说：“柯米，我在马赛看到你了，你在法国是吗？”

柯米心里揪了一下，但马上很从容地回答说：“是的。”

原来，Louis来马赛找朋友，车停在红灯前时，看到柯米横穿过马路。后来的事情发展得很是庸俗，Louis看到柯米之后，才发现他对她还有感觉，觉得既然现在没有距离问题了，就希望能够重新开始，并且提出去看望柯米。柯米并没有直白地拒绝Louis，但是从心底里往上涌着恶心的情绪，只是给了些学业很忙、打工很忙，没时间之类的很官方的回应。然而，貌似这些借口并没有起到什么抑制作用，Louis

依然执着地不断约她。

柯米并不是个可以做得很绝的人，隐忍这种性格深刻地存在于她的骨子里。她不是烝，而是精准地知道自己的出身和位置，知道自己没资格任性。她习惯于不决绝，是因为她总习惯性地给自己留条路。柯米的自卑和蔓荷的自卑有所区别，蔓荷只是在情感上自卑，那是一种浪漫主义的自卑，甚至是自怜；而柯米的自卑则是建立在现实的残酷之上，当然也涉及情感，但本质上不源于情感。还好，柯米并不偏激，也没空自怨自艾，她只是想选择更利己的方式有效地改变现状而已，卑微，但无害。

在Louis死缠烂打的攻势之下，终于，柯米答应了他共进晚餐的要求。这一餐吃得极为尴尬，男方谈笑风生，态度谄媚；女方沉默寡言，面无表情。这次见面整整持续了三个小时，吃完饭已经是深夜了。柯米以为这样明确的冷淡能让Louis彻底死心，没想到的是，饭后Louis竟然坚持要送柯米回家，这让柯米很是烦躁，但是又碍于性格不决绝而无法推托，只好应允。这个法国人脸皮厚起来，简直无敌了，逃避的时候嗖的一下人间蒸发，再回头竟然可以如此堂而皇之地纠缠不休，好像之前从来没有发生过任何不快似的。

到了住所，顺理成章地，Louis坚持要上去喝杯咖啡。蔓荷还没回来，正在煮泡面当夜宵的于一没想到半夜还会有异性访客，穿着件睡袍，头上包了条毛巾，一脸错愕。

柯米看到于一，像是看到救命稻草似的说：“你煮夜宵啊？别进屋吃了，就在客厅吃吧，他马上就走。”

于一反应了一下，虽然有点不明白，但还是强烈地感觉到柯米可能不想跟此男单独相处，希望她留下来。但是，于一毕竟不是个很会察言观色的人，她怕自己会错意，搅和了人家的幽会，于是面露难色，想直接问，又怕对方听得懂中文，只能对着Louis用法语说：“晚上好！”然而，Louis的一句标准的普通话“你好”让于一着实为自己刚才聪明的多虑而庆幸：还好多了个心眼，这家伙是“自己人”呀!

Louis倒是自来熟，自己招呼自己坐在沙发上，没有半点要走的意思。柯米硬着头皮给他冲了杯咖啡，坐在沙发旁边的椅子上，无言而望空。于一则尴尬地端着个锅，不晓得自己是要加入他们，过去坐下，还是要留在饭厅这边进食。直到柯米使着极其明确的眼色招呼于一过来坐，于一才终于确认了此刻柯米是多么需要她这个电灯泡。然后，柯米继续保持沉默，于一就被迫和Louis开始了以下吃饱了撑的、毫无意义的对话。

“你也在这里读书呀？什么专业？几年级？”

“还在读语言呢！”

“你的法语真不错呀！”

“谢谢夸奖，你的中文也很好呀！”

“我在中国待过一段时间，大学就学过中文！”

“你喜欢中国吗？”

“喜欢！中国好吃的东西真多呀！”

……

但凡跟法国人交谈，就会出现此等废话，于一已经轻车熟路了。与此同时，观察力虽然不佳的于一并不傻，她悄悄地给董蔓荷发了条短信，大意是家里有不速之客，让她唱红脸，进来就发飙，用中文把气氛往崩溃里搞。发完短信后，于一继续不动声色地跟Louis废话着，同时偷偷瞥了一眼柯米，柯米不断地看表，显得很焦虑。于一大概知道了柯米想逐客，可惜没种明说。

说时迟那时快，开门声响起，董蔓荷及时雨似的出现了。这妹子戏真的好，进来就冲着于一嚷嚷："于一，你又把我的衣服洗染色了，那是我最贵的一条裙子，你说怎么办吧？"

于一虽然知道是演戏，可是一下子面对这种专业水准的对手，还真的是没什么防备，怔了一下才接腔："哪有你这么不讲理的？你让我帮你洗衣服，我就帮你洗，结果出了问题你还怪我？"

两个人演得有来有去，真正蒙了的人是柯米。她呆呆地看着两个平时根本不会计较任何细节的朋友，忽然毫无原因地因为一件自己根本没听过的事情吵了起来，一脸错愕。

此时，Louis终于待不下去了，用法语小声对柯米说："要不然，我先走了？"

柯米说："好，晚安。"毫不迟疑，甚至没有礼貌地假意挽留一下。

Louis终于离开了，本想说他识趣地离开了，可是这一晚的行为充分证明他并不怎么识趣。Louis一出门，于一边示意蔓荷继续高声找碴儿，边扒在窗台上往下看，直至确定Louis下了楼，才转过头跟蔓荷使了个眼色，哈哈大笑起来。

柯米一头雾水地看着她俩，于一拿出手机给柯米解惑，柯米也笑了，只不过这笑中更多的是抱歉和尴尬。董蔓荷换完睡衣，出来坐在沙发上，用求真相的表情看着柯米。于一则一脸忧伤地看着已经泡得软塌塌的冷泡面，硬着头皮往嘴里塞，边塞边发出嫌弃的声音。

柯米很是内疚地说：“不好意思，耽误你吃夜宵了。”这句话倒是把于一弄笑了：“泡面不要紧，只要八卦真。说吧，什么情况？看你一晚上面对个会说中文的帅哥如坐针毡的样子，我好奇死了。”边说边瞥了一眼一样一脸八卦的董蔓荷。

柯米很犹豫，不知道该不该把自己这段羞辱的被弃史讲给别人听。可是，柯米真的很想说。倒不是她有多信任她们，拿她们当无话不说的朋友，而是事已至此，都只有她一个人从头到尾默默承受，她觉得自己快崩溃了，她需要倾诉。于是，柯米含着泪带着怨，把Louis的事情和盘托出。

于一听完，眉毛都没挑一下，淡定地说：“此男渣得如此彻底！你之前还不把他拉黑，你是不是傻？”

“这是我唯一的恋爱。我不知道该怎么面对……”

于一撇撇嘴：“没错，我就神烦那些反对早恋的人，早恋多好！早点让懵懂的少男少女认识到世界上还有人渣的存在，恋爱也可能是痛苦的，之后就不会对爱情这么要死要活，傻瓜似的付出一切！”说完这句话，于一有点心虚，自己身经百战之后，还不是为了一个“他”要死要活的，也差点付出一切。

看着柯米一脸痛苦的表情，蔓荷马上安慰柯米说：“别郁闷，说不定他就是试图挽回一下，看到你不理他，就放弃了呢！你看美剧中男女分手，那叫一个神速，别说纠缠了，今天吵架，隔天就和别人上床了！”

“也是，不知道法国人是不是跟美国人似的，估计差不多吧！”柯米的表情稍稍舒展了一些。

很快，三个人就知道她们大错特错了。在死缠烂打上，这个法国人的英勇和执着程度远远超出她们的想象。这个Louis好像一下班就来报到似的，每晚出现。先是在柯米家楼下等待，随之发展到上楼擂门，继而尾随，然后发展到去柯米打工的咖啡馆占了位置，点杯咖啡静坐，整晚做痛苦状叹息不断。柯米的老板气得直跳脚，差点迁怒于柯米，把她炒了。还好，一来Louis白天要上班，二来柯米上课的时间和地点很是飘忽，有些课程的上课地点甚至是发邮件临时通知的，这才让Louis没机会到学校去“陪读”。

后来，经过柯米的解释和道歉，老板准许柯米请假两周，一是避免Louis的出现，二是让她有时间去解决这个问题。三个人算松了一口气。

这个问题总是要解决的，柯米死都不想跟那个男人有任何对话，只能于一出面。作为谈判代表，于一很想规劝他回头是岸。

于一：“放手吧，你还会找到更好的。”

Louis：“我知道她还爱我，只是为了惩罚我曾经的身不由己。”

于一：“她不是惩罚你，是都过去了。”

Louis：“怎么可能，她还爱我，不然，怎么会答应和我幽会？”

于一：“那只是个礼貌的约会，不是幽会。”

Louis：“都一样！”

于一：“她说她不喜欢你了！”

Louis：“她是口是心非，为了得到我更多的关注。”

于一：“她真的不在乎了，是你想多了。”

Louis：“你又不是她，你怎么知道？ 你这么出面阻止，难道是嫉妒你的朋友将要得到幸福？”

于一那个恨呀、那个咆哮呀，心想：“这货不会觉得老娘看上他了吧？” 但是，她也只能面带微笑地继续劝服：“哪能呢！我当然希望她幸福了，但是她现在根本不想恋爱，她要完成学业。”

Louis：“这并不矛盾，我可以每天下班来看她。”

于一：“她要打工。”

Louis：“我可以在这儿过夜。”

在这场对话里，很显然，于一和Louis都觉得对方是脑残，但是又都很难向对方证明这一点，所以对话进行得很吃力。对于Louis这种驴唇不对马嘴的高级战术，于一顿时有一种牛对自己弹琴的无力感，遂无疾而终。

正当三个人一筹莫展的时候，事情竟然有了奇怪的转机。一日傍晚，如同平常，Louis按时来纠缠柯米。这次由于于一的课延时，蔓荷临时有事，Louis竟然把落单的柯米堵在了楼下。柯米当时就毛了，正想着是用英语还是用法语喊救命的时候，竟然有一个“程咬金”出面搭救。

这个男子正义地对Louis进行了严肃的批评教育，大意是：你这种行为对女性很不礼貌，特别是对人家一个孤零零的外国女孩，你丢了我们法国人的脸。你如果再这样做，我可以帮她报警，告你骚扰。

确实，Louis仗着是地头蛇，气焰很是嚣张，没想到竟然有程咬金这样的人物出现。Louis这种渣货，也就是敢在女人面前显显威风，一到这种时刻，立刻就尿了，用中文撂下一句“我改天再来”，就走了。

这个“程咬金”很是绅士，目视确定Louis离开不会折返后，才放心地准备离去。柯米感激得一塌糊涂，不停地道谢。“程咬金”只是表示，搭救女士是每个爷们儿应该做的，然后就从容地走了。

说到绅士风度，每个留法的女孩子都会对此产生强烈的体会。因为在法国，这是一种普遍的人文状态。于一从国内折腾到马赛的这一路上，飞机转火车、火车转火车、火车转汽车，转得晕头转向，多亏各路绅士的各种帮忙才多次有惊无险，最终顺利抵达。这些绅士，小至十三四岁、老到五六十岁均有。帮忙的内容范围也很大，帮你开门、搬行李、指路，甚至帮你付买咖啡的零钱，其中一大半人看到你面露难色，就会主动过来询问你是否需要帮助。

这种待遇是她之前在国内从没受到过的。在国内，从男同胞口中听到一句礼貌的赞美“你今天真漂亮”都简直是比登天还难，更别说拉椅子、开门、女士优先这些行为上的尊重了。

于一一直在思考“对待女性态度”问题上的东西方差异：并不是一概而论地说法国男人素质就是高，法国照样有人渣和流氓。法国男人所谓的尊重女性，其实就是一种根深蒂固的礼貌性行为，这和出门前洗澡，正式场合着正装，公共场合不大声喧哗、不随地吐痰一样，是一种人文环境催化出的礼仪习惯。

一个有绅士风度的人，照样可以大男子主义，觉得女人比男人弱，觉得女司机就是马路杀手，或者女人搞政治简直就是笑话。尽管如此，他们在态度或者行为上还是尊重女性的，不会对女性的衣着样貌进行指手画脚的评价，不会当众羞辱个子矮或者身材胖的女士，不会在交谈中流露出鄙夷的神情，也不会明着给女性贴标签和打分，或者直接在别人照片下面发表“整容了吧？”这样不知目的为何且非常令人厌恶的言论。绅士风度是一种人文行为，是骨子里的东西，与文明程度和经济环境无关。

过了几天，柯米打工的时候，竟然在咖啡馆的一隅看到了那个“程咬金”。“程咬金”坐下后，稍稍整理了一下被风撩乱的头发，抬起头，也认出了柯米。柯米要了一杯咖啡给他，记了自己的账。“程咬金”笑了笑，接了下来，并且说了谢谢。柯米也笑了笑，也说了谢谢。

柯米下了班，换下制服走出咖啡馆时，看到“程咬金”坐在路边的阶梯上，笑盈盈地看着她，说：“去喝一杯吧？”

阳光斜斜地洒在微凉的地面上，站在树影下的柯米浅笑着点了点头。瞬间，有种莫名的情愫涌上心头，像是在断壁残垣中看到一株萌芽的新绿，虽没有参天弥盖般的震彻，却也有了点滴的颤抖。两个渐远的身影，恍惚间，光影下，给人一种相互触碰的错觉。

这突如其来的约会进行得很愉快，柯米不傻，她能从“程咬金”炙热的眼神中读出他对自己的爱慕和肯定。

约会后，“程咬金”绅士地送柯米回家，到了家的柯米冲进厕所就开始抽泣，任由于一怎么敲门都不理会。柯米的情绪是复杂的，为之前在Louis面前的卑微和低下感到羞耻，为之后Louis的纠缠和骚扰感到恐惧，为现在自己在“程咬金”心目中的地位感到受宠若惊，也为之后所有的前路感到困惑和憧憬。

这种哭泣，是一种释放，泪珠滚落，似乎也给之前恍惚的日子感性地画上了一个休止符。至于对“程咬金”的感觉，她竟然卡住了，一个字也想不出来。

事情接下来的发展，如同所有美好的爱情故事一般顺遂且合情合理，两个人一来二去，开始了正式的交往。“程咬金”是个青年才俊，父母做酒店生意，在尼斯的海边有一家不大不小的酒店，家境虽好，但他自己很勤奋，在马赛经营一家医疗器械公司，虽然收入没有父母那么稳定且丰厚，但是远远超越同龄的普通工薪阶层，在法国经济不景气的大环境下，算是很殷实了。

热恋期总是那么迷人而激荡，他们快速地陷入了一日不见如隔三秋的热烈。除了“程咬金”上班，柯米上学打工，剩下的时间，他们几乎无时无刻不黏在一起。很快，柯米见过了“程咬金”所有的亲朋好友，包括他的父母。

柯米并没有料想到这段恋情会发展得如此顺利。首先，她根本没什么经验去判断一个男人对感情的投入程度和进度；其次，她还陷在Louis的阴影中，心有余悸。于是，谈这段恋爱对柯米来说有点战战兢兢，完全没有任何节奏可言，总是被动地迎合，从不敢主动地去要求。微笑、随和、不拒绝成了柯米的符号，但是温柔的表象下，那种冷淡、倔强、果敢且有态度的性格，恋爱中的另一半是不会看到的。

其实，“程咬金”也刻意地隐藏了自己的缺点。确实，恋爱中的人不仅仅是缺乏理智的，甚至是盲目的。人们会盲目地夸大对方的优点，淡化对方的缺点，久而久之，就是在和幻想中的那个人恋爱。能打破这一切的，只有突如其来的变故，以及激情退去后平淡的到来。

柯米和“程咬金”像是各自派出自己的形象大使一般，在进行一场伪装下的交往。两个人都忙于不断检视自己塑造的形象是否完美，演出的角色是否迷人，完全忽略了对方显而易见的凌乱。颦笑皆是假象，辨识不得半点真颜。在这场看似完美而妖娆的假面舞会中，王子和公主竟然也波澜不惊地幸福了一年。

当然，在这一年刚开始的那段时间里，自然少不了Louis有事没事的回访，还有“程咬金”前女友三番五次的找碴儿。不过，对热恋中的人来说，任何外界的阻挠都只是把情路变得更浪漫的迷幻药而已。

柯米是个很会运筹帷幄的人，这当然是好听的说法，说难听点，就是为达目的不择手段。柯米虽然恋爱经验不多，但是察言观色很厉害，跟柯米比起来，“程咬金”简直单纯得如同白水似的。

和“程咬金”的感情，柯米说得不多，甚至可以说很少，但是于一明显感觉到这段感情没那么单纯，总觉得柯米跟“程咬金”交往似乎另有想法。于一虽然恋爱经验丰富，可是屡战屡败，每段感情都乱七八糟，这种战绩使得她也就不便妄加评论什么了。

确实，于一的疑虑没错。最开始时，柯米只是因为英雄救美心生情愫，加上对方条件确实好，于是开始了交往，至于有多喜欢，她自己也不知道。之前跟Louis也是开始得莫名其妙，柯米自己都不清楚，是喜欢他驻华高管这个特殊身份多一点，还是这个人多一点。因为Louis离开后，她的脑海里其实连这个人的影子都是模糊的。如果用客观的话语来评价，柯米在感情问题上确实看条件多过看人格。造成的因素，也许是寄人篱下的自卑，也许是物质条件的匮乏。

总之，她对情感的态度一直很现实，并非要死要活地追求纯爱，不是不相信所谓的爱情，而是觉得任何情感都敌不过现实。

于一并不想去评价柯米的爱情观，毕竟是朋友，而且只是朋友，人家有人家的生活，有人家的三观和思想，并不需要他人指手画脚。更何况，三观本就没有对错，只有一致和差别。特别是于一优渥的家境，让她更没有权利站在任何道德制高点上去质疑别人因为自身或者环境中的某种匮乏做出的选择。

限时三天的爱情

我的宿命分两段，未遇见你时，和遇见你以后。

你治好我的忧郁，而后赐我悲伤。

忧郁和悲伤之间的片刻欢喜，透支了我生命全部的热情储蓄。

想饮一些酒，让灵魂失重，好被风吹走。

可一想到终将是你的路人，便觉得，沦为整个世界的路人。

风虽大，都绕过我灵魂。

——西贝

一切都归咎于那场旅行，那本是为了结束一个错误的庆祝，没想到成了进入另一个劫数的开始。

跟林夏彻底分手后，董蔓荷一身轻松，再也不用背负压力和责任，去面对一个自己无心应付的人了，甚至有种刑满释放的错觉。恰逢赶上春假，同时于一刚刚投递完所有申请学校的材料，于是两人突发奇想，次日去巴塞罗那旅行。这也就是传说中连她们自己都经常吐槽的“说走就走的旅行”。按常理说，这种情节不该出现在她们这种按部就班的人身上，就好像冥冥之中有种奇怪的定数，驱使着故事的前进似的。柯米表示自己要打工，就不参与了。其实，于一她们明白，以柯米的经济能力，目前实在无法安排这种“奢侈”的插曲。

说到巴塞罗那，于一脑子里跳出的关键词是：高迪、加泰罗尼亚语、弗拉门戈、流浪者大街、巴萨、Gay（同性恋）和海鲜饭。以于一的性格，应该会去一一实现清单上所有的项目，除了Gay。

二人选择乘坐一种专线夜间巴士，行程直达无须中转，票价也比坐火车划算很多。晚上十点出发，第二天清晨抵达巴塞罗那。车票买好，一切打点就绪，只剩几个小时就启程了，于一开始查各种攻略，准备大概规划一下线路，而蔓荷开始看一些简单的西班牙语旅行词条，准备学两句，以备不时之需。

上车后，她们发现车上乘客并不多，于是两个女孩一人占了一排椅子，枕着行李就开始睡觉了。行车路线很直，从法国东南角的马赛一路向西，直至巴塞罗那。半夜不知道几点时，大家睡得正迷糊混乱，车子忽然停在了一个非加油站、非服务区的奇怪地点，司机并没有马上开门。车内出现了轻微的骚动和不安，此时，门开了，上来几个会说法语也会说西班牙语的边境警察，开始逐个检查证件。通过这个讯息可以得知，大巴已经进入西班牙境内了。

大巴再度启动后，两个女孩也没了倦意，于是蜷缩到同一排，叽叽喳喳地开始聊天，时间也感觉过得快了起来。没多久，车窗外原本偶尔闪过的光影开始频密起来，大巴开进了巴塞罗那城区。这时，车里的乘客差不多都醒了，大家或者整理行李，或者纷纷张望，好几个学生样貌的男孩子还兴奋得吹起了口哨。于一和蔓荷也很开心，毕竟是第一次跟朋友一起旅行，而且还是去一座令人向往的城市。

春天的那个凌晨，她们竟真的站在一座叫巴塞罗那的城市的街头，看着这座城市还在沉睡。第一眼的巴塞罗那，巨大，单调，不伦不类。

由于时间太早，还没到办理登记入住的时间，她们只能把行李寄放在酒店大堂，然后先开始一天的游览。

城市渐入日间的喧嚣，苏醒的城市渐渐暴露其真容，传统依然矗立，现代在其中格格不入。各种新式建筑，林立的现代化设施，吵闹的满坑满谷的人群，混乱且随处可见的建筑工地，圈起来的施工中的道路，被管制的车辆，每条大街小巷都充满行色匆匆的人流。当地人和游客鱼龙混杂，耳边时不时能听到各种语言。

两个女孩兴奋地挤地铁去圣家堂，这里是于一心目中绝对的第一站。路上在中途某站，她们目睹了一个罗姆妇人抢一个游客包包的全过程。蔓荷有点害怕，紧紧抓住于一的手臂，而于一并不感到十分惊诧，因为她对巴塞罗那的治安早有耳闻，听得多了，自然是有几分心理准备的。

那个游客很愤怒，用听不懂的语言咒骂着，表情扭曲而颤抖。看客大多冷漠，甚至有两个中年人的眼睛都没有离开过手中的报纸，可见司空见惯。于一有些难过，然而她并不能做些什么，只能无力地看着、难过着。

圣家堂无疑是令人震撼的，那种震撼程度甚至无法形容，像是严肃都市中赫然矗立着一座怪异且并不精致的巨大黏土雕塑。看似千疮百孔的外墙，总让人觉得随时会有邪恶的东西从里面呼啸而出；老旧的不均匀的外墙颜色和湛蓝的天空相映，显得极不和谐；巨大的塔吊和脚手架依然存在，因为它始终没有完工。

圣家堂是西班牙最伟大的建筑师高迪的遗世之作。说来非常讽刺，高迪死于一场交通事故，肇事车辆是巴塞罗那第一条有轨电车线路通车典礼时的那辆电车。这个对巴塞罗那城市样貌做出最多贡献的人，死在同样对城建具有划时代意义的基建设施上，不晓得让人如何感慨。

高迪留给人们这个伟大半成品的同时，也留给之后的建筑师们一个“美妙的麻烦”，因为所有的图纸都在这个天才的脑子里，没人知道应该如何盖下去。

于一喜欢这个未完不续的结局，她一直觉得，如果圣家堂盖完了，一定不会比现在更迷人。最美好的结局，就是没有结局。没有结局，才能最大限度地刺激人的想象；没有定式的结尾，才会有千变万化的思维延伸。她觉得圣家堂是杰作，之所以称之为杰作，不是因为它的伟大用意、高尚的理念、惊世骇俗的技术、玄妙精美的设计，或者对后世深远的政治经济影响，而单单是因为它是对艺术最好的诠释：不完美的完美，才是最完美。这也恰好印证了道家学说里的精髓，当事物达到一个极致时，接下来的趋势就是下降，而达到极致但伴随着下降的趋势的状态，比不上快要达到极致且仍有上升的趋势和空间的状态。

没有永远的黑，也没有永远的白；没有绝对的好，也没有绝对的坏。所以，根本不存在完美。因为达到完美这个临界点的下一步，注定是下坡路，慢慢进入下一个越来越不完美。所以，濒临完美，依然不完美，但是充满完美的希望和趋势的状态，才是最完美的。这就是圣家堂的精髓，而其出现也是个巧合。如果高迪不是死于意外，那么圣家堂可能会完工，那么，世界上只是多了一座设计独特的建筑，一座标新立异的超哥特式教堂，同时具备功能性和装饰性的一件伟大艺术品而已，不会再有那么多让人津津乐道的传言和推测。圣家堂之所以引人入胜，恰恰是因为它的不确定性和未完成性。因为未完成和不确定，所以，对于它的猜测和想象就出现了无数种可能，而哪一种最终形态是高迪最初想表达的，就只有泉下有知的高迪本人知道了。于是，给了后世的建筑师和艺术家无限的想象空间和千奇百怪的理解。

而这，才是一件艺术品最理想的状态。就好像《蒙娜丽莎》，《蒙娜丽莎》的画工和表现形式在同类绘画作品中并不是最出色的，为什么万众瞩目？因为我们不了解它，因为它神秘，它同样存在无数种可能。高迪无意中或者说无奈中创造了一个奇迹，一座没盖完的教堂，一堆脚手架和一帮冥思苦想的建筑师，成为世人乐道的圣地。

之所以念念不忘，是因为从未存在结果，此时，于一又不由自主地想起了那个人。

缘分？劫难？

回到酒店办理完入住手续，这两个看似自由的灵魂开始肆意游荡在午后巴塞罗那的大街小巷，边走边窥视这个异样的世界，直至夜幕降临。于一按照小广告上的地址，在流浪者大街旁边的小广场深处的拐角上找到了弗拉门戈的表演厅，两个人幸运地买到了最后两张票，在后排悄然坐下。

表演即将开始，灯光暗下，红色的舞台灯亮起，舞台很小，残旧的木地板带着磨损的光泽感。已经就座的演奏者在进行最后的调试，其中两个拿着吉他，每个人面前有一个麦克风，另外两个只是坐着，没有乐器。舞者在一旁就绪。

那是一个并不窈窕甚至有点壮硕的典型西班牙女人，黑色的长发低低地盘在脑后，妆面艳丽浓烈，一条连身红裙勾勒出腰臀丰满而膨胀的线条，红色的舞鞋并不精致，甚至显得有点笨重。她表情很自在，在登台的瞬间，整张脸绽放出很职业的亢奋。

节拍响起，先是单纯的跺脚声，然后是击掌声，拿吉他的其中一个歌者开始吟唱，声音苍凉而高亢，有种让人无法抵挡的震慑力。吉他声响起，女舞者开始随着节拍击掌，几个滑步到了舞台中央，一个立定之后，身体开始随着音乐节拍的缓急而舞动，动作干脆而直白，矫捷且铿锵。充满爆发力的线条和极尽扭曲的身体，满载着奔放而又克制的激情。每一次跺脚和伸展的细节，都在射灯从顶端垂直向下的照射中显得尤为突出。妖娆的红在密布的黑色背景下释放着极尽的张力，诠释着力量、文化和希望。

表演结束，二人随着看客们鱼贯而出。此时，巴塞罗那的大街小巷已然进入了一种微醺的醉态，四月的夜晚很是迷人，刚刚下过雨，带着点潮湿气息的空气掺杂着海水的咸味，笼罩在人们周围。人们在流浪者大街两旁的小酒馆和饭店里高谈阔论，觥筹交错。灯红酒绿间，举着啤酒的年轻人在广场上大声嬉闹。恍惚间，画面很是和谐。

于一和蔓荷坐在露天的一家小酒馆里，随便点了一杯名字拼写看起来很美好、实际上全然不知是什么的饮料。十分钟后，一杯体积硕大的、由红酒和一坨乱七八糟的东西共同组合成的不明液体出现在她们面前，里面插满吸管。

两个女孩子哑然失笑，侍应耸了耸肩，用流利的但是充满西班牙口音的英语对她们说："我相信你们是认真的酒鬼。"结果自然是没喝完，甚至连五分之一都没喝到，就已然完全没有战斗下去的欲望了。但是，作为"认真的酒鬼"，她们临走前还是友好而庸俗地冲着那个侍应比了比大拇指。

这是一座凌晨两点满街依然游荡着无所事事的人群的城市。于一和蔓荷被淹没在无所事事的人群里，漫无目的地前行。忽然，蔓荷被一个喝多了的当地男人拉住，他用不知道是西班牙语还是加泰罗尼亚语的语言对蔓荷一通表达。看举止，他似乎是在调戏蔓荷，由于听不懂，蔓荷只能尝试挣脱。此时，这个醉汉的一群朋友也围了上来，两个女孩被一群人围住。

于一尝试用英语和法语跟对方交涉，但是，对方似乎没有任何听懂了的反应。场面开始有点失控。随着两个女孩子的高声呼救，那帮人散开了。

惊魂未定的两个人回到酒店，才觉得不太对。董蔓荷这才发现，慌乱中，自己被人扒走了包包，护照、居留卡和信用卡统统丢了，幸免于难的只有当时攥在手里的手机。于一背了个平时自己都拉不开拉链，即便拉开了拉链手也伸不进去，即便手伸进去了也拔不出来的包，算是逃过一劫。

董蔓荷傻了眼，完全不知道如何面对接下来的情况。冷静的于一马上开始上网查询丢失护照和信用卡的一切处理方案，她让蔓荷马上给银行打电话，冻结信用卡，接下来找到酒店大堂人员，向他们索要了当时入住登记时留下的护照和居留卡复印件，以备第二天报案时用。冷静也有冷静的好处，于一虽然平时看起来太男性化，但是到了关键时刻，比那些只知道尖叫、傻眼和哭泣的“弱女子”有用多了。

她们几乎一夜未眠，一是心惊，二是担忧，眼巴巴等到了警察局开门，直奔过去。可是，到了警察局才发现一件非常麻烦的事情，就是大家语言不通，巴塞罗那的官方语言是西班牙语和加泰罗尼亚语，于一和董蔓荷只会中、英、法三语，怎么报案？那个警察尝试跟她们讲英语，可是，客观地讲，那英语真的不能被称为英语，就是加了几个英文单词、发音和语法都是换汤不换药的西班牙语，逼得于一竟然连中文都用上了。

就在此时，旁边一个拿着一沓资料的亚裔男子，用对方似乎听得懂的某种语言跟警察说了一句话，警察们便不再继续进行无效沟通。那男子转向她们两个，问道：“发生什么了？我帮你们翻译。”

中文，货真价实的中文！于一从来没有听中文听得热泪盈眶过。于一开始讲述整件事情，男子倾听后，翻译给警察们听，同时协助她们办理报案的手续。这个男人的出现让蔓荷从慌乱中冷静下来，她开始打量眼前这个男人。他并不是传统意义上的英俊男子，眼神很坚定，语调很平和，表情带着一股让人生畏的冷，举手投足间，有一股自内而外的雅痞气，一种击穿人心的奇怪魅惑力，很难看出是受到哪种文化的浸染，造就出了如此异样的气质。看着他，蔓荷忽然觉得，她的整个世界静音了一秒。

虽说西班牙的中国人不少，可是，在警察局主动走过来帮助她们解决麻烦的一个陌生的本国男人，还是让她们心里涌出了一股暖流。报案程序结束，已经中午了。拿到了报案单，男子给她们解释了一下接下来要怎么补办护照和申请保险赔偿。于一一脸心有余悸的样子，可是蔓荷明显已经走出阴霾，甚至春意盎然了，她执意要请这个男子喝一杯，男子并没有拒绝。他们就近挑了一家小咖啡馆，在吵闹的人群中坐了下来。点了饮料后，被请的男人二话没说，默默地把账单付了。

这个男人叫李为，是来巴塞罗那出差的。最让人感到巧合的是，他竟然也住在马赛，不过他是在那儿工作，不是留学生。他们三个投机地聊了起来。哦，不，确切地说，是蔓荷和李为两个人投机地聊了起来。于一浑身上下散发着一种并没有太想参与的游离感，貌合神离地坐在那儿。虽然她出了名地神经大条，可是这种情况连傻子都看得出来，她们遇到的那个叫李为的男人，就这么在巴塞罗那一个怪异的春天午后，走进了董蔓荷的心。

蔓荷的包丢了，于一的还在，来都来了，行程还要继续。但是，接下来的行程里，于一感觉自己像带了个人形纸板似的。蔓荷的魂不守舍着实让于一有点担心，蔓荷觉得这一切巧合叫命中注定，而在于一看来，这叫劫数难逃。

假期眼瞅着即将在蔓荷的神游中结束，临走的那天下午，两个女孩正在毕加索博物馆溜达，蔓荷接到了李为的电话，内容很直接，他想单独约蔓荷吃个饭。蔓荷何止是雀跃，简直是欣喜若狂，连忙拉着于一直奔商业区，准备买套可以赴约的衣服。刷了于一的卡买完自己的衣服，董蔓荷直接取消了接下来所有的行程安排，回到酒店梳妆打扮，并且十分虚伪且敷衍地问于一："不然，你也来吧？"于一对着她翻白眼，整整翻了十分钟之久。

蔓荷走后，于一收拾好了行李，然后独自出门，准备在这座城市最后游荡一下。逛累了，独自坐在奎尔公园的长椅上，于一竟然感到孤独了。于一一直以为自己不是个善于孤独的人，可是竟然在这种状况下感到孤独了。那种感觉一股气似的顶上来，瞬间清空了大脑，湿润了眼眶。可是，这种孤独并没有主题，也不觉得有缺憾，甚至不想找个人来陪伴，就是一种单纯的孤独而已。这感觉很怪，明明没被任何人和事扰乱，就是一种不带任何客观载体的单纯的情绪。好像忽然在某个时刻，毫无征兆地感觉到幸福，幸福感持续一段很短的时间后，又莫名地失落起来。

情绪，对于一这样奇特的人来说，是很难掌控和释放的，甚至很多情况下，连于一自己都不知道自己是何种情绪。本以为是忧的，可是骨子里感觉不到丝毫伤感；本以为是乐的，心底里却没有任何兴奋。甚至在大多数时候，只有很浓重的情绪才能触及于一的神经，然后又转瞬即逝，却又深深地刻在心底，不能遗忘。比如文飞，时不时地，于一会想起他那么零点几秒，然后这感觉便转瞬即逝。

晚上十一点的车票，于一觉得回程可能只有自己了。果不其然，九点多，于一接到蔓荷的短信："我多待两天，你帮我把行李寄存在前台，我晚点去拿。"此时，于一耳边传来了下陷的声音。

于一不是否定李为，她承认他的魅力，也觉得他很优秀，只是她总是有种不祥的预感，蔓荷可能因此陷入一段巨大的痛苦。此念闪过，于一马上克制住自己的负面想法，她觉得这样阴暗的臆断并不好。于一给蔓荷的行李夹层里塞了五百欧元的现金，发了短信告诉蔓荷后，就独自回法国去了。

次日清晨，睡眼惺忪的柯米看到形单影只的于一自己回来了，吓得差点脑溢血，各种不靠谱偶像剧的情节盖都盖不住地涌了上来。于一原原本本地把事情的前因后果讲清楚后，一脸惆怅地看着柯米，期望柯米能给她一个让她舒爽的反应，虽然她自己都不知道什么反应才能让自己舒爽。可惜，柯米的反应更像是一记闷棍，打得于一眼冒金星。

她说："真羡慕她。"

不说"我爱你"的男人

李为是个法国新移民，来自温州，那个地方以移民人数众多著称，主要移民方向是西欧与美国，法国、意大利、美国是他们的三大移民聚居国。温州人的身影在全世界哪怕是一个很小的国家都可以看到，比如布基纳法索、苏里南等。

温州人在法国拥有数万家企业，大巴黎地区百分之六十的酒吧都由温州人经营。二十世纪九十年代，大量的温州人来到法国，他们主要从事餐饮业，其次是服装皮革业，近年来也有国际贸易等新领域出现。

一名准备偷渡到法国的温州人，一般在家人或者村中老百姓的帮助下向蛇头交付一定数额的偷渡费，来到法国后，蛇头在华人聚居的地方为他找到一些散工的活儿，等他没日没夜地工作了三年之后，他就能够偿还偷渡时欠下的债务。之后，他就开始为自己积攒，等他积累了一定数量的本钱之后，就开始自己创业。在法国扎根之后，他再把亲人折腾来，为随后偷渡而来的亲属提供救济和保障。这是温州移民社团运作的基本模式。

当然，李为不是偷渡来的，他是十几岁时随着母亲改嫁来的。其实，并不是真的“改嫁”，只是一种移民手段。李为的母亲为了移民，不惜跟他父亲离婚，然后跟远房表亲假结婚，带着李为来了法国。母亲堂而皇之的借口是为了李为的前途，让他有一个更好的人生。

于是，李为在男孩子最充满幻想、自信、懵懂和青春的时期，被迫进入一个全新的世界，接受成为二等公民的现状，被排挤，承受孤独，还要感恩戴德。那个原本天真无邪的灵魂，被境遇的巨大变故改写得面目全非，他开始自我压抑和控制，慢慢地，越来越沉默和冷漠。其实，李为很不愿意接受这个“馈赠”，但那个时候的他并没有选择权。父母总是打着“为你好”的旗号，强迫你接受所有其实你并不想要的东西，然而，他们其实根本不知道什么才是“为你好”。

李为很聪明，学习能力和适应能力都非常强，来了没多久，在法国的生活和学习就游刃有余了。在法语并不是母语的前提下，他的成绩依然名列前茅，在一群浑浑噩噩的法国高中生中间显得尤为突出。他的会考成绩也很好，申请到了法国数一数二的商学院。

由于优异的个人履历和中法两国的文化背景，他毕业后很快就在马赛的一家顶级贸易公司任职了，专门负责跟中国方面的业务。母亲并不愿意他离开巴黎，去马赛工作生活，但是也没能力强迫他改变什么。

李为看似一路顺风顺水的生活和事业并没有给他带来幸福感，他很孤独。这种情绪在新移民中很普遍，其实这是一种身份认同障碍，始终无法真的融入主流社会，总觉得自己是个外国人。而在中国人看来，他俨然是个法国人了。在身份的夹缝中，他挣扎着，保持着对双重文化最大限度的兼容和适应，应对着里外不是自己人的心灵漂浮。他很痛苦，而最痛苦的是，很少人能明白这种痛苦。

渐渐地，他学会了沉默，不再跟人提及这些思维深处的阴霾。跟人诉苦，可能有百分之二十的人漠不关心，剩下的百分之八十的人则都在看笑话。谁会真的理解或者尝试去体味别人的痛苦呢？别开玩笑了，大家都这么痛！

李为用来填补自己内心缺失的方式很直接，就是跟各种女人周旋。他坦然地浪荡，直白地风流。他从来不爱任何女人，他只获取，从女人身上获取欲望和激情，获取崇拜和依赖，获取泪水和妥协。他不曾有过女友，只有情人。他从来不说“我爱你”……

沦　陷

蔓荷见到李为后，接下来的故事顺理成章到无趣，走出餐厅，他们已经十指相扣，他明明牵住的是她的手，可她感觉牵住的是她的心。蔓荷很清楚这场浪漫的下一步，于是，她给于一发了消息，却跟李为只字未提原本当晚十一点的车票。两个人找了一家小酒馆喝了几杯，在迷乱的灯光和暧昧的音乐中，李为搂过蔓荷柔软的腰肢，开始吻她。蔓荷回应着，根本没有什么故作的矜持和矫揉的造作。两个人像是重逢的恋人般痴缠。

李为的吸引力对蔓荷来说是不言而喻的，李为对蔓荷也是一见倾心，这个女孩子身上有种很吸引他的特殊内容，跟他普遍接触的世俗和功利的其他女人有所区别，并不是所谓的单纯、善良或者简单，而是一种纯粹。他被复杂而浑浊的人生目标和人际关系浸泡得太久了，对这种纯粹有着超乎控制的渴望。确实，蔓荷并不单纯，她早慧，甚至早熟，做事沉稳，深谋远虑，唯独就是没什么魄力和勇气，比较唯唯诺诺、犹豫不决。于一对她的评价极其言简意赅，一言以蔽之：尿！她身上的纯粹，也许只有李为看得到。

那个躁动的下午，他渴望再次见到她的冲动和强烈的意愿完全击破了自己所有的原则和底线，他失去理智地给她打了那个电话。接着，故事陷入的是无穷无尽的怪异和让人不忍直视的失控。李为虽然约了蔓荷，但是，这并不是他一开始的打算，也并不是他的风格。伍尔夫曾说：“出来找乐子的男人，碰上用情太深的女人，犹如钓鱼钓到白鲸。”

李为很清楚，蔓荷是一条白鲸。

微醺的蔓荷在昏黄灯光照射的巴塞罗那大街上，跟李为一起踉跄前行。夜雾微凉，月色迷离，偶尔微风掠过，蔓荷的发丝扑散在李为的嘴角，带着发香，恍惚间身体碰触，她温热的体温在李为的指尖游离，让李为欲罢不能。李为也没想到，这个看似平淡的女孩此时此刻正妖冶地对他散发着致命的诱惑力。

海边那家酒店的落地窗边，这对被彼此淹没的男女用自己的肢体诠释着弗拉门戈般的震荡。那奋力的节拍、扭动的肢体、被克制的喘息、媚眼如丝的对视，都被窗外射进的月光笼罩着，气氛鬼魅而浓烈。洪潮般涌动的欲望，一波未平一波又起，这个让人沉醉并释放的春夜呀！在酒精的催化下，蔓荷彻底迷失在这个男人所构筑的一切攻势里。她放下内敛，释放自己，如同一个及时行乐的放荡之人一般去迎合这个男人所有的进攻。她已经深陷在这浓烈的情中，迸发出了欲，她所有的软肋俨然都暴露在这不知真假的浪漫里了。随着汗水滑落而滴下的那一颗泪珠让她彻底明白，潘多拉的盒子已然打开了，她爱上他了。

她恐惧，可是所有的原则和底线遭遇爱情都会变得支离破碎，就好像所有的坚持和承诺遭遇绝望都会变得不堪一击一样，你以为一切都可以控制，那只是因为还没遭遇。米兰·昆德拉说："没有一点儿疯狂，生活就不值得过。听凭内心的呼声的引导吧，为什么要把我们的每一个行动像一块薄饼似的在理智的煎锅上翻来翻去呢？"蔓荷此时彻底把理智煎熟了，和着欲望吃了下去，她管不了那么多了。

接下来，他们像恋人般度过了三天美妙的时光。他们认真而完整地进行了三天特别庸俗的约会：牵手、逛街、说情话、发呆、亲吻、吃饭、拥抱、腻歪、打情骂俏、死不要脸；入夜后一起蹲在路边沉默、静谧，心照不宣地抽烟、喝酒，看别人的车水马龙，然后回到酒店不停地做爱、缠绵，侵入彼此的灵魂和肉体……像两个肆无忌惮的鬼魂旁若无人地只为彼此存在，从早到晚分分秒秒地在一起度过了三天。他们把印记烙在巴塞罗那的每个角落，那原本是一座属于欲的城市，现在似乎被这对男女不经意间渲染上一抹若有似无的情。

有多少人经历过这种虐心的场景：你会脱口问出一个明知对方不会给出任何你期待的回应的问题，然后在他拒绝或者回避之前，生硬地加一句“其实我跟你开玩笑呢”。因为有自知之明或者毫无自知之明，所以只能如此尴尬地为自己找一个看似不那么凄凉的台阶，迅速逃离自己制造的灾难现场……是的，激情退去后，蔓荷还是问出了那句她最不该问的话：“我们是什么关系？”结果不出所料，对方没有回应。

这可能是一个女人这辈子最不愿去面对的尴尬处境吧：你给出的是爱情期许，而得到的是欲望的回应。然而，她对他的感觉强烈到自己竟然沦陷得毫无保留。《东邪西毒》里，黄药师独白道：“如果感情是可以分胜负的话，我不知道她是不是赢了，但我很清楚，从一开始我就输了。”所有的爱情都是卑微的，你在心动的时候，就已经心甘情愿地投降了。这本就不是一场势均力敌的较量。而你，偏偏卑微在这尘埃里，心花怒放，笑眼嫣然。

三天一晃而过，蔓荷要回去了，李为也准备离开巴塞罗那，去下一站出差。临行前，李为还是诚实地告诉了蔓荷那个她最不想听到的真相：“对不起，我不会跟任何人恋爱。如果你乐意，我们可以保持情人关系，但是，我也不会只有你一个情人。”这是蔓荷应该想到的结果，这样一个男人怎么会属于某一个人呢？ 可是，面对这样的直白，她还是没能承受住，转过身去，泪如雨下。

她并不知道该如何面对这段限时三天的爱情。董蔓荷没爱过，她缺乏经验，懵懂莽撞，充满幻想。她开始不自觉地为李为洗白：也许他经历过情感的挫折，还在驱散迷雾的途中，无法掉转方向；也许他还没享尽速食激情带来的感官刺激，拒绝绵长的情感纠葛；也许他只是慢热，对陌生天然排斥；甚至也许他也怯弱，对可能深陷其中的未知总是闪躲回避。

她开始幻想自己会是那个拯救流浪灵魂的天使，会成为驱使这个男人最终回头的那一道光。要知道，自欺欺人是世界上最舒服的事情，你可以肆意地给对方设置任何借口和理由，代替他完成所有欺骗自己的过程。如此这般，你和他都没错，不对的只是整个真相而已。

爱与暧昧

于一学的专业是哲学，她毁就毁在这专业上了。为啥这么说呢？因为这导致于一成了一个很分裂的人，也许本身就分裂，专业加重了病情也说不定。于一外表高冷，性格却非常朴实无华，笑点低而广，大部分时间是非常市井而现实的，砍价、网购，去商场参加返券活动和扫打折货，等等。

但她又常常透露出高深莫测、形而上的气息。是的，一旦碰到开关，于一的思维马上会自动跳转到“哲学模式”，陷入一种“百年孤独”的氛围，说出一些深不可测而又模棱两可的非人话，让人不寒而栗。

于一并不是故作高深，是真的会时不时地串频。对于一本人来说，这是一个很妙的转换，在精神、理智和人格都正常的状态下，时不时地享有双重的人生感悟，不是每个人都有这种幸运的。大部分人的精神分裂，是真的精神分裂；而于一的精神分裂，则是从思维的另一层面一种方式性的突破。于一这种奇特的脑结构，导致她一生的选择和行为方式似乎都显得那么特立独行，而她自己全无意识，因为在本质上，这是一种本能的操控，并非自我熟悉基础上的操控。所以，于一总被自己和自己的行为困惑着。然而，苏杰觉得于一是个有趣的人。

苏杰来电话的时候，于一正在睡觉。其实，要捕捉于一醒着的时间是有点难度的，因为于一的生物钟确实很飘忽，时而日出而作，日落而息；时而日夜颠倒，黑白不分。电话的内容是约于一吃饭，结果顺理成章是于一的拒绝。苏杰每次约于一出去，于一高兴了就和颜悦色地拒绝，不高兴了就雷电交加地拒绝，主要原因是他约会的时间、地点总是选得怪怪的：时间就是那种吃慢点就没地铁了，努力吃快点也只能紧紧巴巴地赶上末班车的时间段；地点就是那种一旦没有公共交通系统的承载，拼上老命暴走个两小时也是能走回家的地方。这让于一很是恼火，在法国这种打个车不但要预约而且五六十欧元起的地方，这不是要人命嘛！ 于一拒绝，苏杰就埋怨于一高冷，约不出来；然后，于一就发飙，骂苏杰是傻×；最后俩人就冷战一段，互不理睬，最终总是以苏杰先低头来求和收场。

苏杰是个心思缜密的宅男，职业是设计师，毕业后就留在了法国，工作了一段时间。他有着不错的收入和良好的品位，人不坏，待人也好，最大的问题就是爱装×。于是，他们的对话经常从苏杰装×开始，于一坚持不懈地打脸打到双方翻脸才结束。

除了装×这一点，于一对苏杰并不反感，话题对了也能聊几句，但无论如何，从于一的角度来看，苏杰都只是个朋友。于一是一个很相信感觉的人，她知道苏杰是个好人，可以说，是个很适合结婚的对象，可是没感觉一切都白搭。

可是，貌似苏杰不是这么想的，从认识于一开始，他就对这个性格诡异的女孩很有兴趣。他的表达很委婉，于一也没办法拒绝得很直接。于是，于一只能明里暗里地划清界限，表明自己无心顾及情感。可是，苏杰依然贼心不死，不咸不淡地痴缠着于一，时不时地撩拨一下，话说得不清不楚的，搞得于一很是烦躁。于一根本不需要“备胎”，连“正胎”都没心情找的情况下，要“备胎”干啥？

很多人问过于一的择偶标准，她完全没思考过，就直接岔开话题了。因为她觉得这种假设很扯淡，至于哪里扯淡，又完全说不出来。

之前发生的一件事让于一对这个问题顿时有了些感悟。有一次，于一看中了一款包包，觉得特别适合她，简直是朝思暮想。可惜，法国只有巴黎有实体店，没见过实物的东西，又分好几个尺码，她实在不想在官网上买，于是一直拖着没行动。一次旅行途中，于一无意中发现这个品牌的一家实体店，兴奋地“嗷”的一声冲了进去，直奔主题。但是，当她拿起这款朝思暮想的包包，把它背在身上时，她愣住了，她语塞了，她的内心在咆哮：怎么这么丑？！这是什么情况？！丝毫没有预想中那种“这就是我的”的感觉……

于是，她把问题归结到颜色上。当她把颜色换了个遍，又把尺码换了个遍后，她才悲痛地面对现实：“这不是我的。”她悻悻地准备滚出梦想，带着各种失落回到现实中，不但为了破灭的梦想而失落，也为了她贼不走空的购物理念而失落。一转身，她竟发现角落里有个包包在冲她招手，于是心想，来都来了，就试试吧，反正试试也不要钱。于是，于一信手把包拿起来随便一背，过了短短四分之一秒，便坚定地对店员说：“包起来！”当时激动得连价钱都没看，事后想想还真是心有余悸。

那个美好哟！那个合适哟！那个爱不释手哟！那包上简直刻着她的名字，仿佛它的诞生就是为了等她今天恰好经过把它带走。故事完了吗？没有！店员一翻价签，瞪圆双眼，比她还兴奋地告诉她："小姐，这包包现在打三折！"于一震惊了！

"瑕疵品？"一脸狐疑。

"不可能！"店员一脸坚定的样子，表示对自己销售品牌的信任。

于一反反复复、里里外外地把那包看了八遍，毫无瑕疵，堪称完美。今天是愚人节吗？还是万圣节？怎么会有"三折"这种离奇而不合理的剧情出现？刷完卡后，于一不管三七二十一，拔腿就跑，生怕这是个美丽的误会，怕店员发现是价签或者计算错误后，逼迫她把剩下的钱补齐。她带着这个用一个钱包的价格买到的"新欢"绝尘而去，瞬间消失在地平线深处。

这个很有意义的故事告诉她：第一，想太多并没有什么屁用，亲测才是王道！没试过之前，所谓的合适或不合适，都是在扯淡！第二，什么都要看缘分哪！是你的，早晚有一天归你所有；不是你的，再念念不忘也不会有什么回响。从那以后，于一开始坚定地相信感觉和缘分。如果对一个人产生半点疑惑，那就说明不对，根本不用考虑。因为对的那个人，一旦遇到了，就会觉得，就是他。

董蔓荷和柯米都断言苏杰喜欢于一。说喜欢吧，于一真的没感觉到，他们的互动仅限于时不时地聊几句，有事没事给于一的照片点个赞、留个言；说不喜欢吧，苏杰又动不动就要求见她，或者跟她说些很暧昧的话。于一觉得，苏杰就是对她有好感，有点意思，根本没到喜欢的程度。

各大论坛里最常出现的一种类型的帖子就是，一个姑娘大段大段地描述她跟自己心仪的人交往中的各种细节，让大家判断这个男人是什么意思。于一每每看到这种提问，就会跳起来哈哈大笑，然后叫道：“当然不喜欢呀！傻蛋！喜欢你就会巴不得你知道得妥妥帖帖，你自己都感受不到，就是不喜欢呀！”于一的判断方式虽然简单粗暴，但真的是直白有理。大部分悲剧的单恋，都来自无度的意淫和过多的细节评估。人家一个转头，你就解读出千般情愫，其实人家就是脖子扭了好吗！

确实，当局者迷，很多事情其实外人更一目了然。一个人真的喜欢你、在乎你，你会感觉不到吗？能让你产生质疑，就说明还有待商榷，无非是：你还行，没差到让他想立马甩掉你，和你划清界限的程度；你不错，但没好到让他愿意为了你放弃整片森林的程度；你很完美，但他就是爱不起来，却又不舍得把你让给别人。而大部分女人的悲哀，都来源于总是把男人的礼貌、暧昧甚至习惯脑补成自己沦陷的诱因，继而找一万个若有似无的借口来证明其实他是在乎自己的，而不愿意去面对那显而易见的真相：他没那么喜欢你，或者，不只喜欢你。

其实说白了，苏杰就是在搞暧昧。有位仙人曾经告诉于一：“你不接的招，再大都没屁用！”于是，苏杰暧昧苏杰的，于一决绝于一的，关系就这么凌乱而复杂地存在着，横看成岭侧成峰。苏杰这单向暧昧的做法着实让人很迷惑，看着苏杰这么乐在其中的样子，于一非常无奈，怎么跟他暗示该干什么干什么去，他都跟听不懂似的。于一这才懂得那句话的意思——不要试图去叫醒一个装睡的人。她觉得苏杰很没种，对她有意思，连表示都不敢，只是言语间不断地暗示和调侃。于一不晓得他是害怕失败，还是享受这个过程。

暧昧的真相

在复杂的男女关系世界里，有一种最奇葩的关系，叫作暧昧。它听起来忽近忽远，浪漫复杂，实际上呢？暧昧是一种手段，是勇敢者的游戏、高手的必杀技。跟你暧昧，绝对是对你有兴趣，但是有多少呢？比无感多，比爱慕少；比朋友多，比恋人少；比冲动多，比责任少；比一夜多，比厮守少；比欲望多，比爱情少。有些人甚至给出了“暧昧是恋爱最美好的阶段”的误导。

是的，如果修成正果，那么之前经历的种种，自然会归类为“不经历风雨，怎么见彩虹”的正面经历。但是，结果往往不那么天遂人愿。并且，以认真交往为前提的暧昧其实根本已经不是暧昧了，而是一种很正面的交互探索。

暧昧绝对是“三不”的最爱。什么是三不？就是不主动、不拒绝、不负责。其实，搞暧昧在民间有种粗鄙的说法，叫作“泡”。何为“泡”？泡不是追，而是一种钓者的态度，花时间、花精力，用游戏的心态和手段引诱猎物上钩。正所谓：直钩也，上者皆自愿。

用技术，用艺术，用经验，用套路；撩拨、勾搭，说些模棱两可的话，干些模糊不清的事；忽冷忽热、忽远忽近，时而热情似火地燃烧你，时而冷若冰霜地远离你；动情、动欲，唯独不动心；无视你的百转千回，无感你的真情实意，甚至无情你的深陷其中。游走在百花丛中，片叶不沾。这是一个对抗心理素质甚至是较量冷酷的游戏，但规则只有一条：谁动心谁死。

暧昧者的基本类型可以分为以下几种：

1. 不那么喜欢。

有点喜欢，但又不爱；不爱，但又有点欲望；有点欲望，但又怕花时间；不花时间，又怕失去；攥在手里，又怕负责。只能这么拖拽着，撩拨之，勾勾搭搭，食之无味，弃之可惜。典型的乱枪散射，看谁中招。说好听点，就叫分散投资，降低风险。其实就是谁都不爱，看谁不小心撑到最后。环保节约，省时省力，连聊天的套路和幽会的内容都是一样的，同时进行十个八个，绝对不在话下。只能说，对你的好感还没达到让他自我妥协和豁出去爱的程度。

2. 玩家是也。

泡你，跟你搞暧昧，你上钩，回应，深陷，无法自拔，最后反过来主动。腻了，拍拍屁股走人。游戏结束！典型的钓者。享受的就是这个过程，至于最终困在篓子里的鱼何去何从，谁在乎？大家都是成年人，说什么骗不骗的，至于嘛！老子又没追你，又没跟你示爱表白，你自己乐意、自作多情，怪我吗？

3. 竞技。

明明是彼此暗恋，就是相互观望；明明是眉来眼去，仍然欲言又止；明明是千般思念，偏偏压抑克制；明明是万种柔情，硬是无动于衷。要靠尔虞我诈的攻防去接近、道听途说的技巧去相处；在意谁占上风，谁主动谁被动，谁能降服谁，谁能操控全局；甚至在一起后，还潜修所谓“驭术”，以对方退让为傲，以不能驾驭对方为耻，最后竟搬出心理学等大招伺候。何必呢？难道你真不知对方的隐忍和包容不是败于你手腕高明，而是甘心输给你而已？为什么呢？其实说白了，就是怕输！觉得先主动的那个必然被动，先投入的那个必然深陷，先付出的那个必然赔本，先示爱的那个必然丢脸。可是，感情哪里来的输赢啊？被害妄想吗？拿对方当敌人吗？如果你还在思考输赢和攻防，那就请你不要说你喜欢。因为真正喜欢一个人的状态，别说可以运筹帷幄了，根本就是没脸没皮！

4.“备胎”。

搞暧昧基本上是攒“备胎”最常见的技术手段。而且，搞暧昧这件事跟当事者本身的恋爱状态无关，即便非单身，也并不拒绝结识新的异性，不明确划清关系，在混乱模糊的态度中让对方陷入一个不清不楚的误区。也许是为了弥补目前感情的缺失，也许是并没有做好准备开始一段稳定的感情，也许是有预谋地为分手后无间隙地进入下一段感情做准备，也许只是喜欢这种感觉。攒“备胎”的心态，基本上可以分为贪心和缺乏安全感两种。

前者不用解释了，就是吃着碗里的看着锅里的，容易喜欢，不想付出，又不会拒绝，喜新不厌旧，选择恐惧症，最后都是比朋友的关系近一点。可是，多角意味着劈腿，劈腿的精力损耗和被拆穿的代价都难以预计和控制。于是，搞暧昧就成了必杀技，多线程同时进行，坦然无压力，可以最大限度地享受恋爱的权利，却不用履行恋爱的义务，更无须承担恋爱的责任。后者呢，就是居安思危、未雨绸缪吧，其实就是对目前的感情缺乏信心，且无法忍受感情空窗的状态，总觉得单身是一件让人恐惧的事情。但是，要知道，配了烂胎的破车才在意备胎这种东西。

5. 惯性暧昧。

说白了就是，习惯性地释放出一种暧昧的处理关系的态度。通过释放这种讯息吸引对方的注意，误导对方的情感判断，迷惑对方的心智，最终让对方对自己产生情感。目的呢？不尽相同，有些是可以从中获利，比如随叫随到，出钱出力；有些则是虚荣，对过度占有异性资源有种本质上的欲望。

其实，有些根本没有目的，就是一种天然的本质个性，对待异性的温度、说话的态度、行为举止的尺度，总会让对方产生“他/她喜欢我”的误解。最终，误伤一片，还自诩清白。并且，惯性暧昧挑选对象毫无“选择”可言，可以说，所到之处寸草不生，连清洁大妈都不会放过，楼下保安都很难幸免。其实，其对象的属性甚至连“备胎”都算不上，充其量就是个千斤顶。因为根本不可能转正，算啥“备胎”？这个领域里，玩得最好的就是暖男。

有时候，暧昧并非高手之间过招，而是弱肉强食的直接碾轧。小白以为那是爱情，可是最终发现自己连游戏玩家的资格都没有，就是个炮灰。那么，如何判断你被暧昧了呢？

（1）时间。搞暧昧的人都是群搞，不可能对象只有你一个，所以时间上往往不可能太富余，除非他是无业游民，专职搞暧昧，否则必然顾此失彼，留给单人的时间不会太多。

（2）频率。如果你在跟一个人聊天，你明显能感觉到对方回复你的频率是间歇性的，就是话并不顺，你秒回他轮回，那他多半同时在跟二号、三号、四号、五号一起聊。

（3）态度。话语很亲密，行为很冷淡，总是说些暗示性的、容易让人浮想联翩的话，而真的涉及行为，却距离感十足。

（4）温度。忽冷忽热是最基本的豪华套餐，开始时热情似火，让你瞬间沦陷，之后开始毫无规律地拉开距离；当你抱怨时，重燃热度，再冷却，如此循环往复……每次，当你疲倦不堪，觉得毫无希望、准备撤退时，他一定会奇迹般地出现，撩拨你一下，再度勾起你所有的萦萦绕绕、情愫万种。

别给他找什么高大上的借口了，在乎怎么会忽冷忽热？喜欢怎么会不回短信？哪有人拼事业二十四小时开会，七天无休，十二个月旺季的？被冷落，只是因为你没有具备让他惦记的资格。

搞暧昧不是男人的专利，女人当然也可以主导暧昧，现在已经不是那个“男人百口莫辩，女人楚楚可怜”的世界了。但是，搞暧昧绝对是男子强项，即使是女人挑头开始的一段暧昧关系，最终受伤的也往往是女人。因为女人往往心无骨，易动情。大部分女人没有玩这个游戏的天分。当然，有个别女性高手玩暧昧很强大，她们的心态应该和男人是差不多的。

不要难过，说实话，搞暧昧往往是爱无能又恐惧责任的人的最爱。不敢爱，不会爱，恐惧爱，但是输给寂寞，又怕为寂寞负责，从而衍生出这种诡异的情愫。是不是开始有些同情这些爱无能的人了？

如果只是为了床笫之事，会不会过于劳师动众、大费周章？说不喜欢吧，那牵牵扯扯的小情愫、若隐若现的小枝节也丝丝入扣，情节生动，却责任全无。对参与者来说，自然不亦乐乎。见过高手，真心牛，玩暧昧玩出了“道”的精髓，玩出了“八卦五行”，玩出了“有无”，玩出了“相生相克”。只可惜，再逼真的“日爱日未”也不是爱，只是日在爱前面，爱和未来中间也永远隔着个日而已。

这就是暧昧的真相……

大 招

终于，在苏杰这么不清不楚、欲言又止了大半年后，于一崩溃了。于一非常直接地问：“苏杰，你到底想干什么？”

“啊？”

“总感觉你是在暗示我什么，但是又不说完整，欲言又止的。你对我的态度也很奇怪，说你喜欢我吧，你也没动作；说你不喜欢我吧，你又总是说些暧昧不清的话，甚至提出些奇怪的要求。这年头大家都这么忙，何必浪费时间打哑谜呢？我没那么闲去猜测你的心思呀，哥哥！”

“没有呀……”

“你到底在试探我什么？我真的纳了闷啦！”

“真的没有……”

“没有什么呀？你到底想干什么？”

“纯粹欣赏呀！”

“欣赏你妹呀！老子又不是热带鱼，你吃饱了撑的，敲敲鱼缸逗我两下，算是欣赏？别骗傻子啦！男女之间，哪有什么纯粹欣赏，要么是有好感，想发展；要么是聊得来，想交流；要么是性冲动，想睡。无论哪个，这么撩拨，哦，或者说是你所说的欣赏，都只是个前提或者过程，而不是目的。你是哪个？”

“我……就是想默默欣赏你。”

“你并不‘默默’，如果是真的默不作声，你约我干什么？”

“……”

“既然你如此定位我们的关系，那看来是我想多了，可能我拿你当朋友吧，但我没遇到过这种态度对我的朋友。不过没关系，既然我们彼此定位出现偏差，那我就按照你的定位重新定位你好了，就是：沉默地彼此欣赏。”

“于一，你……”

“那没什么事了吧？我很忙，先默为敬！”

苏杰被于一戗得一口老血憋在胸口，再无扳回劣势之机。于一说得没错，苏杰这种撩拨，就是又想当禽兽，又怕伤面子。他对于一确实没喜欢到非追不可的程度，但是又觉得方圆百里内能下手的姑娘，就于一看起来最顺眼。只可惜，于一是个刺儿头，非常难搞，咄咄逼人就算她身上最温和的品质了。要面子的苏杰就希望用这种悬而未决的招数来试探，毕竟自己没有表明态度和立场，对方也不太好拒绝。因为姑娘们都爱面子，不会断然拒绝没告白的撩拨，难免落下个“自作多情”的口实。

可是，他万万没想到，于一竟然如此直接地把本应该属于心理活动的所有问题全盘问了出来，不但问，还自答和分析。这简直要了苏杰的亲命了，像他这种暧昧惯了的人，丝毫没有招架直白的力量。习惯了月黑风高之夜的偷摸，怎么能瞬间就转换为在光天化日之下明抢？

是的，暧昧最怕的就是打开天窗说亮话，就好像皇帝穿着新装举行大游行时，那个孩子的一句真话彻底撕破了整个局面里的所有伪装。

中国人热爱“委婉”，表面上是给别人留面子，实则是给自己留面子。这是一种奇妙的心态，大概的理论根基就是：我敬你一尺，你敬我一丈；我先示好，你无论如何都很难刁难我，必然要以礼相待。然而，一切社交规则在于一身上似乎都效用不大，她完全是个跳出三界外、不在五行中的货色，并不是一种故意的特立独行，而是真的频率异于常人。只能说，苏杰遇到于一，算他倒霉。

于一这招非常狠，反正脸皮撕破了，也无须再忍受对方毫无意义的撩拨，这些行为在于一眼里就是浪费彼此的时间。然而，超出于一预料的是，苏杰貌似也不太正常，但凡被这么戗过的人都会有阴影，可是苏杰竟然越挫越勇，或者说，这激起了他的斗志。苏杰老实了三天后，把于一约出来，一脸兴奋地说：“于一，我追你可以吗？”

“你当我是傻子吗？你想让我怎么回答你？我怎么同意？我怎么拒绝？我说，好啊，来追吧！那意味着什么？意味着我主动打开了允许你追求的大门，意味着你得到了特许通行证，是我让你追的。于是，你的胜算是不是自然高出许多？不然我拒绝，那就意味着，反正海选都没过，连最基础的成本都无须付出。追不追我可以说是你的主观行为，你却在让我为你的主观行为做取舍甚至负责，你还真是算得精呀！里外不吃亏！”于一简直要吐血，机关枪似的一通吐槽。

“于一，你的想法怎么这么阴暗？我只是问一句，你这么说也太无理取闹了吧！”

“阴暗？我只是把你的心理活动读了出来，要阴暗也是你内心阴暗，怎么就是我无耻、无情、无理取闹了？那好，我收回我的话，那你追吧！”然后，于一饶有兴趣地看着苏杰，眼神中带着挑衅和意味深长但毫无内容的笑意，看得苏杰毛骨悚然。

也不知道是于一不幸，还是苏杰不幸，他这可算是第二次踩中于一的地雷了。于一很讨厌这种口头上的“尊重”。在她看来，这并不是尊重，而是一种当婊子还想立牌坊的试探。他们这种“我要追你，可以吗”的手段，跟“我想送你礼物，可以吗”如出一辙，就是把对方活生生地逼死。人家怎么回答？“好呀，送吧”，这不是厚颜无耻吗？还是说“别送”，最后还落得个“不是我不想送，是你没同意呀”的结果？

有种男人是没有界限感的，他们的口味非常宽泛，并没有特别喜欢谁，也没有谁在他们眼里是特别的，他们似乎可以跟所有异性做朋友，也似乎可以跟任何异性朋友随意超越友情的界限，升级为情侣。他们不是故意玩暧昧，而是喜欢杀熟。他们知道女人的弱点，就是很难去分辨陪伴、依赖和爱情的区别，因此，一旦成为朋友，下手更容易。很明显，苏杰就是这种人。

这段对话没有结果，其实也并不需要结果。于一在心底里连朋友都不想跟他做下去了，她觉得，这种友情不是变质的问题，而是人压根就不对。于一拉黑了苏杰后没多久，就从一个老留学生那里听说苏杰已经在国内订婚了。于一并没有很诧异，对她来说，苏杰这种底线不清晰的人无论做出什么样的举动，都是不需要大惊小怪的。

于一在心底里有点同情这个男人，也许，这个男人心里也很同情于一，毕竟不是一个世界的人，很难相互理解。

能伤害你的，最终还是你自己

蔓荷回到马赛后，大家都没有再刻意提及任何关于蔓荷独自在巴塞罗那那三天的事情。于一没问，因为她觉得蔓荷应该是被伤了，需要自我调整，自己不想讲，别人多问无益。柯米也没问，因为她懂得每个人心底都需要一个空间存放一些对自己来说很重的东西，也许并不想展示和分享。

回来后的董蔓荷开始变得恍惚起来，经常会发呆，时不时嘴角会浮现出一丝淡淡的笑意，眼神却是忧伤的。这一切于一和柯米都看在了眼里，区别是：于一悲观地松了一口气，柯米乐观地觉得故事还没完。

日子一天一天过，拥有李为一切联系方式的蔓荷却始终如庄周梦蝶般地怀疑这个男人是否存在过，那三天是否真实。她并不敢主动去联系李为，不是什么矜持和欲拒还迎，而是彻头彻尾的恐惧，害怕对方的态度给自己彻底的打击。如果不去探知，即使结果不是自己想要的，至少也不会因为自己那句“我们是什么关系”的答案而留下阴影。我们都以为时间是抚平一切的万能药，可是这次，药效似乎失灵，蔓荷的恍惚和彷徨并没有随着时间淡去，反而有愈演愈烈的趋势。

终于，两个月后的一个午夜，蔓荷的手机上出现了那个她牵肠挂肚、夜以继日地期盼的名字——李为。

“前一段时间有点忙，你最近好吗？有空见个面吧！”

蔓荷之前给他找的所有借口都派上了用场，她不断坚定自己的信念，她可以“拯救”这个男人。然而，她最可笑的错误就是压根不知道，对方也许根本不需要自己的拯救。飞蛾扑火般的勇气呀，可惜，貌似飞蛾们并不太在乎大家对它们命运的感慨和唏嘘。

到了约会的日子，蔓荷悉心打扮，挑选了最漂亮的衣服，检查了每个细节，然后赴约。这是巴塞罗那之行后他们的第一次见面，蔓荷穿得很美，简直是隆重，而李为则是一身懒散的打扮。在李为的衬托下，蔓荷的重视反而显得滑稽和用力过猛。蔓荷略显尴尬，但是这尴尬很快被再次见到李为的兴奋冲刷得点滴不剩。在一座两个人都熟悉的城市里，面对自己喜欢的人，这种感觉让蔓荷觉得满足，她并不知晓如何去表达这种心态，只是一个劲地笑。

两个人找了家餐馆吃饭。从头至尾，李为都彬彬有礼，甚至没有碰触蔓荷一下，哪怕是手，只是友好而平静地侃侃而谈。像是两个普通朋友的普通见面，并非情侣间的约会，这疏离感让蔓荷觉得糟透了。可是，蔓荷知道自己没有办法抱怨，因为完全没有立场和身份，这就是所谓的自知之明吧。

吃完饭，天色稍暗，他们走出餐馆，李为也没说接下来的安排，但他在有意无意地掌控着两个人的行进路线。很快，他们来到一片公寓区。进了公寓大门后，李为一把搂住蔓荷的腰，亲吻了一下她的额头，这个动作让蔓荷的心软了一下，同时疼了一秒。剩下的事情，也就是所谓的男女之事，发生得合情合理，但又让蔓荷觉得无比摇曳，像是疲倦到极致时喝的一杯咖啡，虽然勉强撑起了意识，但还是混沌一片。最终，被爱欲点燃的激情还是吞噬了蔓荷的理智，她只想沉沦。波涛汹涌后，李为只说了一句话，而这句话把蔓荷彻底从天堂推下了地狱。

“不早了，我送你回去吧！”

“不用了，我自己走。”蔓荷咬着牙，企图用倔强作为抵抗的武器。她只是希望李为能动一点点恻隐之心，借此证明他对自己还有丝毫的在乎。没想到，李为怔了一下，安静地说：“那好吧，路上小心，到家给我短信。”

蔓荷微笑着出门，门关上的那一刹那，泪水夺眶而出。回到家的蔓荷并没有给李为发去那条报平安的短信，她也没接到任何对方对她是否安全到家的询问，似乎那个“到家给我短信”跟“有空一起吃饭”一样，就是个根本不会实现但是不说又显得不礼貌的寒暄。

那一晚，蔓荷辗转难眠。她不想陷入这么一段一厢情愿的感情，她若是爱一个人，便可以为了他背叛全世界，践踏自己的原则，摒弃曾经的底线，放下所有的坚持，甚至变得卑微，并且不为此感到丝毫羞耻。她可以如此不堪而又华丽地去爱，前提是，他也爱她。蔓荷觉得，没有回应而依然一往情深地单恋是世界上最愚蠢的行为。于是，她暗暗下定决心，再也不见他了，因为那明明就是一颗无法被温暖的心。

接下来的日子，蔓荷企图用忙碌的学业来冲淡自己的感情，但是似乎效用不大，但凡有一点点时间，她就会被那瞬间涌上来的巨大思念困住，窒息般地去想他。蔓荷不懂，无非是三天的速食爱情，自己怎么会瞬间陷落至如此境地？她恨自己的无能为力，却半点没法责怪李为的凉薄。

李为依然没事人似的隔三岔五地跟蔓荷聊几句，然后莫名其妙地消失。他总能在蔓荷意志最薄弱的时候，一句话就让蔓荷彻底放弃抵抗，待在他制造的这个爬不出去的谷底。这种忽冷忽热的态度，总是不断地给蔓荷希望，又不断地把她推入更深的泥沼。蔓荷始终不肯承认，自己对李为来说，也就比性伙伴好一点。好在哪一点？好在蔓荷是真心的这一点。你以为的爱情，在对方眼里只是欲望这种事情，任谁也不会自己承认吧？

这一切看似终将结束，方式残忍而直接，这对当事人来说也许是最好的，或者是最糟的。然而，如果感情都如此清晰，决绝都如此果断，那就不会有揪心的故事存在了。

李为对蔓荷的情愫也并不如他自己的认知般清晰明朗，他会惦记这个女孩，会时不时地想起她，会想见她。于是，一周后，李为再次拨通了蔓荷的电话。此时，蔓荷谨记着自己要断决这段关系的态度，言辞非常冷淡，无论李为如何示好，她都不接招，不是放下了，只是强压着投降的欲念。对话进入一种极尴尬的状态，终于，在双方都静默了十几秒之后，李为对蔓荷说：“我喜欢你，我想见你。”

短短八个字，把蔓荷多日来修筑的防线彻底摧毁了。她颤抖起来，眼泪不争气地滑落，却毫无声音。她不敢带哭腔，怕对方瞧不起自己的懦弱。彼此又沉默片刻后，蔓荷终于没忍住，说：“我也想你。”

李为说：“我去找你。”

蔓荷告知了李为她的地址，不久，李为的车就到了楼下。蔓荷下楼，拉开副驾驶位的车门坐了进去。两个人依然是无言以对地静默着。忽然，李为拉过蔓荷，拥她入怀。两人隔着汽车的中央扶手箱别扭地拥抱着，并且保持着这个如此奇怪的姿势良久，直至腰力都无法继续负荷下去，才各自重新端坐。

“那我回去了，明早要出差。”李为说。

蔓荷笑着回答：“好。”

这一抱，把蔓荷的心完全融化了。她再也不想挣扎，不想抵抗，她心想：死就死吧！

彷 徨

于是，董蔓荷跟李为正式开始了一场旷日持久的拉锯战。每当李为不出差，也没别的“约会”的时候，他就会去找蔓荷，蔓荷对这个男人再也说不出半个“不”字。他们如同情侣般交往，事实上，又像是在逢场作戏；他们像是纯属为了浇灭彼此欲望的性伙伴，事实上，又时不时地蹿出真情。

蔓荷“输”得一败涂地，极为被动。李为的态度成了她所有情绪的起因：李为只言片语的关怀能让她欢欣鼓舞、春风拂面一整天；李为的无回应和淡漠能让她忧心忡忡、焦虑万分，直至睡去。她放大他的每一个反馈，然后在患得患失中自我折磨到下一次反馈为止。

蔓荷不堪这种被动，开始翻看各种“攻略”“战术”类的书籍，渴望从技巧上占有一点优势。她觉得李为是个高手，跟高手过招，绝对不能看起来太傻白甜。然而，蔓荷从一开始对事件的判断就存在致命的失误。没错，李为是高手，但李为高的根本原因不是他熟练掌握了所谓的驭女技巧和大招，而是他没她这么深陷其中，他置身情外，方能片叶不沾。这个游戏的规则太简单了，谁动情谁死。

蔓荷为了能见到李为，从来都是随叫随到。无论李为什么时候来找她，当时她有没有事情，忙不忙，她都会马上给出一个“不忙”的反馈。不管是论文写到一半，还是第二天要考试，只要李为一句“在干什么”，她都会瞬间回应“没事，闲着呢”。她生怕自己的拒绝或者自己显得很忙会让李为心生厌烦，或者怕“打扰”而不找自己，哪怕约会之后十分狼狈地去弥补这因为迎合而造成的万般无奈。而蔓荷偶尔抱怨李为很忙、没空理自己时，李为都会半开玩笑似的讽刺蔓荷：“你以为我是你们这种无所事事的大学生吗？”此时，蔓荷心里都会难过一下，然后默念：“只是对你才这样好吗！”

人对人的态度似乎都有一种惯性，你选择包容，就会习惯性地成为对方负面情绪到来时的牺牲品，最先被厌恶的，也一定是你；你选择作，对方自然必须启动妥协状态，因你的行为而纠结，并节节退让，最后跌破底线而无疾而终，殊途同归地没有好结果。

无论李为情绪多么不好，对蔓荷是没好脸色，还是爱搭不理，蔓荷始终笑脸盈盈，不恼不怒。有时候，明明根本无事，蔓荷也会莫名其妙地被冷一脸。即便如此，蔓荷也总是先去缓和，把问题归咎于自己，想方设法地哄他，绞尽脑汁地开导他，得到的回应大部分就是四个字：你懂什么？而蔓荷自己的负面情绪和压力一个字都不敢跟李为倾诉，原因很简单，她怕他嫌烦。所以，蔓荷每天演出一副没心没肺的乐天样子，只有四下无人时，才敢亮出伤口自己舔舐。然而，李为是不会知道这些的。

蔓荷对李为的态度，一方面是出于爱得小心翼翼，另一方面是出于自己的讨好型人格。她觉得，连父母的爱都无法理所当然，更何况爱情！她隐忍，自我安慰。

人可以骗自己，可是心不会说谎，蔓荷的情绪越来越反复和不可控。看到别人的爱情的风吹草动，她便纠结，这个男人有什么好？关怀、陪伴、帮助、名分一概没有。名分就算了，自己还不是他唯一的女人。一想到他游走于几个女人之间，蔓荷就感到恶心，觉得自己瞎了眼了，然后下定决心，要离开这个浪子。

睡醒后，李为的一颦一笑会忽然回荡在她的脑子里，她就开始给自己洗脑：其实，爱情不就是这么回事，开心就好了，我看到他就开心呀，至于他跟别人如何，并不关我的事呀，反正我也没有非君不嫁，只是男女关系嘛，何必搞得这么沉重。我爱的就是这样的他呀！

到了下午，蔓荷想：我挺好一个人，难道不值得拥有一份完整的爱吗？凭什么我的爱情要跟别人分享？凭什么？！你去死吧，李为！

到了晚上，她每十分钟按亮一次手机屏幕，每半小时刷一遍社交软件，逛一遍李为常去的各大论坛，看看有没有新动态，然后没话找话地硬发一些动态，只是为了对方看到后也许会想起自己。

到了深夜，她在睡前告诉自己“明天重新开始”，可是还没等睡着就改了主意，对自己说：“不如再等一天”。

她就这么日复一日、月复一月地拖延着，蹉跎着。她感到恐惧，她不知道怎么面对失去他的生活，这种交往已经成了她生活的要义。她渴望得到他全部的爱，总觉得是因为自己不够好，才没资格获取。

蔓荷学的是法律，一门连法国人自己都觉得非常难啃的专业，首先它对语言的要求非常高，其次它非常琐碎和庞杂。蔓荷看重情感不假，可是她并不会因此放任自己沉溺在情感里不动，她很清楚，如果想跟李为走下去，就必须留下工作。除了跟李为纠缠，她剩下的所有时间几乎都拿来读书了。

学校好，成绩好，实习工作找起来也相对容易很多。同时，蔓荷不断修炼提升自己，在本就繁重的课业和实习压力下学习各种奇怪的东西。为了培养自己的气质，她甚至还参加了个什么奇怪得令人瞠目结舌的插花课程。其实，爱不爱一个人，跟这个人好不好没什么关系。一个人爱你，就会爱你的所有，即便是缺点，在他眼里也会另有一番解读。倘若不爱，你所有的良苦用心，在他眼里别说是过眼云烟了，根本就是空气一般。可怜的女孩却在为“讨好”二字兢兢业业、煞费苦心，落得个失去自我不说，对方还根本毫不知情。她知道一切，却还是没能逃出这个可怕的状态，因为不做这些，她连坚持下去的资格都没了。

崩　坏

蔓荷在一次聚会后酩酊大醉，她忽然非常想看到李为，那种想念的程度简直可以说是撕心裂肺。她借酒装疯，不顾一切地冲到了李为家楼下。最后的一点理智控制住了她，她没直接上去敲门。然而，也就是这最后的一点理智保护了她，让她没有眼睁睁地看着自己的心被撕裂。

她看到李为家窗口的亮光，拨通了李为的电话，他没有接。再打，依然没接……蔓荷失魂落魄地坐在楼下发呆，不知道何去何从。此时，蔓荷忽然抬起头，看到窗口映出的影子不止一个。

蔓荷根本不知道自己是怎么回到家的，也不知道之后发生了什么，等她清醒过来时，已经过去一周了。她知道真相，李为没有骗过她，他从一开始就摆出一副“我是钓者，愿者上钩”的姿态。可是，知道归知道，真的亲眼面对这个真相的时候，那种刺激程度和破坏力还是要比想象中的强烈很多。

蔓荷骨子里从来都没停止过一分一秒浪漫主义的顽固，无论李为怎么跟她强调自己是没有爱的，也不可能只喜欢一个人，她总是抱着幻想，觉得自己比他更了解他自己。她总是幻想，这个男人一定是受伤了，才会用这种“放浪”的方式来保护自己的深情，以及不羁的外表下那颗脆弱的心。她总觉得，自己会是拯救这个恶魔的最后那个天使，用爱与包容彻底融化他的冰封，换回他的真心。

但是这次，她没有再主动联系李为，李为找她，她也没有回应。虽然行动决绝，可是心如在烙铁上煎熬着。董蔓荷第一次明白，“度日如年”这个词并没有任何夸张的成分。她渴望李为找她，同时又恐惧李为找她，因为这很有可能让她这次好不容易下定的决心崩塌。她渴望利用这次打击，彻底放下她的羁绊。人生中最让人唏嘘的关系莫过于：他是你的主食，缺了不会死，但是不完整；而你只是他的零食，可有可无，用来打发无聊的时间。

如同所有痴情的女子一样，她完全活在自己的幻觉里，不愿意承认自己爱错了人。因为承认爱错了人，很容易顺便否认了自己的爱情。确实，爱没错，只是爱的人不对而已。对方不是不值得爱，只是受不起你的深情，以及以爱的名义强加的对方并不需要的刻骨铭心。你以为你付出了全部，而他却为此负累，他并不在乎你有多撕心裂肺，甚至会因此感到压力和恐惧，钓者钓上来一条白鲸，也会惊悚和不知所措吧。这个游戏不需要拿生命去玩，只是个游戏，你太认真，反而扫了他的兴。在钓者看来，情深不寿，不如浅尝辄止。

然而，在一个情绪几乎彻底崩溃的夜里，她终于没忍住，接了李为打来的电话。

“你最近怎么了？怎么找不到你？”

“没什么。”

“到底出了什么问题？”

“我都看见了。”

电话那端的李为沉默了一会儿，说：“哦。”

一“哦”解千愁，随之终止的看样子不只是对话，还有他们的关系。

妥　协

那个“哦”字不是蔓荷要的回应，是的，李为从没给过蔓荷想要的任何回应。她多么希望李为能给出一个完美的解释，让这一切变成一个误会。爱情中的女人们呀，永远都是如此矛盾和纠结，恐惧欺骗，同时又恐惧真相。

整整三周，蔓荷一直处于一种大脑高速运转但一片空白的状态，她一直在思考，可结果全是枉然。对她来说，这个打击虽没有达到彻底摧毁她的地步，但也着实让她颠覆了。她疯狂地学习，疯狂地工作，疯狂地让自己疲倦到无力反抗。

三周后的某一天早晨，蔓荷惊醒后，给李为写了一封邮件：

我知道，至少那三天是如此真实，你是如此真挚，我们是如此亲密。我看得到你眼底的温柔，你看得到我满脸的笑容。也许这对你来说稀松平常，因为你不缺乏这样的情感；而对我来说，这就是珍宝。之后的日子里，我会很欣慰，因为我是有过真心的人。于是乎，我甚至不想把它称为劫难。为什么？因为在我眼里，那明明是一片灿烂的美好呀！我确信，并非寂寞让我们彼此吸引，而是一种冥冥之中的安排。

我如此难得地喜欢上一个人，这也许是我这辈子唯一的爱的机会了，用尽所有的运气，才能和你相遇。那么，已然遇到，能有缘守护你走过一段岁月，就没必要再去计较过程、得失，更别说有没有结果。而我，怎么忍心把你这么鲜活而注定非凡的灵魂关进莫须有的牢笼，任它在闭锁中慢慢凋零得暗淡无光呢？有机会曾经陪伴，已然是天大的恩赐，如若再强求索取，就是贪婪。

我并非在纵容你，而是用我的方式去抒情。你值得我用最宽广的胸怀去对待。你不要因为我有任何压力、任何负担、任何内疚、任何自责！所发生的一切，都是我心甘情愿的，与你无尤！

蔓　荷

这逻辑简直伟大得感人，见过自欺欺人的，但没见过自欺欺人还能如此凄美并自圆其说的。女人之美在于蠢得无怨无悔，按照这个标准，董蔓荷简直是艳压群芳！

用膝盖想都知道李为的回应是积极的，在同一棵树下撞死两次的兔子到哪里去找？如果说李为对蔓荷丝毫没有动情，那也是真的有失偏颇，他不是完全不走心，而是一直在控制自己走心。与其说他在控制他们之间的情感和距离，不如说他在恐惧，他不想给任何人伤害自己的机会。他感知到这个女孩身上有种特殊的力量，让他每看她一眼，都会被她击穿一次。可是，看不到她，又会莫名其妙地思念。李为这种在渴望与恐惧中的徘徊，并不比蔓荷的患得患失更让人舒服。

接下来的事情不用猜也知道，她见到他，心就融化了，彻底没有了任何反击的能力，任由他践踏自己的底线。他离开，她就崩溃了，满脑子都是他和她、她、她的画面，满心绝望，然后不断下决心，要走出这片沼泽，不再深陷其中，他的轻佻不值得自己如此深情。可是，李为是她的希望，她不敢反抗，不敢动弹，她怕失去，她怕失去的不是李为，而是自己的希望。可是，每次想到有别的女人在跟自己分享自己的希望，她又会瞬间掉入心底的那个黑洞。

蔓荷回到了那个不断地给自己洗脑的状态：如果真的爱一个人，只要能陪伴在他左右，就是一种幸福；也许有一天，当所有人都离开他，他才会意识到自己的重要，才会心甘情愿地给自己全部的爱情。然后，洗脑剂慢慢失效后，她又不断惊醒：真的爱情怎么会容得下这么多人？对方就是不爱自己呀！如果真的爱，怎么会忍心让自己如此难过？自己已经跟别人分享了父亲，然后又跟别人分享了母亲，这仅剩的自己唯一能控制的爱情，也要拿出来分享吗？

蔓荷觉得，终有一天，攒够了失望，自己就可以离开了。可是，失望要攒多久才会绝望，没试过的人永远不知道原来自己的底线是可以如此向下延伸的。

对于爱情，可以执着，但是不要轻贱。拿你当“备胎”，还是无望转正的那种；打电话永远不接的；在你面前电话静音，发短信接电话偷偷摸摸的；只有他联系你，没有你联系他的；逢年过节就消失的；毫无理由地隐恋，生怕恋情被曝光的……撤吧！这不是现实，这是自爱。归根结底，能恶心和伤害我们自己的，最终还是我们自己。

我痛恨这个有你的世界

“下个星期，我就回国了。”洪欣和颜悦色得让于一毛骨悚然，因为这么多年，洪欣从来没给过于一什么好脸色。

“我父母已经准备好了一切，给我在县里的中学找了一份工作，就等我过去了。”

“啊？”于一对整个事件发展的掌握根本是脱节的，所以她能给出的反应只有这个。

洪欣意识到了于一的错愕，笑着说：“要从什么时候说起呢？就从我从马赛搬走说起吧。”

肖　克

洪欣是于一的旧识，确切地说，是于一同学院不同系的大学同学，她在于一来法国一年后，忽然也来留学了。她来到马赛后，除了开始时于一导游似的带着她到处熟悉环境外，两人并没有过多的交集。这时候，于一已经开始上研究生的专业课程了，每天忙得连自己的性别都忘了，而洪欣还在念语言，闲得紧，两人的生活基本上是两条轨道。马赛不像巴黎那种国际大都市，社交生活和休闲生活都没那么多彩，中国人也相对没那么多。洪欣语言不好，她对马赛的生活很是厌恶，觉得枯燥，她是个渴望交际、耐不住寂寞的人。于是，半年之后，她就决定到巴黎找个语言学校，继续读法语，然后申请巴黎的大学。

搬到巴黎后，洪欣忙于认识朋友和享受生活，很快半年就过去了，语言考试的成绩惨不忍睹，自然申请专业失利，必须再读一年的语言学校，但这一年折腾下来，带来的钱已经不多了。洪欣从心底里是排斥打工的，她不认命地觉得，自己是应该过好日子的，就像所有白富美一样。可是，她忽略了一点，她根本不是白富美。

洪欣用所有的钱交了语言学校的学费，从出租屋搬出来，带着一只箱子，住进了一个“备胎”的家里，开始了一段十分诡异的“同居”生活。

同居关系中，除了真正的情侣外，还有一种类似搭伙过日子的关系。这种组合方式在留学生中并不罕见，一男一女像情侣般地住在一起，至于感情，或者是一方对另一方有感情，心甘情愿地出钱出力照顾对方；或者是彼此都没什么感情，只是图省钱，图方便，图排解寂寞，甚至是为了欲望。他们并不是心灵上的情侣，但是多多少少要遵守一些情侣间的规矩，比如忠诚。

很显然，洪欣并没有把自己归为此类。她非常善于利用自己的美貌，给自己穷途末路的生活创造了新的转机。为她提供免费食宿的这个“备胎”叫肖克，是个貌丑但温柔的宅男，比洪欣早两年来法国。在早先的一次留学生联谊会上，他见到洪欣的第一面，就深深地爱上了这个女人，时不时地嘘寒问暖，显而易见，次次热脸贴到冷屁股上。

肖克并不富有，是个家境一般的男孩，但是吃苦耐劳，刚到巴黎还在读语言学校的时候，就找到了一份在中餐馆后厨打杂的工作，白天上课，晚上和节假日就打工。当得知洪欣无家可归时，他小心翼翼地提出了邀请，希望能够帮助自己的女神。没想到，洪欣真的答应下来，搬去跟他同住。这天上掉下来的艳福，让肖克简直比中了彩票头奖还欣喜若狂。

巴黎寸土寸金，房租贵得离谱，肖克租的房子小得可怜，十四平方米的小窝里，除了一张单人床和必备的家具电器，再没有多余的空间摆另一张床。因为洪欣的到来，肖克特地去IKEA（宜家）买了张双层床，把原来的床换掉。他很尊重他的女神，他并不想乘人之危。

洪欣到了肖克家之后，看到刚刚组装好的双层床，一刹那竟然有点动容，对他产生了一丝不忍。可是，三分之一秒后，这不忍就烟消云散了。洪欣太了解自己了，她的目标太清晰，作为一个猎人，怎么能对猎物产生恻隐之心呢？并且，既然搬来和他同居，自己就没打算装纯。

当晚，尴尴尬尬地吃完晚饭之后，稍做寒暄，洪欣就开始收拾自己的东西，极具侵占性地鸠占鹊巢，而这一切在肖克眼里竟然都是甜蜜。洗漱完毕后，洪欣就直接爬上了肖克的床，肖克紧张得连呼吸都不敢了，更别说有所动作了。在洪欣的主动挑逗之下，肖克的欲望被无限地激发出来，他压在她身上，用嘴唇摩挲着自己女神的每一寸肌肤。他试图进入她的身体，燥热而膨胀，但是，他感觉到了她的干涩。作为一个处男，肖克根本没有足够的经验去判断此刻的情景到底是什么原因造成的，他只是横冲直撞地向前，然后，过于紧张的气氛和缺乏经验的敏感让他失败了。

洪欣并没有表现出失望，她是个经验丰富的女人，知道如何应对处男，可是她也知道自己为什么干涩，因为她对这个男人兴不起半点欲望。但是，她必须彻底征服这个男人，因为她需要一个“靠山”，无论如何都会支持她的牢靠的臂膀。这个自己最落魄时收留自己的人，就是她现在需要的。她开始采取主动，用嘴唇拨弄着肖克的耳垂和脖颈，在肖克耳边柔软地呼吸着。男孩虽然刚刚经历过第一次挫败，但哪里经得住这样风情万种的女人，羞涩未退，瞬间欲望重燃。洪欣感觉到了对方的变化，于是，嘴角含笑，引导肖克慢慢体会到欲海里最销魂的滋味。

事情的发展完全掌握在了洪欣手里，肖克像被下了药似的，彻底被她征服了，甚至多打了一份工，拼命地赚钱，帮她申请学校，帮她做作业，给她做饭，带她购物、旅游，任劳任怨地拿出全部的钱和精力养着这个女人。而洪欣呢，继续各种交际、聚会、联谊，认识新朋友，毫不避讳地积极骑马找马。他们周围的人会时不时地提醒肖克小心这个女人，可是，在肖克眼里，洪欣就是个天使，天使怎么会伤害自己呢?

留学生的圈子并不大，洪欣的名声很快就在这个圈子里臭了，可是她并不在乎，她要找的生活，不是这些总喜欢拿名声说事的普通留学生能负担得起的。

半年之后，毫无悬念地，洪欣顺利地找到了一个下家，一个来法国虚度光阴的富二代。富二代丝毫不介意洪欣的口碑和人品，反正就是找个伴，这种目标明确的女人对他来说上手下手都容易，很划算。

当洪欣收拾行李准备搬走的时候，肖克依然执着地认为洪欣在跟自己开玩笑。洪欣什么都没解释，只是说“我必须这么做，我有我的理由”，然后丢下肖克和那张只用过一层的双层床，离开了。

洪欣一点也不内疚，她觉得自己跟肖克是平等交换，肉体和金钱的简单关系。她吃他的、住他的，但是他得到了她。所以，他们之间是平等的。在洪欣眼里，再没有比这种交换关系来得更让人泰然自若了。之前的严立山是这种关系，之后的富二代也是。

在肖克看来，这个理由是“苦衷”。可是，在洪欣看来，这个理由是“他比你有钱”。这就叫讽刺吧！

严立山

严立山是洪欣的第一个金主，一个有婚姻的老男人。

婚外关系其实很复杂，“外面的女人”也是多种多样的，除了洪欣这种被包养的，也就是大家口中的二奶，还有小三、情人、性伙伴等。区分这些关系的依据无外乎是两个：一个是情，一个是钱。

包养关系中必然存在宿主和寄生对象，双方在合约精神下遵守交换条件，女方不得干涉男方的婚姻关系和其他男女关系，男方则提供女方所需的金钱。至于感情嘛，可以说有，也可以说没有，但底线是必须有的，就是不得越位转正。小三就不一样了，转正是小三的终生奋斗目标。可以说，侧重点在于情，至于钱，那就不是关键了。情人是种很缥缈的关系，一般存在于双方都有家庭的婚外关系中，跟金钱无关，算是婚外恋爱。当然，也有李为这种只交“情人”的人存在。而性伙伴就简单多了，两人之间除了性关系，什么都没有。

在大三下半学期的一次校外演出中，坐在台下的颁奖嘉宾严立山一眼就看上了台上媚态万千的洪欣。他等到她从表演厅出来，约她吃夜宵，纯黑色的卡宴在月色的映衬下反射出虚荣的光芒。洪欣第一次嗅到金钱的香气离自己如此之近，于是腿一软、心一横，在同队女孩子的嘁嘁喳喳声中钻进了车子，从此踏上了一条不归路。

然后，如同所有被包养的女人一样，洪欣搬出了宿舍，搬进了金主为自己安置的“金丝笼”。作为一个女大学生，洪欣是复杂的，可是，作为一个新手情妇，洪欣简直太单纯了。严立山除了每个月给洪欣并不比一个小白领的工资多很多的零用钱外，就是带洪欣出入一些高级餐厅，然后就是时不时地送洪欣一些小礼物。那礼物真是小得不值一提，严立山还美其名曰“心意更重要”。除了衣食无忧，洪欣并没有得到任何实惠。

一次饭局中，洪欣无意中结识了严立山生意伙伴的“女友”Tina。从段数上看，如果说洪欣刚入门，那这个Tina简直就是专业级选手了。Tina对洪欣很友好，可能是对“后辈”的一种不由自主的关照。因为“职业”关系，已经被周遭排斥的洪欣好像抓住了友情的救命稻草般，而且两个人都很闲，一来二去，频频相约逛街、吃饭、找乐子、谈心。一次相约泡吧，几杯酒下肚，洪欣就把自己的情况和盘托出。

Tina听完笑了，说：“老严真是个老狐狸，连泡妞都这么会控制成本，难怪要找个单纯的学生妹。”

洪欣一头雾水，Tina很直接地告诉洪欣：“亲爱的，这条路是我们自己选的没错，可是我们付出了精力和时间，付出了女人最宝贵的青春，去跟随一个根本给不了自己未来的男人，图什么？跟他结婚后离婚，还能落点财产和房产，我们根本不可能有名分，难道是在尊老敬贤？你这……说句难听的，也太物美价廉了吧！”

一句“物美价廉”，像一根锋利的长针，深深地扎在了洪欣心里仅存的那点柔软的自尊心上面。她忽然面红耳赤，没想到自己放弃了尊严和道德底线，换来的竟然只是句“物美价廉”。

“是，我们是婊子，我们不指望立牌坊，可是杜十娘还能攒个百宝箱呢，没了名声，至少落下点钱，将来自己做点小生意，衣食无忧。亲爱的，你是大学生，绝对不笨，你要好好思考思考你要什么呀！”Tina仰头干掉了一杯马提尼，幽幽地说。

洪欣如遭到当头棒喝般地惊醒了，匆匆道谢后道别，回到自己的“金丝笼”里，开始盘算自己的标价。

严立山如期而至，醉醺醺地拱上来求欢，被洪欣一把推开。严立山非常恼火，吼道：“你干什么？！”作为一个业务并不熟练的新手，洪欣怯生生地说：“我想买一部iPhone。”一部iPhone，对一个学生来说，真的是奢侈品。

“买那玩意儿干什么，你的手机，我不是才给你买了没两个月吗？”严立山开始不耐烦地敷衍。

“喜欢，想要，不可以吗？”洪欣尝试撒娇。

“有一部用就行了！”严立山开始显得反感。

“不，我就要！”洪欣开始撒泼耍赖。

严立山竟然提裤而去，留下洪欣一个人目瞪口呆地面对一个无比尴尬的局面。

其实，洪欣并不是真的想要这部手机，她只是想通过这部手机开始为自己的未来考虑。可是，她千算万算也没想到，严立山竟然吝啬到如此地步。Tina说得很对，严立山是个老狐狸，而且还是个吝啬的老狐狸，他找洪欣，确实图的就是她单纯好控制和物美价廉。这些原本挺美好的词语，竟然在一场赤裸裸的交换中变得如此肮脏不堪，并且上升为选择的第一标准，真的不知道是男人的悲哀，还是女人的悲哀。

严立山也万万没有想到，原本单纯的小白兔开始长出第一颗獠牙，在自己被咬伤前，他只能先离开，考虑清楚自己愿意付出多少价码去继续维持这段关系。尽管如此，他还是把洪欣这个自我增值的信号记在了自己的记事簿里，作为备选方案。

第三天中午，洪欣的学院门口出现了一辆Lotus（路特斯），靠在车边上的是一个四十多岁的女人，虽然身材保持得不错，但还是看得出岁月在她身上膨胀出的痕迹。这女人穿得珠光宝气，不难看出，这身行头价格不菲。

没错，她就是严立山明媒正娶的妻子。严妻很傲慢，甚至到了趾高气扬的地步。一辆好车，一个贵妇，手里拿着一个iPhone的盒子，站在学院门口，很是扎眼。洪欣和同学们谈笑风生地走出来，并没有意识到潜伏的危机。严妻看到洪欣，相识似的迎上去，似笑非笑地说："你叫洪欣吧？"

洪欣愣住了，说："是我。你是？"

严妻说："我是严立山的妻子，你可以叫我严太太。"

此话一出，洪欣旁边的同学霍地一下作鸟兽散。是个明眼人都看得出来，原配找碴儿来了。说时迟那时快，作鸟兽散的人引回了更多看热闹的人，本该聚集在食堂的同学们在学院门口迅速形成围观的人群，包围在大奶和二奶的周遭。虽然洪欣被包养的丑闻在学校里早已经传得沸沸扬扬，可是原配上门这种年度大戏，对于无比八卦的群众来说还是具有强烈吸引力的。此时，洪欣脑袋嗡的一声，差点一个踉跄栽倒在地上，幸亏严妻扶了她一把。

洪欣带着哭腔，声音颤抖地说："你想干什么？"看得出来，这个涉世未深的小姑娘这次是真的怕了。

严妻反而很淡定地说："你别那么紧张，我绝对不会动手打你。我来就两个目的：第一，看看你到底是个什么模样；第二，带来你想要的手机。"

严妻像是看牲口似的围着洪欣转了两圈，那眼神犀利得像是能在洪欣的皮肤上划出口子。在严妻目光的扫描之下，洪欣整个人都在颤抖。

"说了你别紧张，我就是看看，我一根指头都不会碰你，你放心。我老公的每个情妇，我都会去看看，你不是第一个，也不会是最后一个。"

看完后，她冷笑了一声，把手里的iPhone盒子摔在洪欣身上，转身走了。没走两步，忽然若有所思地停下来，但并没转身回来，只是转过半个头，说："你只值一部iPhone……"

洪欣在上严立山的车的那一刻，就已经把羞耻心彻底捣碎咽了下去，她太渴望被物质包围了，太渴望彻底地改变自己的命运了。作为一个从县城里出来的小户人家的女孩，周围每个城里姑娘的新手机、新衣服都在刺痛她的自尊心，同时使她的虚荣心膨胀。她觉得，一切痛苦都是没钱导致的，如果她有钱，她就可以像于一那样自信满满、特立独行。那么，徐旭喜欢的人可能就不是于一，而是她；或者，至少她可以获得一次公平竞争的机会。

丢脸归丢脸，洪欣并不在乎，在她看来，贫穷比这羞耻一百倍。她觉得自己一没偷，二没抢，当情妇怎么了？被包养怎么了？这就是买卖供需的关系，不是他主动包养我，难道是我求他的吗？自己既不想上位当什么正室，也不想搞得他家无宁日、身败名裂，反而经常劝他多回家。对于严妻，她问心无愧。很显然，这是个强盗逻辑，但洪欣必须这么想，才能给自己留下一点可怜的自尊和坚持下去的自信。可是，不正当关系就是不正当关系，再怎么自我洗脑，她也很难在原配面前强硬起来。

群众发现没打起来，很是失望地纷纷散去，留下洪欣和iPhone面面相觑。刚从系里出来的于一着着实实、真真切切地直击了全程，她看到洪欣涨红的脸、颤抖的身体，以及掉落在地上的iPhone。她不知道自己该不该上前去安慰洪欣，因为两人熟识的程度不远不近，远不到冷漠旁观，也近不到嘘寒问暖。更何况，还夹着前男友的前女友这个复杂的关系。于是，于一怔在几米外，伸出一只脚，前后为难。

这时，洪欣竟然抬起头，跟于一四目相接的一瞬间，洪欣脸上露出了一种绝望的神情，继而诡异地笑了一下，迅速俯身捡起手机，走了。反倒是于一愣在原地，丈二和尚摸不到头脑，反复揣测那个诡异的笑容。

徐 旭

于一第一次看到洪欣，是在军训前的动员会上，她很爱说话，说个不停，带着夸张的肢体语言，面部表情张扬而浮躁。和她面对面地交谈，你会有一种静音模式自动启动的感觉，你看着她眉飞色舞地表达着，却听不到她说的只言片语。她一直穿着一条很旧的土黄色弹力牛仔裤，臀部丰满而上翘地展示着十九岁的青春。

徐旭是导致洪欣跟于一这么多年绵绵不绝的纠葛的根本原因。关系很简单，徐旭是于一的前男友，两人有过短暂的交往。徐旭对于一很是痴心，但是于一嫌弃徐旭的幼稚和不切实际的浪漫，最终，于一选择分手。徐旭是洪欣暗恋的对象，在洪欣眼里，徐旭才华横溢、高大英俊、家境优渥、魅力不凡。自从在大一迎新晚会上看到徐旭在台上自弹自唱的表演，她就开始倾心于这个学长。

而她连徐旭叫什么都没搞清楚，就知道他开始追于一了。当她终于搞清楚徐旭的底细，并且和他搭上话时，徐旭已经和于一在一起了。当她嫉妒得咬牙切齿、怒火中烧时，徐旭竟然被于一甩了。一言以蔽之，三角恋。

洪欣觉得于一是世界上最有眼无珠的女人，这样的王子摆在面前，竟然不要。于一和洪欣虽然不同专业，但是某些公共课是会一起上的，并且宿舍也挨着。于一能明显感觉到这个女人的敌意，但是八卦神经并不发达的于一不知道个中缘由。虽有敌意，但是矛盾并没有明确激化，也算是能说上几句话的熟人。

徐旭被于一甩了之后，每天死缠烂打、哭天抢地，各种尾随和痴缠。他越闹，于一越觉得甩得对，她最烦这种没囊没气的小男人了。

直到有一天，徐旭给于一发了条短信，说要在天台跳楼自杀。于一冲到天台，怒不可遏地说：“跳呀，跳下去就没办法骚扰我了！”说完，于一头也不回地走了，留下没种去死的徐旭呆呆地看着她决绝的背影渐行渐远。痴缠系列闹剧终于告一段落。

后来，过了一段时间，于一听说徐旭和洪欣在一起了。没过多久，于一接到徐旭醉酒后打来的电话，大意是：你为什么不嫉妒？你为什么不回来找我？我找她就是为了让你嫉妒。于一的回答一如既往地决绝：“既然选择交往，就好好跟人家在一起不好吗？闹什么闹？幼稚！”

于一的性格说好听点，叫冷静理智，说难听点，就是冷漠无情。可是，于一觉得这个特质充其量算是自己的一个特点，算不上一个缺点。她不是不会爱，不会有激情，而是会客观地去看待爱和激情，并且绝对不会一时冲动做出让自己后悔的蠢事，更不会为了任何人放弃自己。

在于一看来，幼稚这件事情与年龄无关，很多人年龄足够大，可是内心和行为在用一种深沉的方式继续幼稚着。这种幼稚，乍一看仿佛没什么问题，但仔细拆解，会发现它比单纯直接的幼稚来得更可怕，因为它带着巨大的欺骗性和伪装性。

徐旭的问题并不能单纯地推卸到年龄上，很明显，即便是十年后，经过时间打磨的他也无非是从一个懵懂幼稚的青年人，变成一个懵懂幼稚的中年人而已，不会有什么本质的变化。于一对儿童向来没什么爱心和耐心，于是乎，面对徐旭这样的劣童，一旦认清现状，定要能躲多远就多远。

于一的思路实在是太清晰了，果然，没过多久，大家就看到徐旭为自己坚持的幼稚付出了惨痛的代价。跟于一分手后的徐旭，借着所谓“情伤”终日无所事事，翘课、打游戏、旷考，在学校几番劝说警告不改之下，大三上半学期结束后被学校劝退。后来，他父母花了很大的力气，疏通关系，才把他降级转到了他老家的一所普通的二本学校。

徐旭临走那天，他母亲哭天抢地地在宿舍楼下骂于一是妖孽，害得她儿子没了大好的前途。于一承认，在徐旭的问题上，自己是有责任的，但她在这件事情中扮演的角色充其量就是个催化剂。徐旭这样幼稚而自大的男人，即便自身条件再优秀，最终也会栽在自己手里。一个为了分手这种事情就能放弃自己的人，是找其他任何莫名其妙的借口都可以堕落的。

洪欣得知徐旭转学之后，整个人气得颤抖起来，因为徐旭甚至没跟她分手，也没跟她告别。她开始恨于一，她觉得是这个女人断送了她的爱情。这种飘逸的逻辑没办法解释，因为讲理的人的思路都是类似的，而偏激的人各自有着各自的偏激。

徐旭走后，洪欣彻底没有了人生的信念。人没有了信念之后，随之消逝的就是底线。当底线也没了，那就一切皆有可能了。于是，严立山就顺理成章地出现了。

严立山后记

严立山这个渣男，不但好色、贪心、吝啬、懦弱，还不敢担当，枉费了看起来还算是仪表堂堂的一副好皮囊。自从他老婆来闹过之后，他就害怕得躲了起来，房子也退租了，简单地发了条短信通知洪欣搬家。

洪欣很是狼狈，匆匆找房子搬了出来，押金、房租一交，跟严立山在一起得到的本来就不多的好处便所剩无几了，只剩下那部iPhone讽刺般地存在着。洪欣甚至一度怀疑，是不是他让他老婆出面帮忙甩了自己的。后来才知道，他是靠岳父起家的，难怪怕老婆怕到如此田地。这种靠老婆起家又乱搞的人，真乃人渣中的极品了。

洪欣也扯下了最后的遮羞布，明目张胆地找到Tina，希望Tina给她引荐几个好的金主。Tina自然不负所托，很快联系了一个老头子给洪欣。通过一个严立山，洪欣迅速从二奶菜鸟水平跃升至中级水平。这次，她不但明码实价地和老头事先谈好各种细则和条件，甚至还学会了欲言又止、欲拒还迎、欲擒故纵等各种男女攻防技巧，弄得老头心里奇痒无比、七上八下。洪欣的荷包自然重新鼓了起来，甚至还弄了辆车。这对男女在外人看来，俨然一副千金小姐陪着爷爷微服私访的架势。

转眼就快毕业了，学校召开关于毕业事项的院会，院里通知毕业班的学生必须全员到齐。会开到一半，坐在窗口的洪欣看到匆匆赶来的于一从后门闪了进来。

上面开大会，下面开小会，同学们在叽叽喳喳地交换着找工作的进展。忽然，洪欣听到后排传来了一句八卦的话，像是天打雷劈似的把她钉在了座位上："你知道吗，保研有于一呢！"

"真的假的？这么没天理，翘课翘得老师都不认识她，还能保研？"

“成绩好呗！可惜她放弃了，据说在准备出国。”

“啧啧，真是旱的旱死、涝的涝死，多少人盯着呢，她竟然不要。”

听完此话，洪欣觉得自己失聪了，会上说些什么，再也没听进去一个字。散会后，洪欣在门口“碰”上了于一，故作轻松地问：“怎么放弃保研了？”于一一脸疲惫不堪，困倦得半眯着眼说：“出国也是读研嘛，没差别！不跟你说了，我先走，要去系里办些手续。”说完，于一匆匆地走了，留下原地石化的洪欣。洪欣的脑子像是被雷劈过似的巨响，再没有半点思考的能力。

就这么走了？

洪欣愤怒了。怎么可以？我好不容易住了好房，开了好车，本以为可以趾高气扬地看着她忙忙碌碌地找工作，碌碌无为地泯然众人矣，没想到她保研了。最不要脸的是，她竟然放弃保研，要出国！

洪欣无法面对这一切，自己已然摆好美丽的胜利者的造型，还没立起来，就彻底坍塌了。该怎么办？

三又十分之一秒之后，洪欣做了一个决定，她也要出国，就去于一要去的那个国家，虽然她不知道于一要去哪里。

这甚至算不上是一个愚蠢的决定，这似乎都不配是一个决定，因为一个决定的产生，多多少少是经过思考、权衡和规划的，而这个决定简直什么都没做。可是，洪欣还是决定了。她之前的人生中，唯一的问题就是钱，自从开始了当二奶的“职业生涯”，钱对她来说似乎就不是什么问题了。老爷子出手很是阔绰，而且，毕竟年纪大了，也没啥过强的能力去折腾洪欣，无非只是贪恋她年轻的肉体，过过干瘾。洪欣傍上了这么一个让她的收获大于付出的提款机，钱？多大点事！

但是，洪欣这笔高性价比的买卖并没有做太久，老爷子没几个月就出事了。往好了想，倒是不用伺候老爷子了。万幸，钱是攒了一点，可要出国还是不够的。于是，有了“梦想”的洪欣开始披星戴月、火急火燎地寻找路子。

牵线的依然是Tina，这个Tina其实真的可以兼职开家经纪人公司了，专营各种姑娘。

七月，毕业了，洪欣终于打探到于一去了法国，在一座叫马赛的南部城市学语言。接下来的一年里，洪欣报了法语培训班，白天上课，晚上“营业”，倒是让金主们觉得很新鲜。名校高知上进成了洪欣的金字招牌，使她在业界颇有些名气。洪欣的身份转化引发出一个很有趣的现象：大学生白天上课，晚上被包养，叫堕落；而二奶晚上陪金主，白天学技能，叫上进。她马不停蹄、接二连三地换了几个金主，捞了几笔后，找了留学中介开始办手续，准备赴法。

次年的九月，于一的QQ上收到一条留言：“我后天到法国，也去马赛，到时候见！洪欣。”

再见肖克

洪欣搬进了富二代舒适的公寓里，开始了类少奶奶般的生活，每天睡到自然醒，然后就是上上网、做做瑜伽、健健身，不然就是打扮得美美的，出门购物，或者约几个同样无所事事的“名媛”喝下午茶。

圈子是很小的，信息传播得很快，好日子没过几个月，富二代的母亲就知道了她的存在，态度当然是反对的。老太太想让儿子哪怕是谈恋爱，也找个正儿八经、身世清白的女孩来谈。在老太太眼里，洪欣就是个祸害。富二代的母亲每天想尽办法，逼迫儿子和这个女人划清界限。最后，老太太竟然谎称病重，骗儿子回国。富二代明知道是个谎言，也只能硬着头皮回去，毕竟亲妈才是自己的“金主”，没钱就没底气。更何况，为了这样的一个女人得罪亲妈，不值得。

来了法国许久，每天只是纸醉金迷，连法语都不怎么会说的洪欣，理所当然地没申请到学校。别说硕士，连本科都没被录取。就在这个节骨眼上，富二代回国后就失踪了，接下来的学费和生活费又没了着落。这时，洪欣想起来一个人，是的，我们可怜的肖克再度上场了。

肖克接到洪欣的电话，简直是欣喜若狂，他向打工的餐馆请了假，翻出自己最体面的衣服，认真地洗澡、刮胡子，甚至还喷了点古龙水，准备赴约。

看到洪欣的一刹那，肖克竟然没控制住自己的泪水，哭了出来。洪欣觉得他在众目睽睽之下如此煽情，非常丢自己的脸，但是有求于人，也只能尽力掩饰着厌恶和鄙夷，递给他一张面巾纸，并压低了声音说：“大庭广众的，别这样。”

肖克也意识到了自己的失态，赶快擦干了眼泪，委屈地说：“我还以为你这辈子都不会再理我了，自从你走后，我的电话你不接，短信你也不回，语言学校你也没去上课。我到处找你，可是找不到你。”

“嗯，我最近有点忙，有点麻烦。”

“需要我怎么帮你？”肖克像是根本没有被伤害过似的，立刻挺身而出。

“他消失了。”洪欣淡淡地说。

“……我来照顾你。”肖克像是生怕洪欣不接受似的，心虚地说。

“我……需要钱，”洪欣连眼皮都不抬，像是在跟桌子说话，“要交学费了。”

“要多少？”肖克二话没说，拿出支票本。

“两千欧元，等他回来，我会还给你的。”洪欣竟然脸红了。

“给了你的，我就没打算要回来。”虽然肖克知道，接下来的几个月又要啃面包度日了。

洪欣听了这话，没有一丝感动，甚至觉得有点恶心。这种恶心，并不是觉得肖克恶心，而是觉得竟然有人会对自己这么真心这件事着实恶心。但是，她再无情也是有心的，多多少少觉得有点内疚。面对矛盾和罪恶的心理，洪欣只想快点离开，可是她又不想欠这个男人，于是说：“去你家坐坐吧！”

肖克有点犹豫，洪欣问：“不方便吗？”

肖克说：“没有！”

两个人来到了那个充满“过去”的小窝，双层床依然扎眼地立在那里。肖克去煮咖啡，等他转身回来时，发现洪欣已经衣衫尽褪，赤裸裸地坐在床上。肖克马上转过脸，压低声音，甚至有点愤怒地说：“把衣服穿上！”

“你不想吗？”洪欣的语气里竟然有一丝尴尬。

“我想，但不是这样的你！洪欣，我喜欢你，但是我更尊重你！”肖克几乎是在咆哮，“我给你钱，但是不需要你这样来交换！”

洪欣忽然崩溃了，她一次又一次地拿自己的身体作为筹码，去交换自己想要的东西，但是，当第一次被男人这样赤裸裸地把“交换”这个词说出来时，自己本以为已然构建得非常强大的防御系统，还是没能承受住这两个字的攻击。

洪欣胡乱穿上衣服，夺门而出。这些年，干了这么些龌龊的事情，这是她第一次真的感到羞耻。被严立山的老婆打量的时候，她没觉得羞耻；被同学奔走相告自己被包养的“事迹”时，她没觉得羞耻；为攒出国的费用各种吸金的时候，她没觉得羞耻。可是，这一刻，她觉得羞耻了。很不幸，她还有灵魂，因此她才会感到羞耻；很不幸，她还有灵魂，因此她必须面对自己的不堪。

洪欣回去后，并没有兑现肖克的支票，而是变卖了所有的名牌物品，消失了。

我不杀伯仁，伯仁却因我而死

洪欣继续平静地讲述：我当时只是想离开让我羞愧的城市和人，我随便买了一张车票，开始四处游荡。开始时，我还被自己营造的落魄而孤独的氛围打动，觉得自己很凄美；渐渐地，我越来越觉得自己很矫情，很做作，甚至令人作呕。钱越来越少，迷茫越来越多，直到我花掉了最后一枚硬币，开始感觉到饥饿。随着饥饿的加剧，脑子反而开始清醒，我越来越恐惧，天哪，我过的这是什么日子？我究竟在干什么？我竟然想起了我的父母，这么多年了，我竟然一次也没想起过他们，我都不确定我有多长时间没给他们打过电话了。我很饿、很累、很冷，我甚至不确定我在哪儿。我蜷缩在一个桥洞下面，忽然觉得，这才是我自己吧！然后，我忽然觉得很轻松。我想，如果一切可以重来，我会好好地做个正常的人。最后，我睡着了。

等我醒来时，我发现自己躺在医院里。过度饥饿和疲惫让我昏倒了，有人报了警，警察把我送到了医院。我没有手机，只有居留卡，上面的地址写的还是肖克的家，警察按照地址联络到他。第二天，他坐了最早一班的火车赶来，接我回去。

回到肖克的家，躺在那张双层床上的我披头散发、目光涣散，大脑里很空、很安静，像是一叶孤舟漂在一片看不到边际的水域上，没有风，没有浪。我说不出话，也听不到别人说话，但是，我能看出肖克很紧张。我想安慰他，告诉他我没事，可是我发不出声音。我就那样直直地看着前方，没有能力和外界沟通。就这样过了一天、两天，我也不知道过了多久，我寂静的大脑里忽然有了一个声音——回家吧。我猛然惊醒，对呀，我该回家了。

于一，你的傲慢、淡然和自在都是天生的，是从骨子里散发出来的，而我也想如你一般。但是，我靠着奇怪的事情建立起的自信，相对于你的自信来说，显得那么脆弱和不堪一击。一旦有半点差池，我的自信就会被现实摧毁得片甲不留。

没错，我是在和你比较，不由自主地，一直在。你有房有车，我也要；你出国，我也要；你随便甩掉好男人，我也要。我要向全世界证明，你能有的，我也能有。

我承认，我是扭曲的、变态的。你很无辜，被我这样当成假想敌这么多年，你甚至都不知道发生过什么。我越是接近你，越是自卑。

这种自卑，简直卑微到尘土里，向地底的黑暗生根；越是接近你，我越是明白，我费尽心力去交换的东西，对你来说不但是信手拈来的，还是可以随意丢弃的。

天生的自信就好像天生的美貌，你们这些天生就自信的人，无论如何都想不到，为了获得对你们来说轻而易举就能得到的东西，我们花了多少时间和金钱，依然学不到你们的半点精髓，甚至会用力过猛，变成自负、自大。努力建立自信的人一眼就能认出那些自信源于天生的人，我们嫉妒、羡慕，觉得不公平，因而就会产生排斥。同时，我们的眼睛又离不开似的盯着你们身上散发出的自信的光芒，周而复始，无法自拔。

我努力了四年，复读了一次，才考上和你一样的重点大学；我好好读书，你天天翘课，成绩却还是全优；我苦苦单恋徐旭，你却那么轻易地就和他在一起了。终于，当我尝试接受现实，接受他不爱我时，你却甩了他。在我看来那么完美的男人，你却像扔掉不喜爱的玩具一样，说扔就扔！当我好不容易有了钱，以为可以在经济上跟你平起平坐时，你竟然放弃保研，出国了。你拥有了我梦想的一切，然后就这么统统扔掉，走了！

明明我比你美，可是徐旭只爱你，为了得到徐旭的垂青，我选择模仿你的穿衣打扮、言行举止，甚至一颦一笑。当我终于因为像你而得到他的注意时，我才发现，再像也不过是个赝品，是个A货。在他喝醉了、抱着我叫你的名字的那一刻，我就死了，你懂吗？之后，我再也不要做你的仿品。

凭什么我这么努力，却连做个仿品都这么失败？凭什么我拼命去争取、用尊严去交换的东西，都是你不屑的？就因为你是城里的大家闺秀，而我是个县城里来的“凤凰女”？

于一，你的人生过得太轻而易举了，这太不公平了。我一直在不断地努力建立自信，我觉得我自信的基础很坚实，可是遇到你以后，我就开始万劫不复。每次，你的所作所为都能轻而易举地把我的自信撕成碎片！我已经那么努力地成为我周围的人眼里优秀的人了，可是，在你面前，这一切都是那么不堪一击。

这次，我彻底醒了。我认了，这就是我的命。我很疲倦，我想解脱，可是每当我见到你，我就无法自控地想和你比较，想超过你。所以，我唯一能做的就是远离你，再也得不到你的任何消息。只有这样，也许我的世界才能真的平静下来。

洪欣一口气说完如此混乱的一段心情，长长地舒了一口气。

于一彻底震惊了，她没有想到，她的存在竟然给另一个女孩带来了这么大的人生压力。于一沉默了，因为除了沉默，她什么也不能说，也没资格说。在她看来是一场良性的相识，在对方的视角里，却是从起跑起就充斥着偏颇的恶性竞争。可是，人生中最悲剧而讽刺的就是：你恨对方，恨到骨子里，但是对方对此毫不在乎。那么，放在于一和洪欣身上，这事情就更滑稽了：洪欣这些年的心路历程，她对于一所有的怨念，于一都一无所知。

于一有点心疼洪欣，可是，她没有资格安慰洪欣，更不能表现出半点同情。作为一个“胜者”，她是没有资格对“败者”做出任何点评的。

洪欣的悲剧完全源于她自己的意淫，她只要稍微了解一下，就会知道于一并没有她眼里那么完美、优秀、高高在上。于一的家境也只是比一般人的好那么一点点，虽然是衣食无忧，但绝不是大富大贵。人就是如此，当你开始介意一个人时，她身上所有的优势都会不由自主地刺痛你，她所有的态度都会无法抑制地激怒你。洪欣对于一的恨，其实也不能算恨，是一种强烈而复杂的情绪，其中有反感、愤怒、怨念、排斥，而分量最重的，可能就是嫉妒。她的情绪，更多的是源于对自身的纵容和无能为力，继而转嫁到他人身上。

其实，洪欣的情绪只是构建在一个她脑海里虚构出来的人物身上，而于一仅仅是这个人物的原型而已。真正激怒洪欣的并不是于一所谓的"光环"，而是于一事事淡薄的态度。最被人讨厌的人，不是拼了老命去争取和维持的人，而是任何东西都可以信手拈来却又可以随手丢弃的人。让一个女人恨另一个女人的根本原因可能是：你过着她想要的生活，然而你并不在意这一切。

洪欣对于一的复杂情绪，在旁观者看来，全是洪欣一个人的独角戏，她的病态已经达到了一种程度。可是，在洪欣看来，她必须恨于一，不然就无法给自己选择堕落这件事一个合理的、可以说服自己的解释。她当然不愿意接受命运，承认自己的种种全是由自己的性格缺陷导致的。所以，她把所有的责任推卸到于一身上，这样就会让整个事情显得那么顺理成章，让自己所做的所有错误的选择有一个看似合理的借口。而这一切，只需要给她自己一个交代。如果她不把所有的原罪强推给于一，是否连她自己都没办法面对自己丑陋的灵魂呢？有了于一这个假想敌，事情就完全不同了："她，对，就是她，毁了我原本美好灿烂的人生，要不是命运不公，要不是她处处压制我，我怎么会走上这样一条不归路？”

但是，于一并不能跟洪欣解释她的心理问题，因为你没办法让一个喝醉的人觉得自己喝醉了，既然她已经找到了让自己解脱的方式，那么这也不失为一条尝试自救的好路。对于一这样淡定的人来说，她第一次体会到心魔竟然会这么恐怖，可以摧毁一个人的道德底线，甚至全部精神世界。

正常人会觉得偏激的人活得很累，因为他们执着于钻自己的牛角尖，固执而坚守。其实，在偏激的人自己的精神世界里，他们活得并不像我们想的这么辛苦。因为对他们来说，只有这种坚守才能让他们感到舒适，他们只有按照自己的逻辑去思考，才会气定神闲，才会找到人生的价值。让我们感到累的，并不是活得不符合普世价值观，而是活得不自我。迎合别人才是最累的；不再“扮演”角色，无须左顾右盼地去盲从，才是最轻松的。

“我来这里，就是为了告诉你这些。我还要告诉你，你要彻底消失在我的世界里了。”洪欣又笑了，这个笑容让于一想起了洪欣捡起iPhone时，那个让她从未参悟又不寒而栗的诡异的笑容。

所有结局都已写好

没有李为，董蔓荷也许会对孙博洋心动；没有林夏，也许她即使不心动，也会试着接受跟孙博洋在一起。可惜，她跟林夏的蹉跎和她对李为的心动，让她跟孙博洋的关系从一开始就注定是一个错误。

月中是蔓荷的生日，其实蔓荷并不是很在意生日、节日、纪念日这些日子，与其说是不在意，不如说是恐惧或者排斥更合理。蔓荷非常害怕这种有特殊意义的日子，因为这根本就是些被不断用来反衬自己孤独的证据。在热烈气氛的烘托下，孤独感和缺失的存在感会更加突出。

人生来孤独，有人可以面对，有人不行。为了排解孤独，我们培养爱好，我们养宠物，我们交朋友，我们恋爱。我们甚至会去进行一些我们原本排斥的社交，去接触一些我们其实并没那么想接触的人。甚至，当我们对孤独的排斥大过对误判的恐惧时，我们会去“爱”一些并不真爱的人。但是，请不要苛责那些因为孤独引发的寂寞而陷于错误中无法自拔的人，因为一旦身处他们的位置，我们不见得能比他们做得好到哪里去。

柯米借“程咬金”家的泳池准备给蔓荷搞一场泳池派对，她邀请了她们周围所有的朋友和熟人，还有“程咬金”的一些朋友。蔓荷知道后，既感激又忐忑，她并不适应成为主角，因为缺乏被注视和围绕的自信。最重要的是，她想邀请李为，可又怕再次被拒绝。她想了又想，最终还是没有抵挡住在这个特殊的日子里看到自己爱的人的诱惑，把派对的时间和地址发给了他。李为接到邀请后，作风一如往常地回复说：“哦，有空我会去的。”

这是她最怕的回应。如果不邀请，虽说会不甘心，但至少没有期待，那么，无论李为做出什么，她都不会为此失落。一旦提出要求，就等于抛出了给对方折磨自己的机会。有时候，痛快地被拒绝和模棱两可、似是而非的回答相比，前者看似粗暴残忍，实际上对我们的慢性伤害要小得多。那种不断抱着幻想却以失望告终的情绪，才是真正在腐蚀我们灵魂的毒药。

虽说并不是没有心理准备，可这个回答还是把蔓荷一下子推到了谷底。她不知道李为是真的因为时间安排不确定，所以不敢轻易做出保证，还是在敷衍自己。总之，这种回答对蔓荷来说形同一把锯子，在她的理智和情感之间反复锯着，使她鲜血淋漓。

终究，生日派对还是到来了。按照着装要求，来客们一大半是穿着泳装的，害羞点的就在外面套了件罩衫。柯米很了解自己，她不属于亚洲传统的肤白纤瘦型身材，她的肤色偏深，骨架大，说白了，就是黑壮。但柯米很聪明，她并没追求亚洲人的普通审美标准，经过反复设计，从大一起，她就开始转向走欧美风，索性美黑，同时塑形，练出了马甲线、翘臀和明显的手臂肌肉线条。因为她知道，美白对她来说几乎是不可能的，而且，以她的肌肉密度和骨架结构，如果要瘦到大家眼里美的程度，势必要付出近乎严酷的代价。

凭借着风格和身材的特质，柯米穿了一套荧光色的比基尼，配了一件根本遮不住什么肉的罩衫。在荧光色的衬托下，她小麦色的肌肤显得很有质感，且十分性感，瞬间完爆很多白皙的“一条”身材，甚至在无比热爱巧克力肤色的老外中很是惊艳。于一走过去，捏了一下柯米饱满的屁股，猥琐地说：“小样儿，不错嘛！”不等柯米做出反应，她就自顾自地浪笑起来，姗姗而去。

蔓荷没有按照着装要求穿泳装，作为主角，她拥有绝对的豁免权。她选了一套设计简单的白色小洋装，略施粉黛，在一群香艳的肉体中看起来很醒目。她的目的很简单，她不想让李为觉得她的穿着太大胆，虽然这是多虑，可是她并不知道。

整个晚上，蔓荷都魂不守舍，看似在跟朋友们对酒当歌、推杯换盏，实则左顾右盼、心猿意马。她总是借故往门口跑，貌合神离地和人聊着天，强颜欢笑。

是的，从头至尾，李为都没有出现，甚至连一个电话或者一条生日祝福短信都没有，好像他根本不知道这件事似的。他更不知道的是，因为他的举动，董蔓荷度过了这辈子最糟糕的一个生日，一个在所有人的见证下绝望的生日。

然而，这一切都看在了孙博洋眼里。孙博洋爱上蔓荷的时候，蔓荷还不认识李为。孙博洋准备等蔓荷从巴塞罗那回来就跟她表白，在那个每个人都春心荡漾的假期里，蔓荷遇到了李为。这个阴差阳错，不知道是阻止了悲剧，还是拦截了幸福。

他终于找了个蔓荷身边没人的空当，拿了一瓶啤酒走过去，坐在失魂落魄的蔓荷身边："你今天很漂亮，他没看到真可惜。"

蔓荷一愣，虽然已经微醺，但她清醒地知道，自己和李为的事情，除了于一和柯米之外，没人知道。她诧异地看着孙博洋，眼神里满是疑惑。孙博洋并没有欲言又止的样子，很直接地说："爱一个人，怎么会感觉不出来她的情感状态呢？虽然不知道整个故事，可是，她是心有所属，还是感情稳定，怎么会不知道呢？只是看愿不愿承认而已。"

蔓荷诧异得不知道该用什么样的表情去填补反应的缺失。

"你这么爱一个人，每天却这样痛苦，你不可怜你自己吗？我看着都觉得心疼。而我是这么爱你，却只能看着你被你爱的人折磨，我也很心疼我自己。在别人看来，我们爱的都很卑微吧！不但卑微，而且可笑。可是，又有什么办法呢？爱都爱了，就像一盆泼进土壤中的水，每一滴都渗入其中，无法抽离和了断。"孙博洋文艺地说，像是在念诗，又像是在讲一个别人的故事。

蔓荷只是那么呆呆地看着孙博洋，脸上微微泛起一丝尴尬。首先，因为孙博洋的告白实在太言情、太书面，在现实中听到这样的表达，多少会让人不适应；其次，因为她对孙博洋对自己的感情竟然毫不知情。此时蔓荷才隐约想起，孙博洋确实约过她好几次，都被她用各种毫无诚意的借口回绝了。并且，她还跟于一抱怨过，这个男人怎么总是磨磨叽叽、欲言又止的，不知道想干什么。蔓荷可能在潜意识里意识到了这个男人的示好，可是，心思全在李为身上、疲惫不堪的她连回绝都懒得回绝，于是，心理暗示般地把他的种种表示都淡化了。

当你抓狂于你爱的人对你忽冷忽热，希望对方爱上你或者放了你时，你往往同时在抱怨你的追求者对你纠缠不休，怎么暗示拒绝，对方都听不懂似的。其实，对你喜欢的人来说，你就是纠缠不休的追求者；对你的追求者来说，你就是求而不得的爱人。于是，你终于明白了自己喜欢的人是如何厌烦自己，喜欢自己的人是多么悲凉。

“我在等你放弃他，或者不如说，我在等我自己放弃你；你在等他爱你，或者不如说，你在等你自己放弃他。我们都在毫无指望地、卑微地等待着，做个伴，一起等吧。”孙博洋抬起头，对蔓荷说着绕口令。

但凡一个拥有理智的人，谁会这么自告奋勇地充当“备胎”，还如此甘之如饴？所以说，每个坠入爱情深渊的人都是疯子，恋爱本就是一件疯狂的事情，它就像一种社会可以接纳的精神疾病，并且让人们趋之若鹜。

孙博洋的表白最终被蔓荷翻江倒海的呕吐打断了。其实，蔓荷并没有喝很多。有时候，我们的身体机能真的很玄妙，如果这话题再继续下去，蔓荷怕是要以死谢罪才能面对孙博洋了，于是，她的身体给出了一个终止尴尬的最佳方案。

柯米看到后冲了过来，扶起蔓荷进了客房的厕所，于一见状也跟了进去。原本一路东倒西歪的蔓荷进了厕所后，步态忽然正常了许多。于一吓了一跳，柯米倒是没怎么惊诧，平缓地问：“还吐吗？我去给你拿杯温水？”蔓荷摆手示意不用，自己到洗手台前开了水龙头，漱了漱口，然后把马桶盖放下，坐了上去，点了支烟，顺势递给柯米一支。柯米这时反倒惊诧起来：“你不是不抽烟吗？什么时候开始的？”

“巴塞罗那。”蔓荷只说了四个字。

所有结局都已写好

接下来的三天里，蔓荷没有接到李为的电话，也没有接孙博洋的电话，每次电话响起，她都以为是李为，实际上却是孙博洋。她披头散发地在客厅里四处发呆。

是的，孙博洋乱了她的阵脚，虽然她并不是心动，只是看到了一根救命稻草，可是，这时出现的救命稻草还是燃起了她的求生欲。她迷茫了，不知道是该本能地去抓住这根救命稻草，还是任由自己的情感继续沉沦。

孙博洋长得高挑而纤瘦，干净利落，斯斯文文，本科是在国内某名牌大学读的，家境貌似也不差，算是硬件、软件条件都很好的男孩子。可能由于他一路的成长都顺风顺水，家庭也美满，所以他散发出来的气质阳光又正面，和李为的阴郁神秘是截然不同的两种画风。他开始注意蔓荷的原因很奇特，因为蔓荷不怎么爱笑，即使笑，也不如别人笑得那么肆意，他总能感觉到她的笑容背后有种深邃的隐隐作痛的东西，让人有种窥探欲和保护欲。

开始留意，然后慢慢被吸引，接着越来越喜欢，这似乎是爱上一个人的常规进程。越是有差异，越是吸引人。

蔓荷之所以慌乱，是因为她的双眼被李为蒙蔽了太久，从未留意过身边的其他人。这样一个男孩子，这样深情的告白，让她忽然觉得自己对李为的所作所为像个笑话般难堪。她不断告诫自己，她是因为不够好才没有得到李为的爱，所以心甘情愿地降低要求，埋藏自尊，在李为身边委曲求全。可是，孙博洋的出现证明了她的魅力，让她自己的谎言无处藏匿。她开始焦虑，不知道该相信谁。可悲的蔓荷，这份畸形的爱让她对自己失去了起码的判断力，更别说自信了。

此时，于一做了一件事情，直接对整个事件起到了纵风止燎的作用。趁着周末，她邀请孙博洋来家里聚餐，并且象征性地叫了几个朋友来充当临时演员，让场面看起来不那么突兀。柯米虽然不支持于一这种硬撮合制造机会的行为，但是确实也想不出更好的办法来，只能参与其中。

于一显然是跟孙博洋说了“我会帮你”之类的废话，聚餐那天，孙博洋来得比大家都早，帮于一做准备，蔓荷则蜷曲在沙发的角落里，看着手机屏幕发呆。是的，从生日那天到现在，将近十天，李为无影无踪。蔓荷并没有主动给他发消息，她固执地希望李为能发现自己被冷落了。

我们都会拿高大上的借口去敷衍别人，比如忙、累、在思考，甚至是需要冷静、需要空间，然后觉得自己的语义明显得如白纸黑字般。可是，到了我们自己被敷衍的时候，我们会毫不迟疑地相信对方真的忙，真的累，真的在思考，真的需要冷静。因为我们总想给自己留一丝希望和尊严，觉得对方对自己不是不想，只是不能。

然而，现在的蔓荷已经没办法再给自己灌迷药了，她知道，在乎怎么会忽冷忽热？喜欢怎么会没有一个电话，没有一条短信？

于一冲孙博洋使眼色，让他去陪蔓荷。孙博洋犹豫了一下，还是战战兢兢地走到蔓荷身边坐下了。蔓荷点了一支烟，吐出的烟雾呛得孙博洋咳嗽了起来。蔓荷的嘴角忽然露出一丝诡秘而稍纵即逝的怪笑，她的追求者的这个笨拙的反应，忽然给她带来了一种莫可名状的快感，她在李为身上丢失的自尊，忽然在眼前这个男孩子狼狈的样子中挽回了那么一点。是的，蔓荷似乎已然开始魔化，她被扭曲的情感需要用一种变态的方式去释放，而她看到了“出口”—— 孙博洋。

聚会极其无聊，所有人貌合神离、强颜欢笑。终于，在各种寒暄的屁话中，聚会结束了。其他人都离开后，孙博洋借口帮于一收拾，留了下来。于一投递过去对其机智感到满意的眼神，蔓荷似乎也料到了这个结果，并没说什么，帮着收拾得差不多了，自己就先去洗澡了。于一见状，随便找了个拙劣的借口跑了出去，以便给他们一些独处的机会。

蔓荷洗完澡出来，看到孙博洋独自如坐针毡地在沙发上不断变换着坐姿，笑了出来。孙博洋不是第一次恋爱，却如清水般懵懂。是啊，人面对自己喜欢的人，总会不知所措，越是想驾轻就熟，越是显得笨拙。

蔓荷还是没能抵挡住这种治疗情感创伤的偏方，被李为第N次刺伤后，她开始想用一段新恋情去稀释李为给自己带来的痛苦。

如果说接受自己不爱的林夏，算是蔓荷在感情上犯的第一个错误，第二个错误是对那个自私的李为动真情，那么，拿孙博洋来镇痛，则是第三个错误。她本以为孙博洋会是一剂镇痛药，结果没想到这药反而让自己的伤痛变得愈发清晰而不可回避。怪只怪董蔓荷并不懂得，饮鸩止渴的后坐力如此之大。

此刻的蔓荷得意极了，尽情享受着自己原本以为丢失的吸引力转换成奇怪的自尊心的快感。她站在浴室门口边吹头发，边注视着孙博洋的窘态。头发干了，她关掉吹风机，顺便把客厅的灯也全关了。她走到孙博洋面前，褪去衣服，全裸地骑坐在他快要抽筋的腿上。然后，她开始去解孙博洋的衣衫，动作很慢，一颗一颗扣子地解，边解边让孙博洋注视着自己的身体。当孙博洋的衣服被全部剥掉之后，蔓荷顺势猛地一推，把孙博洋推倒在沙发上，然后把他的手放到自己的后腰上，开始扭动腰肢，摩挲着对方，任由自己的长发散乱地飘散在他们的身体之间，时不时地用舌尖去勾舔他的喉结和胸膛。孙博洋翻身把她压在身下，奔涌地释放着那压抑已久的对蔓荷的感情。

在孙博洋眼里，此刻的世界全是瞬间绽放的玫瑰和漫天的烟火；而在董蔓荷眼里，她从墙上映出的自己的影子里看到自己头上慢慢长出了红色的尖角。

激情退去，蔓荷平静地穿上衣服，跟孙博洋说："你走吧，很晚了。"孙博洋在错愕中狼狈地穿上衣服，离开了。那一刻，蔓荷看到了自己身上映出的李为，看到了孙博洋身上映出的自己。

蔓荷开始不可自控地复制和模仿李为对待自己的行为和态度，依样画葫芦地去对待孙博洋。她甚至会刻意去激怒孙博洋，她知道孙博洋很无辜，但她就是无法停止。她并不知道自己为什么要这么做，也许是需要发泄情感，也许是需要转移痛苦，但是无论如何，她都没有从折磨孙博洋的过程中得到一丝慰藉，反而数倍地放大了自己的伤痛，并且越来越内疚。

这简直是一场没有任何人感到开心的游戏，可是，全部参与者都失控地拼命继续玩着。

孙博洋虽然也很难过，但似乎并不太在意蔓荷怎么虐他，他甚至用了一句大俗话来调侃自己："这是一个'备胎'的自我修养。"蔓荷当然不懂为什么孙博洋和自己受到了一模一样的待遇，反应却天差地远。原因很简单：你是什么样的人，你就会看到什么样的世界。蔓荷的内心是极度自卑、怯懦、敏感的，她看到的世界必然充满荆棘；孙博洋是充满正能量的乐观的人，他看到的世界即便坎坷，也是充满了希望和收获的。

这种三角"备胎"的关系并没有持续很久，因为董蔓荷已经无法承受了。她明白，自己虽然魔化，可并不是真的魔鬼，当她的内疚一天天堆砌起来，直至令她窒息时，她决定放了孙博洋，也放了自己。这镇痛剂引发了宿醉般的头痛，让自己的痛苦愈发清晰和剧烈。然而，她并不知道李为什么时候会放了她。

当她对孙博洋说出"对不起"的时候，孙博洋提出要继续守候。蔓荷淡淡地拒绝了："这么做不是因为我多善良，而是因为你的存在让我恨我自己。我真的无法容忍自己竟然是一个这么无耻的人，我不想看不起自己。"

所有泪水都已启程

蔓荷约李为在老城区一个非常幽静的街区的一家很地道的西班牙餐馆吃饭，李为听到名字的时候犹豫了一下，还是答应了。他们进门刚坐下，餐馆老板就上来搭讪："我认得你，你经常来吃饭，这位是你女朋友吧？真漂亮！让人羡慕的幸运家伙。"

李为干笑了一下，解释道："是朋友。"

老板不识趣地继续说："为什么不把这么漂亮的姑娘变成女朋友呀？"

蔓荷的原本已经支离破碎，好不容易重新修筑起来，但依然岌岌可危的防线终于彻底被击溃了。她用力睁大已经盈满泪水的眼睛，想借此不让眼泪掉下来，然后霍地一下起身，说："不好意思，我不舒服，先走了……"

蔓荷知道崩溃早晚会来，可没想到是在这个时刻，在这么一个并不是高潮也不劲爆的场景里。这可能就是众人所谓的"压死骆驼的最后一根稻草"吧。

李为放下餐牌追了出去，老板这才意识到自己惹了麻烦，露出尴尬而内疚的神情。李为看到蔓荷在一个转角消失了，于是顺着方向追过去，过了转角，发现蔓荷蹲在墙角默默地哭泣。

李为拉起蔓荷，把她搂在怀里。蔓荷象征性地反抗了一下，还是被那令人窒息的温度再一次迷惑了心智。她靠在他怀里，贪婪地感受着这让自己万分迷恋乃至上瘾的气息。她多希望时间就此停住，这样，一切问题都迎刃而解了，所有问题都不再是问题了。

只有他们俩，此刻，直至永远。

李为摸了摸蔓荷的头发，开口说："怎么这么任性地跑掉了？知道错了吗？下次别这样了……"

这一个"错"字，把再次被李为攻陷的神志不清的蔓荷的所有混沌瞬间击穿。她体内忽然迸发出一股强大的排斥力，使自己从李为为她制造的恐怖的温柔中挣脱出来。她清醒了，从未这么清醒过。

她退后半步，仔细端详了一下这个长久以来让她彷徨惆怅、苦不堪言的男人，竟然笑了，冰冷地说："错？我错了？又是我错了？李为，你可真幽默！你自私，你贪婪，你不愿意放手，你坦然地享受着我带给你的无私的爱的同时，丝毫不愿意付出任何代价，哪怕是观念上的一点让步。你跟我做完爱，便提上裤子走向别的女人的怀抱，而且不知道是几个女人，而我连多问一句都被视为不懂事。李为，是我脑子坏掉了，还是你脑子坏掉了？我是贱，可是你比我还贱！我贱在我出卖自己的底线，践踏自己的人格，企图有一天你可以爱我，像我爱你一样，我们可以像正常恋人一样，一对一的，只有彼此，哪怕只是曾经拥有，至少也为了彼此而成为过唯一。而你贱在你根本是在践踏自己的灵魂，践踏别人对你的真挚的感情。你不配爱，也不配被爱！你谁也不爱，你只爱你自己！你以为你是谁？韦小宝还是楚留香，可以不辜负地爱你身边的每一个女人？情圣吗？

"我堂堂正正的爱情，在你那里却做贼般地进行着，你把我完完全全地变成了一个笑话，连我自己都可以大笑三个月的笑话。每次都是我在检讨，我在包容，只是因为我太爱你，怕失去你，亲手把你打造成一件刺伤我自己的利器。而我还担心你不够尖锐，会不会在刺伤我的同时，由于我的坚硬而折损你的锐利。

"你对一个人好，对一个人包容，对他来说，当这种好和包容变成一种习惯时，他就不再会有感动和感激了。不但如此，还不容你有失，否则你便会万劫不复。我亲手把你惯成了这样。我向来什么世俗之物都不要，只要一份纯粹的爱，如不能得，为何不舍？N个人参与其中的情感对我来说太拥挤了，你们继续，我退出！"

李为竟然愣住了，对，竟然！他从未想到自己有可能是错的，也没想到这个向来逆来顺受、温和隐忍的女孩竟然会变得如此犀利，发动如此尖刻、让人无法招架的攻击。

“我已经被嫉妒折磨得惨不忍睹、歇斯底里，每日怨妇般地顾影自怜了。降低自己的底线去跟别人分享男人，硬生生地把自己变得多疑焦虑、神憎鬼厌、满腹哀怨，我比你还讨厌现在的自己。而你，依然在不断地审判我的一举一动，从来不在自己身上找一丝一毫的原因。你抱怨我的敏感，抱怨我的负能量，所有这些哪个不是来源于你？你不在我身边，而是在另一个女人身边的时候，我还不能胡思乱想，不能嫉妒暴躁，要充满正能量地去安慰你、包容你。你是不是真的当我疯了？好，即便我疯过，现在也痊愈了，我不想再如此毫无自尊、毫无指望地爱着、祈求着、等待着，卑微得连自己都看不起自己。任何人都不值得我如此……包括你！”

情不知所起，一往而深；执难融冰心，无动于衷。这大概是所有一厢情愿的恋情的宿命吧！

李为蔫了，一脸复杂地说：“那么，我们可以做朋友吧？”

蔓荷已经完全停止了哭泣：“朋友？做朋友当然可以呀，就做永远不联系、不见面，遇到了也不打招呼的那种朋友。呵呵，这是从‘备胎’降级成了千斤顶吗？让我若无其事地跟你谈笑风生吗？不可能，我做不到！要么全部，要么全不！”

蔓荷忽然一脸鄙夷地笑了起来，这笑容让李为心底发毛。“李为，你是在逗我吧？做朋友的基础是什么，我首先得喜欢你这个人吧？你狂妄自大、自以为是、目中无人、自私自利、忽冷忽热，时时刻刻在伤害别人，从来不会关心别人，从来都觉得自己没错。也就是爱，才会把我死死拴在你身边，让我不能动弹。如果不是爱你，你觉得我会喜欢你吗？”

蔓荷的语气从歇斯底里慢慢平缓下来。李为看着面前这个曾经只会默默哭泣，却不敢给他造成任何压力的女人变得如此决绝，竟然不知所措起来。

“即便如此，我也从没后悔过。谢谢你曾给我的一切，你让我看到了自己有多不堪。从此以后，我不会再妄断和评价任何人的无能为力了，因为我也曾经历过这样的深渊。你没错，错的是我，硬生生把你变成了我的心魔。”

“对不起……我没想到……”

“如果你还有一点悲悯之心，就不要再见我了。我们最好就此消失在彼此的世界里吧！死水微澜真的会激起惊涛骇浪，吞噬的不单单是历尽艰辛沉淀的平静，还有我可以继续快乐生活的信念。”

蔓荷转身离开了，这是第一次她先转身离开。她真的很想回头，哪怕再看看那张她深爱的男人的脸。她攥紧拳头，拼命咬紧牙，咬得腮帮子生疼，忍住眼泪，忍住欲念，忍住心痛，义无反顾地直面而行，向着一个不会再有李为和绝望的世界去了。也许那个世界不会再有爱，但是，至少，也不会再有痛了。

那所有的信誓旦旦，所有的豪言壮语，其实都是给自己洗脑的洗涤剂而已，她现在脆弱得像只充满了水的气球，任何言语、任何举动，都会让她瞬间崩溃。

蔓荷强撑着回到家，柯米还没回来，于一正在歇斯底里地写论文，并没有注意到蔓荷的异常。

蔓荷关上房门，默默删除了李为所有的联系方式。她忽然发现，消失或者被消失，竟然如此简单。人和人之间的关系脆弱得只剩下几个号码，你不知道他从哪里来，在哪里，也不知道他会到哪里去。一旦维系的纽带被其中一方切断，就好像这个人再也不会出现似的，让人绝望。就连主动切断联系的那一方，也会同样感到绝望吧！

她不知道李为是否同样恐惧，她甚至不知道，李为是否会因此难过。她不想去探究结果，如果这是一场博弈，那么，她从一开始就输了，根本毫无赢的可能，只不过她没想到自己会输得这么惨。任何事情，只要付出适当的努力，也许都可以获得回报，唯独爱情不可以。放下自尊又如何？把自尊践踏到泥土中，促生的也只是因为泪水浇灌而绽放的卑微。得到所求又如何？即便得到，也会因为贪心而不断索取，最终背离起初无欲的纯粹。不要把自己的爱标榜得那么伟大，这爱，也只不过是一念之执而已。

你有病？我没药！

柯米看到蔓荷不对劲，问于一发生了什么，迟钝的于一这时也发现了蔓荷的异常，因为她喝了一口蔓荷煮的咖啡，有一股让人醍醐灌顶的味道，不晓得是哪种调料代替糖牺牲在里面了。

蔓荷终于和盘托出自那次巴塞罗那之旅回来后的种种，于一惊讶得不能自已。她只是知道蔓荷跟这个男人的交往貌似不是很常态化，但是，在同一屋檐下，她竟然不知道蔓荷经历了如此之多。确实，于一是个昼夜颠倒、毫无作息规律的人；柯米除了打工，还要跟“程咬金”约会，总是早出晚归。很多时候，她们三个经常一周彼此都碰不到一次。

“董蔓荷，你就是个大傻×！”于一掷地有声地说。然后，她们陷入一片迷一般的沉默……

过了一会儿，于一若有所思地翻出一本书——卡伦·霍妮的《我们时代的神经症人格》，翻到某一页，大声地念了起来：“以对爱的追求来作为保护手段的神经症病人，几乎根本意识不到自己缺乏爱的能力。他们中大部分人会把自己对他人的需要，错误地视为一种富于爱的气质，不管是对个别人的爱还是对全人类的爱。他们有一种迫切的理由要坚持并捍卫这一错觉。放弃这一错觉即意味着正视自己一方面对他人怀有根本的敌意，另一方面又仍然需要得到他人的爱这种感情上的困境。我们不可能瞧不起一个人，不信任一个人，希望破坏他的幸福与独立性，而与此同时又渴望得到他的爱、他的帮助和支持。为了同时实现这两种事实上互不相容的目的，我们就必须严格地把这种敌对的态度从意识中驱逐出去。换句话说，这种爱的错觉，虽然一方面乃是由于完全可以理解地混淆了真正的爱与对他人的需要的缘故，另一方面却具有使爱的追求变得可行的特殊功能。

“在满足自己对爱的饥渴时，神经症病人还会遇到另一种基本障碍。尽管他可能成功地获得——哪怕是暂时地获得——他所需要的爱，但他却并不能真正接受这种爱。……

“任何形式的爱，都可能给神经症病人一种肤浅而表面的安全感，或甚至是一种幸福感。然而在内心深处，他却不相信它，对它表示怀疑和恐惧。他不相信这种爱，因为他固执地相信没有任何人可能爱他。这种不被人爱的感觉，往往是一种自觉的有意识的信念，它不因任何事实上相反的经验而动摇。的确，它可能因为被视为天经地义、理所当然而根本不反映在人的意识里；但即使它模糊不清，它也仍然像它经常被自觉意识到时那样，是一种坚不可摧、毫不动摇的信念。同样，它也可以隐藏在一种‘满不在乎’的态度下，表现为一种玩世不恭的傲慢，这样它就很可能令人难以发现。这种不被人爱的信念，极其类似于那种不能够去爱的状态；事实上，它正是对那种不能去爱的状态的自觉反映。显然，一个能够真正喜爱他人的人，自然会毫不怀疑地相信他人也会喜爱自己。”

念完后，她看着蔓荷，意味深长地说：“你的李为，就是一种病态的爱无能。”

然后，她接着念：“如果这种焦虑确实根深蒂固，那么，任何给予他的爱都会受到怀疑，这种爱会立刻被设想为来自种种不可告人的动机。……

“对这种人的爱不仅可能遭到怀疑，而且还可能激发正面的焦虑。这就仿佛是：屈服于一种爱即意味着陷入罗网而不能自拔……神经症病人在开始意识到有人正在给他真正的爱时，往往可能产生一种极大的恐惧感。

“最后，爱的证实还可能产生对失去自主性的恐惧。正如我们即将看见的那样，情感上的依赖，对任何一个没有他人的爱即无法生活下去的人来说，都会成为一种现实的危险；因而任何与之相似的事情，都可能遭到不顾一切的拼命反抗。这种人一定会不惜一切代价地避免他自己的任何正面的情感反应，因为这种反应会立刻导致失去自主性的危险。为了避免这种危险，他必须蒙蔽自己，不让自己意识到他人确实是善意的和友好的；他会想方设法地消除一切爱的证据，以便在自己的感觉世界中，坚持认为他人是不友好、不真诚或甚至是心怀恶意的。由这种方式产生出来的情境，非常类似另一种情境：一个人因饥饿而寻求食物，而一旦食物到手却并不敢吃，因为害怕它可能有毒。

“因此，简而言之，对那些受自己基本焦虑的驱使，因而不得不寻求爱来作为一种保护手段的人来说，获得这种如此渴望的爱的机会几乎微乎其微。产生这种需要的情境，本身就妨碍了这种需要的满足。”

柯米一直沉默，蔓荷陷入了沉思，唯独于一满脸轻松地充当着“导师”的角色。

“蔓荷，你对他的爱是无意义的，因为他是病态的。你只是他的药，如果单独服用你这种药，剂量太大吧，对他来说有毒副作用；摄入量不够吧，又无法缓解他的病情。所以，他只能靠吃不同女人给的不同的药并且每种药浅尝辄止的办法来缓解病情。然而，本质上，他需要的不是爱情，而是心理医生。从某种程度上讲，他对你的依赖只是出于一种病情对药物的需求，而非人类对爱情的渴望。看样子，你纯粹的爱对他来说是疗效最好的安慰剂，但是，这并不代表你能治好他的病。”

蔓荷忽然抬起头，绝望地看着于一。于一的分析，像是一张死亡通知单，彻底粉碎了蔓荷所有的幻想。

有时候，我们宁愿迷茫着混乱而苦，纠结着无措而痛，也不愿做出一个判断，是因为我们还抱着幻想。就像我们总幻想着，亲人哪怕失踪二十年，只要我们不承认死亡，不搬家，早晚有一天，他会活生生地站在家门口。实际上呢，假象演绎得再真实，和幻灭差的也就只是一个“宣告”而已。

这不是遭遇，这是选择

蔓荷终于全盘崩溃，开始放弃地大哭起来，似乎想用泪水冲走自己所有的委屈和不甘。她歇斯底里地咆哮道：“为什么我会遇到这样的男人？！为什么谈一场正常的恋爱对我来说就这么难？！”

于一举起怪味咖啡，呷了一口后，竟然莫名其妙地笑了起来。这一笑，把蔓荷笑蒙了。

“蔓荷呀，你错了，这男人不是你遇到的，是你自己选择的。你有没有反思过这个问题：你为什么会选李为？他欺骗你了吗？没有，你一开始就知道他不会只有你一个。你有机会不开始，有机会离开，有机会拒绝伤害。可是，你没有这么做。原因很简单，你就是喜欢这种带着危险气息的、才华横溢的、注定会伤害你的男人！他能带给你刺激和痛感，你骨子里似乎对这种痛感有一种特殊的迷恋。你不是没得选，而是那些好男人根本无法吸引你的注意。

“你看似中规中矩，是个乖巧恬静的传统女孩，其实，你隐忍的外表下根本没有顺从的灵魂。你骨子里就有一种猎奇的信念，一种探险者无畏的勇敢。这一切，可能来源于基因，也可能来源于长久的自我压抑。而所有这些矛盾特质体现在你身上，就是热衷于碰触危险的边缘：你总是选择面前最艰难的那条路，结交有奇怪特质的朋友，被危险的状态吸引，喜欢会伤害自己的人……你放弃国内一路平稳的生活选择出国，你选择跟对你一往情深的林夏分手，你喜欢有奇异特质的朋友，比如我。这都是你自己的选择呀！”

蔓荷听完，呆住了，眼泪尴尬地挂在脸颊上，不上不下。

是啊，被危险关系吸引，就是那些内心不够强大的女人悲剧人生的开始。陷在情感的泥沼里无法自拔的女人，有多少是真的被男人骗的？少之又少，大多数是自欺欺人和自甘沦陷。别说什么“我是被动的”，就算是暧昧，也是要一来一回才能持续的！你不咬饵，谁又能钓你上钩？

女人为什么需要闺密？再聪明的女人，在对待自己的感情问题时也会瞎了眼。说别人的时候跟情感专家一样滔滔不绝、犀利深刻，一到自己身上，就智商为负、茫然失措。不但眼瞎，而且心盲，只能靠闺密来开智。蔓荷如此，于一还不是如此，别说放下文飞了，连提及都没种提及，也就是炮轰蔓荷时，顺道发泄一下自己的怨气。他一直在那儿，占据着那唯一的位置，死不掉，也活不了，见不到，也忘不了。

此时，蔓荷根本无法靠自己来摆脱这所有的窘境，像是陷在沼泽之中，越是挣扎，陷得越深。

看似结束

和“程咬金”走过了一年半的恋爱时日后，柯米进入了硕士最后一年的下半学期。她当初选择的是三语互译专业的职业方向，这导致她在找实习工作时遇到了很大的阻碍，好不容易在一家中国人开的小贸易公司里谋得一份全职的实习，但这份工作必然是没有拿到工作签证的任何希望的。

柯米开始焦虑，“程咬金”却事不关己似的轻松，这让柯米开始对他产生了一些情绪。因为随着柯米职业前途的黯淡，他们的恋爱前景也将生死未卜。Louis的前车之鉴告诉柯米，一旦找不到工作，势必会面临必须回国的窘境，那就意味着他们的感情毫无继续发展下去的可能。柯米一直希望“程咬金”能给她一个明确的态度，但是，“程咬金”总是嘻嘻哈哈的，避而不谈。一种微妙的负面气场开始在两个原本如胶似漆的人之间蔓延。

终于，柯米的实习结束了，老板很遗憾地通知她，公司目前不需要全职人员，也没有能力帮她办理工作居留身份。由于这一点柯米早就预料到了，所以她并无太大的挫败感，但多多少少还是有些失落的。她发了条短信给“程咬金”，约他晚上见面。“程咬金”秒回并应允。晚上，“程咬金”带柯米去了海边的一家海鲜餐馆。

马赛的海说是海，其实在柯米看来，无非就是个大点的湖，连潮汐都没有。可是，但凡牵扯到“海边”二字的东西，在法国都备受追捧，人们趋之若鹜。所以，这家小馆子也是顺理成章地人满为患，虽然东西极难吃，但是并不妨碍客似云来。

上了甜点后，柯米终于结束了这一整晚的似笑非笑，进入了主题：“我要回国了。”

“……”

“马上要毕业了，找不到工作，而且我读的专业方向也没资格申请博士，所以我必须回国了。”

“……为什么这么突然？”“程咬金”冷不防地冒出这么一句。

柯米震惊了：“这件事并不突然好吗！我大半年前就告诉你这件事了，只是你总是一副心不在焉的样子，根本听不进去我说的。”

“哦……”

冷场利器“哦”字闪亮登场，桌上的气氛瞬间变得死一般的尴尬，两个人都低头默默“享用”甜品，再无半句可言。

饭后，“程咬金”送柯米回家。在车上，两人依然沉默着。这可怕的气氛把柯米逼得近乎崩溃，可算到了家门口，她下了车，头也不回地飞奔上楼，生怕再被这样的氛围包裹片刻。与此同时，柯米很绝望，她感受到了这个男人的自私和不作为，哪怕想个解决方案，甚至开口说句“我不想让你走”也可以呀！这整晚的沉默算什么？

柯米身心俱疲，有种再次被置之不理的恐惧。她想起了Louis，那个同样满口“我爱你”却转身便消失的男人。那一瞬间，Louis和

“程咬金”的形象重合了起来，彼此交融，很是和谐。

柯米忽然觉得一阵恶心，冲进厕所，吐了出来。柯米吓出了一身冷汗，瞬间冒出了一个令人惊悚的念头：“完蛋了，不会是怀孕了吧！”虽然这念头转瞬即逝，可是它给柯米带来的混乱和恐惧并没有随之消失。这个念头，赤裸裸地让柯米第一次正视自己并不想跟这个男人有个“结果”。

真正中断柯米的混乱思维的，是接下来可怕的胃绞痛和持续的呕吐。直到吐无可吐，柯米才恍然大悟，一定是晚上的海鲜不新鲜，吃坏了肚子。确定自己只是急性肠胃炎，吐到近乎虚脱的柯米，独自坐在公寓洗手间的地板上，对着污秽不堪的马桶，眉宇间竟然流露出一种不易察觉的如释重负的神情。

于一和蔓荷回国了，无人照顾的柯米接下来的几天里一直卧病在床，没去上课，没去打工，甚至连手机没电了都懒得充，任由它自动关机。她只是呆呆地躺在床上发呆，或者去厕所呕吐。

几天后的傍晚，敲门声雷动，柯米拖着虚脱的身体前去开门，门口是火急火燎、气急败坏的“程咬金”。

“你搞什么？！”

柯米咧了一下近乎无血色的嘴，皮笑肉不笑地说：“你难道看不出来吗？”

“程咬金”这才意识到柯米很虚弱，并非所谓的在“搞什么”。

柯米说：“那晚的牡蛎不新鲜，还好你没有吃牡蛎。”

“为什么不告诉我你病了？”

“没有意义呀，你还不是无能为力……”

很明显，柯米话里有话，她在宣泄“程咬金”对她回国这件事不作为的态度的不满，那是她说不出口的怨。

这三年的留学打工生活让她对法国人的婚恋观多少有了一定的了解。其实，法国人并非中国人所解读的那么“浪漫”，相反，他们的婚恋观甚至比我们还要务实。比如，恋爱就是恋爱，并非你我建立了所谓的恋爱关系，我们就需要硬性地去承担彼此生活中的巨大责任。如同Louis，当他看到柯米出现在法国后，他觉得“既然我们没有距离的阻碍了，那我们就可以继续在一起了啊”，这种逻辑产生在法国人的这种情感态度下，也实属合理。而中国人更多地觉得“既然我们在一起了，那么我的所有问题，你都要帮我解决和承担，否则你就是不爱我”，这种硬把责任和情感在婚前就捆绑销售的态度，其实才真的“不切实际”。

他们的关系可能因为柯米的回国而被迫结束，这个问题在法国人眼里就是“很遗憾，我们无法继续了……我很爱你，我会想念你和我们这段美好的爱情的”，然后就没有然后了，大家该干什么干什么。在中国人眼里则是：这个男人如果够爱这个女人，就该给她一个承诺，或者想办法继续。比如，用婚姻的方式把她留下来，或者跟她回国，两人浪迹天涯，继续共谱恋曲。为了一段并没露出开花结果端倪的爱情，去选择负担对方一辈子，这个想法才真的“浪漫”吧！很显然，“程咬金”是个法国人，Louis也是。

最重要的是，“程咬金”是个恐婚者。柯米从一开始就知道这一点，并没有对这份感情有太多期待的她也默认了他不婚的选择。其实，柯米并不是那种一定要结婚的女人，在她看来，婚姻甚至不是一种美好的形式，用一纸婚书硬把两个完全不同的人捆在一起，是愚蠢而荒诞的。她目睹了母亲抱怨父亲耽误了自己，也目睹了姨妈抱怨前姨父的无能，背负着母亲对她用婚姻改变命运的期许。她周围的人的婚姻，甚至她自己的婚姻被赋予的“内涵”无一不是现实而充满功利的。这让她从小就无法对婚姻产生一点好感和浪漫的憧憬。跟Louis的感情，更是彻底粉碎了她曾经有过的那一点“可以把人生交给男人”的幼稚而可笑的想法。因此，即使“程咬金”慷慨而富有，她也从没放弃打工，放弃学业。

她并不想跟被命运折磨得不成人形的母亲解释这一切，她清楚母亲对她“翻身”的期许甚至超过了对她的爱。她并不埋怨母亲的现实，因为母亲的人生是值得同情的，她在自己和丈夫身上都看不到的希望，只能寄托在女儿身上。柯米对母亲的顺从，更多的是一种责任、一种怜悯和一种对养育之恩的报答。这么说似乎很残忍，但现实就是这么残忍，在现实中生存的人类，又怎么能温柔地去面对残忍呢?

但是，说一千道一万，即便自己“无所谓婚姻这个形式”，也并不会希望“对方压根不想娶你”。这种情绪，就好像一个异性恋身处一家同性恋酒吧，完全没被搭讪，虽然被搭讪也不见得会开心，但无论如何，无人问津一定会让人不爽。

此时，柯米没有任何资格埋怨丝毫。可是，毕竟“有没有资格”和“失不失落”是两码事，柯米并不怀疑“程咬金”对自己的爱，但仍然失望至极。而且，她也终于理解了Louis的态度。然而，这种“理解”和“释怀”并不能帮助她缓和任何失落和焦虑的情绪。

我们的大部分负面情绪，其实我们自己是知道产生原因的，也大多能理解，可是我们依然无法通过任何方式来缓和。比如失恋，比如亲人离世。想要淡化这种情绪，无他，唯有时间。

当晚，“程咬金”坚持留下来照顾柯米，可是柯米一点也不想看到他。对于一段必然要结束的情感，他现在每多一分柔情，日后都会给她增加一分痛苦。面对一段倒计时的情感，似乎一切行为都讽刺般地突显我们的矫情和无力。柯米本能地开始排斥，可是，她又无法真的拒绝。这种纠结，让她一秒也不想跟“程咬金”这么共处下去。她点上一支烟，开始焦虑地在公寓里踱步，像只困兽。

“程咬金”开始意识到柯米的不自在，但他完全想不到是自己今晚不速之客的身份让气氛如此尴尬。最让人无奈而愤怒的情况就是，问你为什么不开心的人，就是让你不开心的那个人。他只是单纯地想：我会爱你到你走为止，至于走了以后如何，到时再说吧。

于是，两个人开始了一段非常“虚伪”的相处，表面上波澜不惊，暗地里波涛汹涌。柯米不断说服自己，错过的都是人生，要给彼此留下最后的美好。“程咬金”每天嘴上惊天动地，行动有心无力。两个人连最后的日子都没有半点真诚，把形象大使的形象社交发挥到了极致。

归去来

六月，柯米毕业了，她开始着手准备回国的相关事宜，变卖了书籍物品，买了回国的单程票，甚至开始着手在国内投简历找工作。

虽然见面次数不多，但“程咬金”的父母非常喜欢这个话虽不多却始终笑意盈盈的东方女孩，他们甚至主动给她办了一场告别派对，用很隆重的方式跟她说再见。

然而，随着柯米归期的逼近，原本无动于衷的“程咬金”竟然慢慢失去了原有的淡定，开始惊慌失措起来，反倒是柯米越来越看得开，越来越坦然。其实，“程咬金”一开始觉得，柯米一定有办法留下，只是想使用手段逼他结婚而已，因为他印象中的中国女人，为了留下大多不择手段。之后，当他意识到柯米确实要走了，才发现原来这不是个计谋，开始焦虑和不知所措起来。

“程咬金”是个聪明人，缺点在于自以为是。由于自身条件优越，所以对他死缠烂打的女人不少。于是，他并不觉得柯米会舍得离开他。柯米确实让他大跌眼镜，甚至让他产生了很不甘的情绪，自己阅女人无数，凭什么自己一直引以为傲的恋爱控制权不知不觉交到了这个小丫头手上？他对柯米的情感在不甘心中不断发酵，开始无法控制。这种失控让他觉得很是挫败，柯米越淡定，他就越感到挫败。可是，显然他并没有任何挽回劣势的筹码，只能混乱而焦虑地被动着。

很快，柯米回国的日期临近，东西收拾得差不多了，房子也退租了，房东很慷慨地让柯米住到走的那天，并没有马上找新的租客。“程咬金”越来越频繁地希望在柯米的公寓过夜，甚至赖着不走，最终竟然强制柯米在他家住到走为止。在这剩下的为数不多的日子里，他们竟然像煞有介事地“同居”起来。柯米是个信奉善始善终的人，虽然要结束了，但也没必要分开得太难看，于是欣然地扮演起同居女友的角色，精心照顾“程咬金”的饮食起居。距离的拉近让她被迫摘下面具，变得真实起来。而柯米这个被迫的转变竟然触动了“程咬金”心底封存的某些情结，他忽然觉得自己会离不开柯米。尽管如此，他们也始终没有多提一个关于“今后”的字眼。

终于，这场尴尬的恋爱在看似温馨的尾声中接近了全剧终。柯米收拾好了所有随机托运的行李，等待离开那一刻的到来，而此刻的她好像已经完全释然了。

于一和董蔓荷的态度很有趣，她们既没有表现出恋恋不舍，也没有呜呼哀哉，一副若有所思的对此事有所保留的样子。她们总觉得，以柯米的心机和谋略，这事没完。而“程咬金”表现出了柯米最开始的样子，愤怒、压抑、焦虑、失落。

临行前的某个清晨，“程咬金”拿着咖啡，开始在屋内踱步。柯米有点想笑，这似曾相识的场景让人觉得有点讽刺，让人想到一些奇怪的句子，什么“风水轮流转”，什么“不是不报，时候未到”，什么“你也有今天”之类的。

有时候，恋爱如同共舞一曲探戈，两人牵手入场后，时而舒缓，时而激情，时而贴近萦回，时而推开彼此。进退间，嗅得到挑衅；拉扯间，看得到痴缠。而音乐峰回路转后，两人反身回旋，并肩探步侧行……你永远搞不懂你们是敌是友，某些时候看似亲密，如胶似漆，却同时尔虞我诈，谨慎提防；某些时候看似淡漠，互不理睬，却同时彼此守护，相互依赖。推开，也许只是为了下个瞬间更紧地拉他/她入怀；拥舞，可能只是为了最后一个转身后放手离开。

柯米和“程咬金”的探戈即将曲终人散，而这次，放手的人是柯米。

临行前一天，柯米和蔓荷、于一做了简单的告别，一起吃了一顿饭。走的那天，“程咬金”驱车送柯米去机场。一路上，车载电台里放着老掉牙的流行金曲，没人伸手去调个台或者换张CD来听。这时候，背景音乐变得可有可无，他们都若有所思，完全无心交流。

确实，此时此刻说什么都是尴尬的。缅怀吗？还是畅想？道不出再见，也无所谓牵挂和思念。也许这一别就是海角天涯，不是也许，根本就是海角天涯。除非刻意，否则再无半点相见的可能。毕竟这是在恋爱进行中的戛然而止，是硬生生地要从彼此的生命中抹掉那个人的存在，很难坦然面对。柯米嘴角还是带着惯有的笑，而“程咬金”此刻看着这熟悉的笑容，却半点也甜蜜不起来，只是纠结。

“你不要笑好吗？”“程咬金”最终还是没忍住，目视前方，说了上车后的第一句话。

柯米愣住了，嘴角那抹微笑瞬间变成了尴尬的残笑。她转头看着“程咬金”，说：“不然，我哭吗？”

“……”

车内又只剩下电台的聒噪声，直到车子驶入机场的停车场。“程咬金”帮柯米拿了辆行李推车，把所有行李一股脑儿堆了上去，动作沉重粗暴，明显是在宣泄情绪。柯米依然温和恬静，毫无态度地任他为之。办完登机手续，托运了行李，拿了登机牌，柯米拖着随身的行李箱，对“程咬金”说：“那，我走了……”

既没有祝福，也没有再见，因为不会有福，也不会再见。“程咬金”咬着嘴唇，面色铁青，眉梢颤抖，欲言又止。柯米笑了，伸出手捋了捋他的头发，摸了摸他的脸，然后轻柔地收回手臂，再无他言，转身离开了。与此同时，柯米狡黠地边走边默念：“一、二、三……”还没数到十，就听到“程咬金”在身后大喊：“你别走！”

柯米原地站住，露出一丝外人根本察觉不到的诡异笑容，这笑容转瞬即逝。柯米回头的刹那，面孔恢复了刚才的平静，并且添了几分纯真状的不解。此时，“程咬金”已经箭步上前，一手拉住她的行李箱，另一手夺过她的登机牌，揉成一团，丢进旁边的垃圾桶里，然后一把拥柯米入怀，坚定地说：“别走！”

事后，于一和蔓荷听完柯米的描述，内心不约而同地说：“牛×！”

看似结局的结局

是的，柯米留下来了，形式简单且必然：结婚。

没有求婚，没有感人的表白和许下承诺的泪水，柯米面对的，只有一张婚前协议。柯米觉得自己被侮辱了，但是似乎没有什么更好的办法了，毕竟他们的经济实力悬殊。柯米觉得她和“程咬金”都在默认一个真相：他们之间的婚姻，只是能把她留下来继续这段恋情的一个必要手段而已，而非因水到渠成而结合的一段佳缘。这是个很可怕的默认值，也就是这个隐藏的事实，为日后的惊涛骇浪埋下了巨大的隐患。

柯米的房间已经租出去了，反正要结婚了，她就顺势住到了“程咬金”家，开始着手准备结婚的文件。两个人匆匆进入结婚程序，为的是赶在柯米的居留许可到期前使她的身份合法化。在法国，结婚时有一个环节很有趣，市政府会把两人的婚讯在市政厅的公告栏里公布一段时间，如果这段时间里无人反对，两人才能结婚。这个环节类似于很多影视作品中都有的桥段：在教堂里，神父问，有没有人反对这对新人的结合？

柯米此时的态度有点反常，这是她想要的结果——留下，可她忽然希望有个强有力的人站出来反对这场婚姻，强制她离开，或者给她一个充分的理由或者机会进行反思。

柯米被自己奇怪的困惑笼罩，百思不得其解。她的心思不在选婚纱上，只是随便找了一家礼服店，买了一条全白的长裙；也不在筹备婚礼上，婚礼的整个筹备过程中，她完全没有给出任何意见，无论“程咬金”说什么，她都随声附和。

对于这场即将到来的婚姻，她只做了一件事，就是通知了自己的父母。父母欣喜若狂，然而，她家的经济状况并不允许他们前往法国参加婚礼，唯一能做的就是拿着女儿的婚纱照，四处探亲访友，告知或者说炫耀女儿的婚讯。

若不是“程咬金”要求，柯米连婚礼都不想办。婚礼和婚姻有关系吗？就好像你的入学典礼和你在学校混得如何、能不能毕业、多少分毕业有关系吗？其实毫无关系。柯米觉得，连婚姻都只是个形式，何况婚礼这种形式中的形式。很多姑娘对婚礼还是很看重的，总想着这是一生一次的大事，一定要办得浪漫、特别、盛大。其实，面对如今居高不下的离婚率，也无所谓什么一生一次了吧？

说难听点，你自以为完美的浪漫婚礼，在别人看来，无非是去吃一顿推不掉的高价饭，没人会在乎你的婚纱是什么风格，你的婚礼会场布置摆设如何……

婚礼对你的家人的重要性远大于你个人。他们不是要面子，而是只有看到你的婚礼，他们才觉得安心，觉得完成了自己的使命，亲手把你送进了幸福人生。

至于对新人自己来说，婚礼会留下什么？一张一百年都不会看一次的光盘，还是修得连亲妈都认不得的婚纱照？

当今国内的大部分婚礼根本没有任何严肃和神圣的意味，无论是新人，还是亲朋好友，都丝毫感觉不到所谓的“幸福”，不中不西，不土不洋，除了敛财，就是灌酒。走过场，重形式，新人像是马戏团里的猴子，被人耍来耍去，别说温馨浪漫了，连起码的尊重都没有。

如果一方坚持要举办婚礼，作为另一半，自然应该满足对方的心愿。爱一个人，自然要给对方想要的。

如果两个人都无所谓，那么最美好的婚礼就是邀上三五挚友亲朋，没有礼金红包，没有喧闹冗杂，没有形式铺张，甚至不需要华服浓妆，仅仅办一个精致的派对，接受来自最爱自己的人们的真心祝福，就可以了。或者，两个人躲在一个没人认识的地方，肆无忌惮地亲密，分分秒秒地腻在一起，自己见证自己的幸福……

为什么有些人那么在乎婚礼？因为需要仪式，仪式感对于巩固脆弱的精神世界简直功不可没。

于一认识几个作家，每个人都有奇特的写作怪癖，其中一个必须使用备忘录来编辑，另一个无法忍受自己的指甲难看，一定要美甲后才能写出东西来。这些怪癖，其实都是仪式感在作祟。这种虚幻的仪式感成为一种强有力的安慰剂，让人依赖成瘾，甚至是自我纵容成瘾，其实就是自我洗脑：有了这个象征性的手段，我一定可以达到我的目的。当仪式感幻化为一种信念后，很多看似很难完成的事情就会忽然变得轻而易举。

感情也是如此，无论是在一起、分手、求婚、结婚还是离婚，人们都在追求仪式感。除了婚礼这种社会默认的仪式外，两个人在一起的仪式是什么？表白？发生关系？还是要一本正经地邀请对方："做我的另一半吧！"然后，得到对方的应允。那分手呢？要不要给对方来个宣告：从今以后，我们分开生活，各自成长，井水不犯河水。其实，这些统统是表象。本质上，仪式感只是变相地强加给原本飘忽的灵魂一个看似稳固的归属而已。

理所当然地，于一和蔓荷都收到了柯米的婚礼请柬。于一是一个异常厌恶各种仪式的人，她认为，聚会这种仪式只是人们为了掩饰空虚的一种极其形式主义的、浪费生命的扎堆行为。

然而，于一肯定是会去的。在义气面前，于一向来没什么太固执的坚持。

于一问柯米为什么结婚，柯米笑了，她说："你是第一个问我这个问题的人，也是唯一的。说真的，我不知道，原因太复杂，甚至太阴暗，导致我压根不知道根本原因是什么。最说得出口的那个，大概是厌倦了去了解一个人，抱有希望然后失望，再抱有希望又再次失望，最终绝望的那个过程吧。"

柯米不是于一，她没有思想前卫开放的父母，也没有坚实的经济基础，更没有反抗世俗的欲望。对她来说，不结婚面临的形势似乎比结婚严峻得多。于是，结婚在她的生命中显得如此顺理成章。

婚 礼

法国的婚俗是，新郎不能在婚前看到新娘的婚纱，那样是不吉利的。头天晚上，“程咬金”住在父母家，柯米则留在他们将会共同生活的房子里，于一和董蔓荷陪着她。

第二天下午四点，婚礼签字仪式在市政府举行，新郎和众亲友早早就到场了，众人寒暄、欢笑、等待。随后，新郎的父亲开车载着柯米出现了。柯米很美，一条素雅的白色长裙，毫无繁复的装饰，身材的曲线被勾勒得恰到好处，一头长发被随意地盘起，化着淡妆。她没有一个新娘应有的娇羞和兴奋，有的更多的是一种板上钉钉、尘埃落定的心情。这感觉让于一这个旁观者觉得很糟心。

签字仪式结束，新人接受亲友祝福。在大家的簇拥中，柯米把手中的花球往后抛，花球直直地冲于一飞过去，于一条件反射般地躲开了。花球最终被身后的一个法国姑娘接住了，这姑娘竟然兴奋得边尖叫，边流出了眼泪。于一觉得简直不可思议，别人对婚姻的渴望在她眼里如洪水猛兽般恐怖。这就是人和人生活目标的不同吧，没有对错，只有差别。

接下来，以柯米和“程咬金”的婚车为排头的车队从市政府出发，全部打着双闪，浩浩荡荡地开往海边的婚宴现场。于一和蔓荷被安排在“程咬金”一个哥们儿的车上。这是个金发帅哥，有着意大利人的脸和英国人的身材，他一路上都在对着于一放电，直白得让于一有点尴尬。这种“无所谓，反正我不要脸”的态度，反而让人不知如何应对，你不能用任何道德标准去评判，因为人家虽然轻浮，但是坦诚；你也不能当场发飙，因为人家只是调情而已，又不是非礼。这种直白的猥琐让于一很想给他点赞。还好路程并不长，到了婚宴场地，于一一下车就迅速落跑，这大概是她第一次发现自己穿着长裙、高跟鞋，行动还可以如此敏捷和快速，至于画面好看与否，已经不重要了。

在宴会现场，于一看到了莫少宏。这不奇怪，他们是同学、朋友。奇怪的是，莫少宏的女伴是杜若，这是一个于一打死都不会想到会看到的人。

深情的“渣男”

杜若是一个在所有人眼里都很完美的女孩，有着完美的教育经历，完美的家世背景，完美的脸蛋身材，完美的智商情商。她父母是早年下海的高级知识分子，自己在国内读的就是名校，后来去了加拿大，之后来了法国也是正宗的学霸，古灵精怪，聪颖过人。她毫无戾气，温和恬淡，对谁都很友好，没有一个人说她半个“不”字。总之，是一个没有缺点和差评的人。

杜若在于一眼里一直是一个谜团。很长一段时间，于一只是从旁人口中听说过杜若，她似乎可以成为任何一个跟她毫无关系的社交圈子的永久话题。人们总是在提起她，有意无意地。于一对她的看法很客观：第一，于一没见过她，不好评判；第二，于一始终觉得她完美得让人匪夷所思，哪有人是完美的呢？这不科学。

杜若很神秘，没有男友，却忙碌无比，一周七天，约会排得满满的，电话、短信不断。你不知道她认识谁，也从来没有听她主动提起过哪个男生的名字，可是，留学圈子里的男生，她似乎都认识。她跟每个男生都是好友，但也都没有更深层的关系。她就像《圣斗士星矢》中的雅典娜似的，到处都是对她爱得深入骨髓的追求者，可她既高贵又清白。

于一不是一个少见多怪、孤陋寡闻的人，可是，看到杜若的第一眼，她还是因为这个女人复杂的气质稍稍惊诧了一下。杜若拎着个限量版名牌包包，挺着傲人的胸，妆化得很淡，但是细节得当，可见是个易容术高手，眉眼之间闪烁着一种不刺眼的高调。她笑靥如花，可是那笑并不真实。被紧身连衣裙包裹的身姿摇曳的杜若，从门口一路晃到了座位旁边，停顿了片刻，转身妩媚地坐了下来。那套动作一气呵成，充满风韵，且十分娴熟，虽说让在场的男士顿时喷鼻血可能做不到，但是引起他们潜在的性冲动是肯定的。于一和蔓荷两个人看呆了，完全不知道该如何面对这个震撼的场景。

杜若进来时的样子很自在，也可能是故作自在，外表有种置身事外的冷漠感，待人却非常亲和，总之，看起来跟谁都很熟络。可是，她和于一的自来熟还是有区别的。于一跟谁都能说上两句，可是平易近人中带着冷漠的距离感，虽说能聊，但只是限于当下，人走即散的逢场作戏。而杜若的自来熟是一种非语言主导的性格，给人一种温和的拉近感。

于一有种强烈的第六感，让自己疏远这个根本没道理要避开的人，她始终无法真的喜欢这个人见人爱、花见花开的可人。并不是嫉妒，也不是厌恶，而是一种天然的排斥，像是气场不合之类的，她自己也说不清。

如今，作为莫少宏女伴的杜若让于一彻底排斥了起来，她总觉得这个女人有问题。

婚 宴

婚宴的盛大程度远远超出于一的想象，看来无论是哪里的土豪，在这种事情上都喜欢挥金如土。“程咬金”在海边租下了一个大花园，请了最专业的婚礼策划团队设计了一场户外婚礼。花园里的长桌上摆满了各种精美的糕点和酒水饮料，长桌的尽头是料理区，异域情调的厨师在现场制作一些特色小食，浮夸的烹饪姿势怎么看都是表演成分居多。食物处处飘香，宾客语笑喧阗。柯米跟着“程咬金”吉祥物似的被所有亲朋好友围观拍照，蔓荷是伴娘之一，自然也要参与其中当人肉背景。于一无处可逃，又要力所能及地帮柯米招呼一些宾客，只能尴尬地和杜若硬聊。

说实话，她们的交集不算少，可是，于一愣是找不到什么切入点来没话找话。可能她本质上觉得，即使自己真心说些了什么，得到的回应交流也不会是真诚的。杜若貌似也并不没有很想亲近于一。于是，她们就有一搭没一搭地聊，竟然除了专业课多不多、什么时候期末考、这个点心很好吃这些话题之外，再找不出任何正常人能进行下去的话题了。

“程咬金”的金发帅哥朋友的出现，彻底缓解了她们之间的诡异气氛。他上来就惊呼：“你们中国的女孩子都这么美丽吗？你们的美貌让我下一站旅行的目的地必须定在中国了！”然后，他很法式地耸了耸肩，表示“我甘愿承担这个结果”。

说到“健谈”，法国人真的是这个世界上最厉害的人群了。十七世纪开始风靡于法国的沙龙文化，最初就是巴黎的各路名人把自家的客厅变成社交场所，出入者大多为戏剧家、小说家、诗人、音乐家、画家、评论家、哲学家和政客等。这些志趣相投的人士边欣赏着典雅的音乐，边饮着美酒，边就共同感兴趣的各种话题展开辩论或长谈，无拘无束。最有趣的是，出入沙龙的这些名人的名气并不是沙龙是否出名的衡量标准，而举办这个沙龙的女主人，才是这个沙龙声誉、名气的代表。女主人甚至能通过这个沙龙去引导和影响那个时期的文学艺术风气。

这种热衷于交流的文化在上流社会的表现形式是各种沙龙，而在平民阶层则体现在巴黎路边的各种咖啡馆里。咖啡馆中的“政治家”巴尔扎克曾经说：“咖啡馆的柜台就是民众的议会厅。”只需要一杯咖啡的钱，你就可以逗留整个下午，听别人高谈阔论，或者表达自己的意见。有些咖啡馆甚至会定期举办辩论会，出一个有关政治或时事的题目，所有在场的客人均可以参与辩论。这可能就是最早的类似于互联网社交论坛的交流形式吧！

当然，现在的法国咖啡馆里已经不会再有为了某位政治名人的某句话争得面红耳赤的人群了，大家多是三五成群地聊着自己的话题。可是，法国人健谈的民族特质还是保留了下来。他们的亲朋好友间的日常聚会，多少保留了沙龙的一些影子，并非完全以吃喝玩乐为主题，常是三五个人聚在一起，就某个话题各抒己见，侃侃而谈。

金发帅哥的开场白相当成功，既没有很谄媚地取悦其中的某个人，又有礼有节地赞美了她们，最终还成功地把话题引向了旅行和东西方差异，真乃搭讪界的高手。

帅哥很聪明，看到于一先前的反应，就知道这是个难搞的妞，无须浪费时间，于是毫不掩饰地把目标转向了杜若。于一心里一阵发笑，是那种无恶意、看热闹不嫌事大的笑。

八点钟左右，婚宴正式开始了，宾客入席。杜若并没有被安排在于一和董蔓荷旁边，而是跟莫少宏远远地被安排在靠近舞池的位置，这让于一备感轻松，因为她实在无法面对一个如此让人捉摸不透的“朋友”一整晚。

莫少宏是于一读语言学校时的同学，可能是两个人都很傲气的原因，他们开始时并没有什么交集，三五小事摩擦下来，临近结课，两个人竟然成了好朋友。

莫少宏有着一张轮廓分明的脸和一副线条很好的身材，一看那身肌肉就知道是精心打理过的。他虽然个子不高，但绝对算是个帅哥；家境不错，但为人很低调，从不张扬。要不是他那个张牙舞爪的现任女友大喇叭似的宣传，于一还真不知道他的家境这么优裕。

其实，来法国的留学生还真不一定都是家里有钱的，比如柯米。因为免学费和一些优惠政策，再加上留学门槛高，对留学生的资质有着严格的审核，法国成了很多平民家庭资优生的留学天堂。富二代、官二代自然是有的，但是绝对不像澳大利亚、新西兰、加拿大、英国那么普遍。

所谓“君子之交淡如水”“交朋友是交心，而非交人”，这个道理，于一和莫少宏都很清楚。于是，一种坚固的默契和信任一直在他们之间恰到好处地维持着友谊的浓度和尺度。

有时候，我们需要朋友，并不是需要他们来分享喜悦，或者分担苦难，而是当我们真的被现实伤得痛彻心肺或者被压力压得无法呼吸时，我们需要有那么一个人陪我们默默地坐上一晚，不问，不言，第二天就当这件事从未发生过。可能于一和莫少宏之间就是这种友谊吧。

喜欢莫少宏的女孩不少，可是，别说走进他心里了，连能走到他身边的都没几个。他是孤僻的，甚至是封闭的。

至于莫少宏的现任女友，于一甚至没兴趣知道她叫什么，莫少宏跟她说了好几次，她愣是记不住。在于一看来，自己大脑有限的空间只能用来储存有意义的内容，这种见到都懒得与其交流的女人，记住名字根本是毫无意义的行为。

于一固执地称她为“大喇叭”，因为任何事情发生在她身上，她都会像拿着个大喇叭现场直播似的宣扬出来，还是无删减、无广告版的。另外，低俗、肤浅、张扬、虚荣这些必不可少的反面特质，按照剧情的逻辑，怎么可能不出现在她身上呢?

于一很是不明白，以莫少宏的品位，怎么会选择这样一个粗制滥造的次品。不经意的问答间，莫少宏给了于一一个让她后脊梁发凉的回答：“注定没结果的关系，找个永远不会爱上的，结束的时候，能把心理损失降到最低。”这种人渣理论着实不像是从莫少宏这种“好男人”嘴里说出来的。

可是，转念一想，确实，身在异国，别说未来，连明天都不知道在哪儿，说不定下个学期申请到不同城市的大学，就一拍两散、劳燕分飞了。这也就是于一一直没有恋爱的其中一个原因，不断的开始和结束，让人厌倦。于一一方面开始忧虑好友这种人渣行为的成因，另一方面又有点对“大喇叭”命中注定的悲剧结局幸灾乐祸。

于一没有什么泛滥的同情心，对待贱人的态度一向是尖酸刻薄、冷嘲热讽的。自然，对待“大喇叭”的态度也不会好到哪里去。这导致“大喇叭”一直认为于一是垂涎莫少宏的男色，嫉妒自己。于是，两个人势同水火。

于一后来才知道，“大喇叭”对莫少宏是霸王硬上弓的。故事很恶俗，无非就是先谄媚示好，说只是做朋友而已，让对方放下戒心。熟络之后，借机买了酒，跑到对方家里，痛哭流涕，诉说心事，灌醉对方，强行留宿。最后公告天下，宣示主权，外加威逼利诱。按照莫少宏的说法，是“懒得跟她计较”，酒后到底乱没乱性这事，大家心照不宣。

这种贱人的惯用招数，其实对莫少宏本是无用的。但是，说莫少宏善良也好、愚蠢也罢，他的想法很简单，既然有可能真的发生了什么，人家又是女孩子，那自己是要负责任的。毕竟在法留学生的圈子不大，他们的床笫之事已经被“大喇叭”搞得街知巷闻了，如果不和她在一起，仅仅当作一夜情，那“大喇叭”以后就不好做人了。哪怕是在一起一段时间后再分手，“大喇叭”也好再找下家。这以德报怨的逻辑虽然乍一听脑残得很，但仔细想想，确实也合情合理。

但是，女人主动出击敢玩得这么大，说明“大喇叭”胜券在握或者自信心爆棚。这样的对手主动上门，易请难送，即使最终玩不死你，也定会弄得你伤筋动骨，或者两败俱伤。于一不禁暗暗为莫少宏的未来捏了一把汗。

“正房”的猎杀

宴席结束，就是舞会。趁着杜若交际花似的跟各路不认识的宾客寒暄之际，于一终于有机会跟莫少宏说上两句。于一开始的措辞很委婉，只是旁敲侧击地刺探他为什么会带杜若出席柯米的婚礼。可是，得到的反馈是让人崩溃的。显然，对于自己带杜若出席的这个举动，莫少宏并没有觉得哪里不妥。

于一深入下去：“‘大喇叭’呢？”

“你别老叫她‘大喇叭’，人家有名字的！”

“不要在意这些细节。她会放你出来？而且还是和别的女人结伴，出席婚礼这么敏感的活动？”

“嗯，她不知道得如此详细。”

“什么叫不知道得如此详细？说人话！”

“就是我没跟她具体讲我出来干什么、跟谁一起，吵了架一走了之的。行了吧，三八！”

于一的心忽然揪了一下，竟然是为了“大喇叭”，她有种淡淡的共情感。换位思考一下，如果自己爱的男人离家出走，和别的女人去参加朋友的婚礼，于一大概会难过到把自己一刀捅死吧！其实，她连莫少宏和杜若什么时候“勾搭”在一起的都完全不知道。作为死党，莫少宏的这个举动让她多少有些失落，也有些嫉妒。而这嫉妒，并非来自男女之间，而是源于一种友情方面的占有欲。

很多人喜欢把“嫉妒”作为衡量一个人情感的标准，得出类似于

“喜欢你，在意你，才会吃醋”这样的论断。这个逻辑显然是有问题的。为什么？其实，嫉妒仅仅源于占有欲。我们喜欢一个人，爱一个人，在意一个人，就会产生占有欲，因而产生嫉妒。但是，如果是占有欲强或者安全感弱的人，即便对一个人没有达到爱或者在意的程度，也会产生占有欲，从而吃醋。也就是说，喜欢一个人，一定会吃醋，但是，吃醋不代表一定喜欢这个人。这个命题，并不能逆推。

于一和莫少宏的对话根本进行不下去，一是莫少宏并不配合，二是杜若时不时过来插一脚，完全没有持续交流的环境。

于一也懒得说了，跟董蔓荷躲在花园的一个无人的角落，一言不发地喝酒，各自满腹心事地静静旁观着这场热闹非凡的婚礼。过了没多久，柯米一手拎着高跟鞋，一手拉着裙角，踮着脚走了过来，挤在她们二人当中，也开始一言不发地喝酒。她看着疯狂的宾客们各式各样的行为，仿佛这场婚礼跟她毫无关系，她只是个穿错了裙子颜色的来宾。

凌晨过后，宾客们开始渐渐散去，柯米不得不回到“程咬金”身旁，履行一个女主角的职责，接受临行宾客的祝福。这是一项艰巨的任务，因为按照法国的社交礼仪，宾客到场，主人要跟所有人行贴面礼，宾客离场，主人也要跟所有人行贴面礼，尤其是在南部。于一很不喜欢这种礼仪，总觉得会莫名其妙地贴到一脸异物。

彻夜狂欢后，于一、蔓荷、莫少宏和杜若分别被柯米安排在家中的客房里过夜。说是过夜，其实离天亮也就只剩两三个小时的光景了。于一由于非常排斥和杜若同床，所以自告奋勇地睡客房的沙发。

于是，两间客房，三个女孩一间——杜若和董蔓荷睡一张床，于一睡沙发——莫少宏自己一间。

清晨，天刚蒙蒙亮，于一听到门铃不停地在响，而且频率很急。她本想起身去开门，忽然想到这不是自己家，便用枕头压住头，准备充耳不闻。可是，好一阵过去，门铃声仍然没有停止。于一估摸着大家可能都喝多了，酒没醒，只好自己起身去开门。于一走到院子里，被清晨的凉风一吹，脑子清醒了一半。打开门后，她看到的竟然是怒不可遏的“大喇叭”。

于一想到“大喇叭”对自己的成见，瞬间警觉起来，莫非她以为莫少宏和自己在行苟且之事，于是杀过来捉奸？可是，不对呀，她怎么会知道莫少宏在这里，又怎么会知道自己也在？“大喇叭”充满敌意的脸让于一瞬间进入了作战状态，宿醉带来的头痛竟然奇迹般地被缓解了。

两个人怒目圆睁地僵持了几秒钟后，“大喇叭”先开口了：“呵呵，你竟然也在？”

这句话彻底搞蒙了于一，这个“也”字是什么含义？莫非，她这次的矛头不是指向自己？“大喇叭”三步并作两步走上前来，那股杀气让于一不自觉地后退了几步，无意中为“大喇叭”让开了一条路。“大喇叭”顺势一个侧身闪进了院内，冲着屋子的大门冲去，留下于一一个人在原地摸不着头脑。三分之一秒后，本能的对朋友的保护欲和喜欢替人出头的天性驱使于一迅速跟上“大喇叭”的脚步，虽然她并不晓得接下来会发生什么。

于一看着“大喇叭”一个个房间地破门而入，先后冲进了洗手间、厨房、储物间和她们三个人的客房后，最终踢开了莫少宏的房间门。这时，她竟然站在门口，定住了。柯米和“程咬金”被震天响的动静引下楼来，从春宵一刻的浪漫爱情剧中，被强行拉入不速之客直捣爱巢的惊悚剧里，两人呆站在于一身边。董蔓荷也醒了，坐在床上，睡眼惺忪、蓬头垢面地通过被踢开的房门看着对面走廊上发生的一切。

像被按了暂停键的电影场景，空气瞬间凝固，没人知道发生了什么。此时，与其说于一的冷静和果敢充分发挥了作用，不如说她强烈的好奇心驱使她打破僵局，蹭上前去一探究竟。

然后，于一和“大喇叭”一样，定在了门口。眼前的场景是于一根本不曾设想到的，是的，人看到太超乎想象的画面，第一反应大概都是“呆掉”吧！

只见莫少宏还在睡，而他旁边，躺着已经醒了的杜若。画面并没有淫乱不堪，两个人都穿着昨晚的衣服。可是，让人不解的是，昨晚杜若明明是睡在于一她们房间的，怎么会跑到莫少宏的房间来呢？

此时，“大喇叭”终于从呆若木鸡的状态中清醒过来，噌的一声冲了上去，抡起自己的包包，开始狂殴杜若。

于一的第一反应是：“完了，这么闹，铁定要分手了，这傻女人。”产生了这个念头后，于一自己也吓了一跳，自己不是一直看不惯“大喇叭”吗，这时候应该幸灾乐祸呀，为什么会忽然替“大喇叭”考虑起来？于一事后总结，可能是虽然“大喇叭”的行为让人厌恶，但至少她对莫少宏是真心的。而这个杜若，总让人有种不好的感觉，浑身上下都散发着一股虚伪的气息。

杜若的反应也着实没有令观众失望，她竟然哭了起来，说：“我不是故意的。”然后，拿起包包和鞋子，梨花带雨地夺门而出，留下一群人大眼瞪小眼。更让人无语的是，被抡到几下的莫少宏这时才从深度宿醉中醒过来，捂着被用足劲道打到的脸，惊坐起来，一脸诧异地望着发狂的“大喇叭”和发呆的众人。

此刻“程咬金”才反应过来，上前死命拖着对“被捉奸在床的渣男”施暴的“大喇叭”。“程咬金”虽然没见过“大喇叭”，他从昨晚起就一直以为莫少宏和杜若是一对，但是面对此情此景，再傻的人也看出个端倪了，这是“正房”的猎杀呀！稍稍缓过来的莫少宏一脸神志不清的错愕表情，明显表示他比任何人都更想知道发生了什么。

事情到了这个地步，是没办法处理的，必须把当事人分开。“程咬金”当机立断，把疯狂挣扎扭动企图再战的“大喇叭”拖出屋外，塞进车里，然后开车带着“大喇叭”呼啸而去，留下柯米维持局面。

柯米哪里能控制得住这种阵势，和蔓荷两个人面面相觑，又眼巴巴地看着于一，指望她挺身而出。于一习惯了“话事人”这个江湖角色，并没觉得有何尴尬，很自然地走到莫少宏身边，问：“她怎么会在你床上？到底发生了什么？”

莫少宏一脸茫然，说：“我知道的不比你多呀，昨晚我躺到床上就睡着了，接下来发生的事情，你们都看到了！”

确实，莫少宏身上的衣服一件没少，明显是和衣而眠。此时此刻，柯米和蔓荷彼此看了一眼，交换了一下眼神，退了出去。

柯米去厨房煮了一壶咖啡，给大家准备了一些早点。于一和蔓荷也简单梳洗了一下，在厨房的餐桌旁坐了下来。三个女孩心有余悸地各自平复着自己复杂的情绪。

“高手呀！”柯米先开口了，话语间满是奇异且激动的调子。

蔓荷跟着点头，两个人似笑非笑地看着于一，于一则是一脸茫然地看看蔓荷，又看看柯米。

“你还没看出来？‘大喇叭’被杜若给阴了！”蔓荷甚至有些兴奋，“怪不得昨晚我刷微博，看到杜若发了婚礼照片的微博，刚刚再去看，删了。”

“那照片我也看到了，就是个大全景，乱糟糟的。”于一还是一脸糊涂的样子。

“你是不是傻？”蔓荷掏出手机，把随手保存的杜若昨晚发在微博的照片放大给于一看。在画面的角落里，清晰地看得到莫少宏那特征鲜明的脸，于一这才搞懂什么叫“‘大喇叭’被杜若给阴了”。

这时，莫少宏也进来了，带着宿醉的倦意和惊魂未定的诧异，一脸茫然不知所措地坐在餐桌旁，拿起一杯咖啡，喝了起来。

于一一副“你不给老娘个交代，今天这关是过不去的”表情，一屁股坐到莫少宏边上：“说吧！”

“说啥？”

“你跟那个杜若，怎么勾搭上的？”

“什么勾搭不勾搭的，没有的事，就是朋友呀！”

确实，圈子就那么大，又都是出色的人，想彼此不认识、无交集都难。任何人都不会排斥跟优秀的人做朋友，即使这种优秀只是从社交角度来看，毕竟朋友也分走心的和走过场的。

这时，于一换了一种“再扯淡，老子弄死你信不信”的眼神，继续看着莫少宏。

莫少宏尿了，一五一十地交代了跟杜若的所有事情。原来，他们是在一次留学生聚会上相识的。莫少宏那次是带着“大喇叭”去的，带着“大喇叭”居然也能出事，这是于一万万没想到的。在于一眼里，“大喇叭”搞安保和情报，水准不比御林军、锦衣卫、克格勃、中情局这些机构差。

杜若加了他的微信，他觉得杜若既然知道自己有女友，而且自身条件这么好，没道理对自己有兴趣。于是，他挺放松地跟杜若接触，然后就没有然后了。至于“大喇叭”是什么时候盯上杜若的，他自己也不知道，只是他也没想到事情会发展和被误会成这样，内心是极度错愕的。

忽然，莫少宏的手机屏幕亮了，像是收到了一条短信，他解锁手机，看了起来。坐在他身边的于一抻着脖子，斜着眼睛，企图偷窥。莫少宏知道于一在看，但并没有任何掩饰之意。第一，对于这件事，他本就坦荡；第二，他和于一确实是彼此之间没什么秘密的挚友。

于一看到如下内容：“对不起，我真的没想到事情会变成这样。我不是故意的，我昨晚只是想过去跟你聊天，结果不知怎么就睡着了。我没想到你女朋友的反应这么激烈，也不给我解释的机会。早知道如此，我是不会给你添麻烦的。”

于一撇了撇嘴："她什么意思呀？"

莫少宏说："大概是内疚道歉吧。"

于一再傻也懂了："扯淡吧！这不就是示弱装可怜，典型的得了便宜还卖乖吗！故意使坏，现在跑来装无辜。"

"于一，你会不会太阴暗了？人家一直说你的好话，你却反过来诋毁人家！"

"都莫名其妙地睡到一起了，还莫名其妙地被'大喇叭'看见，你还说这件事不是故意的？不是我阴暗，根本是你瞎！她说我什么？"

"她解释了，她不是故意的，你为什么揪着不放？人家觉得你心地是好的，只是脾气不好，比较自我，不太宽容，看来果然没错。"

"我揪着不放？那你为什么带杜若出席婚礼，你不知道这种场合，你的女伴的身份会很敏感吗？她那是夸我，还是温柔地损我呀？都这么损我了，你还觉得她温柔、善良、可人疼呀？莫少宏，你有没有脑子呀？"

"我倒是真的没多想，杜若问我会不会去，我说会，她说她很喜欢你们几个，也想去祝福柯米，但是没有被邀请。我知道你们几个不喜欢我女朋友，觉得带杜若来刚好皆大欢喜。"

于一听完，差点昏过去，但是一时间竟然无法反驳这种看似体贴的神逻辑，也顾不得杜若对自己暗藏杀机、居心叵测的评语了。"那你怎么跟'大喇叭'说的？"

"什么都没说呀，一说不就又要鸡飞狗跳了。"这果然很符合莫少宏的行事风格，避免一切麻烦的唯一解决方案就是：隐瞒。

“你丝毫没考虑过你女朋友的心情吗？”于一忽然很同情“大喇叭”，被当作麻烦在对待的这个女朋友，让人很难不心生怜悯。

“于一，你很奇怪啊！我跟她在一起，你一万个反对，没事就跟她杠，经常让我夹在你们中间里外不是人。我瞒着她，不带她出来惹你烦，避免你们之间的矛盾，你又说我不考虑她的心情。你到底有没有立场啊？我懒得跟你说！”

“我……”于一语塞了。莫少宏说得对，按理说，如果杜若能把他跟“大喇叭”搅黄了，于一应该觉得大快人心才对呀，为什么真的有这个可能的时候，自己反而一屁股坐到“大喇叭”一边了呢？

莫少宏恼羞成怒地夺门而去，留下同样恼羞成怒的于一，还有尴尬却插不上嘴的柯米和蔓荷。

于一这才明白，作为女人，千万不要在直男面前揭穿另一个女人的心机，因为以他们眼瞎、心盲和自以为是的程度，多半的结果就是把你归为挑拨离间、兴风作浪、唯恐天下不乱的真小人。当然，也有可能是因为觉得女人之间的小把戏无伤大雅，而被指出看人不准才是真的伤了男人的自尊。如果够坚强冷血，就看着他们被搞得生不如死吧，在他们捶胸顿足之际，再落井下石地补上几脚。如果心善软弱，就闭上眼，假装这一切都不会发生吧，然后心里默念：活该……

三个女孩的圆桌会议正式开始，她们把所有的细节串了起来，得出了一个逻辑异常合理的故事：

不知道什么原因，莫少宏并没有告诉“大喇叭”自己要来参加柯米的婚礼。而这个“不知道什么原因”里，也许有“要带杜若去”这几个关键字。莫少宏走的时候，一定没想到自己会喝多了，晚上回不去，于是根本没跟“大喇叭”报备要夜不归宿。杜若一定了解这个情况，于是昨晚一直在灌莫少宏酒，而自己借口要开车，并没有喝多少。

结果，莫少宏酩酊大醉，留宿理所当然。杜若几乎没怎么喝，完全可以开车回家。但是，由于大家都醉了，没人意识到她没醉这件事，于是她也顺理成章地留下了。

趁大家都睡了，她摸入莫少宏的房间，睡在他旁边，目的可能有两个：或者，让大家睡醒后，发现她跟莫少宏“暗度陈仓”；又或者，用无意中拍下莫少宏的脸的微博照片引来“大喇叭”，让她亲自“捉奸在床”，把绯闻坐实。虽然她的目的尚不明确，但是，无论是哪个目的，结果都是，她把自己和莫少宏捆绑在一起了。

看样子，她很了解“大喇叭”的行事作风，也知道自己的社交网络状态已经被“大喇叭”监控了。这说明，她没少观察莫少宏并套他的话，因为莫少宏根本不是那种逢人就会抱怨感情问题的男人。

分析至此，三个女孩不约而同地起立鼓掌，嘴里发出“啧啧”的赞叹声。

“可是，据我观察，她并不是想挖墙脚跟少宏在一起，她貌似跟每个男人都很暧昧。”于一虽然明了杜若的手段，但还是无法明白杜若的动机。

三个女孩同时沉默了。确实，不算听说的，单是她们明确知道的杜若的“绯闻对象”，就不只莫少宏一个。

三人的八卦大会开完没多久，“程咬金”回来了，于一和董蔓荷识趣地告辞了。新婚的第二天，柯米夫妇两人就被迫看“大喇叭”唱了一出大戏，也不晓得是不是凶兆。想到这儿，于一心里默念了一句：“呸呸，乌鸦嘴！”

大戏散场了，但每个人仍然是胆战心惊的样子，也不晓得这个阴影何时能够散去。柯米似乎并没有被这段插曲影响新婚的心情，或者，在于一看来，这新婚对柯米来说也真的并没什么特殊意义。柯米夫妇没有马上安排蜜月旅行，原因连他们自己都不太知道，似乎是两个人都人为地把这件事回避了。

于一虽然讨厌“大喇叭”这个人，但是从不怀疑“大喇叭”对莫少宏的爱。可是，“大喇叭”爱得太蠢，也太肤浅、直白了。甚至说，“大喇叭”根本不会爱，在她眼里，爱情完全等同于躯壳的占有，只要看住了人，有没有心根本不重要。她乐意守着一具空壳，根本不在乎那躯壳里的灵魂，或者说，那躯壳里是否还有灵魂。又或者说，她只是一直在幻想，莫少宏早晚有一天会对她动情。

“大喇叭”的爱再蠢，“大喇叭”本人再不济，她的爱也是真的。于一的直觉准得吓人，杜若从一开始就让于一觉得危险，这次，她奇怪的动机和让人毛骨悚然的手段，让于一出于本能地迅速选择了“大喇叭”这个至少对莫少宏是真心的也算是安全的人去站队。她总隐隐觉得，杜若这个女人会害死莫少宏。

然而，于一并不知道，莫少宏的想法其实很简单，黎青青在他心里从未离开。所以，身边有几个女人，这女人是泼妇还是婊子，根本不重要。你说他渣，站在黎青青的角度，他是绝世情种，是重情重义的好男人；你说他好，站在除了黎青青之外的任何女人的角度，他都是个不折不扣的渣男。

爱与距离间的距离

我曾经爱过你：

爱情，也许在我的心灵里还没有完全消亡，

但愿它不会再打扰你，

我也不想再使你难过悲伤。

我曾经默默无语、毫无指望地爱过你，

我既忍受着羞怯，又忍受着嫉妒的折磨；

我曾经那样真诚、那样温柔地爱过你，

但愿上帝保佑你，另一个人也会像我爱你一样。

——普希金

那天，接到莫少宏的电话，于一着实诧异了一下。电话那边很吵，莫少宏说："我有个不情之请，现在能帮我的人只有你，见个面吧。下午六点，在我们之前常去的大喷泉边上的咖啡馆。"

于一匆匆应下，拿出行事历，在十八点那一格标记了一笔。这个行为颇显奇怪，明明是没多久之后的事情，为什么要刻意记上呢？

来法国半年后，于一就对行事历产生了深深的依赖。在法国，这是一种全民的习惯，连小学生都会有一本行事历，用来记录每天要做的作业和放假的日期之类的。一旦开始使用，你就会发现，你的脑子越来越不好使，甚至想不起来昨天做过什么和明天该做什么。

于一的行事历上不但记录着各种约会、课程的时间，甚至连购物清单和“大姨妈”的日期都标记得清清楚楚。然后，每个月翻看记录，便会惊觉，这个月竟然是这么度过的。

莫少宏的来电之所以让于一惊诧，是因为他们已经有一年多没联系了。虽然从语言学校毕业后，两个人都留在了马赛读硕士，可是自从他有了女友，就被限制得死死的，凡事必问，出门必跟。莫少宏又是那种典型的多一事不如少一事的人：与其天天吵架，不如不惹为妙。加上大家学业都忙，于是联系越来越少。

约会地点并不远，接近五点半，于一才放下手头的家务，换了衣服，梳理了一下凌乱的头发，拿着包包匆匆出了门。赶到大喷泉边，远远就看到莫少宏坐在那里，端起一杯咖啡，像喝酒似的一饮而尽，表情复杂而凝重。

他旁边坐着一个跟环境格格不入的女孩，他们之间并没有交流，但一看就是一起的，并非因为他们是在场的仅有的中国人。女孩很漂亮，气质很特别，一身夺目的打扮，手边放着一瓶啤酒，手臂搭在椅子扶手上，指尖夹着一支烟。气氛有点微妙而诡异，但并不十分尴尬，至少画面很和谐。

于一原地愣了一下，然后迅速走了过去，跟莫少宏打招呼。莫少宏站起来，笑了笑，笑容很畸形，属于那种硬挤出来的皮笑肉不笑的笑容。那个女孩跟着站了起来，也笑了笑，但是笑容特别真诚。

莫少宏顺手拉了张空椅子，招呼于一坐下。然后，三个人都沉默了。这下可不得了，急坏了有冷场恐惧症的于一。既然莫少宏面露难色，于一就强迫自己开口，以便打破僵局。她没话找话地问：“最近过得怎么样呀？”

莫少宏像忽然睡醒了似的看着于一，原本飘忽的眼神忽然变得坚定起来，说：“嗯，挺真实的。”

莫少宏这突如其来的幽默感差点没呛着于一。面对这种根本接不下去的回应，于一只能硬转换话题，顺便拯救一下旁边这个无所适从的女孩。

于一问莫少宏：“这位是？”

原本就异常僵硬的莫少宏，像是被这个问题一下子捆住了似的，顿了一下，说：“这是黎青青。”然后，他扭头对那个女孩说：“这是于一，我跟你提过的，我在这边的好朋友。”

于一心里嘀咕：“你说这是黎青青，我怎么知道黎青青是谁？这个介绍和没介绍有区别吗？”但是，面对已然丧失社交能力的莫少宏，于一也无法苛求什么，只能对黎青青说：“嘿！”

黎青青并没有和于一寒暄，只是再次对于一微笑，妩媚中竟然带着清澈的友好，眼神中没有半点抵触和敌意。于一觉得这个女孩看起来特别顺眼。

“这几天，能不能让青青住在你那里？我不放心她一个人住酒店。”莫少宏在于一的思维还沉浸在一堆问号中的时候，冷不丁抛出一句。

于一刚刚伸出的准备叫侍者的手臂，就这样悬停在了半空中。

她扭过头，一脸迷惑地看着这对男女。青青一脸抱歉和委屈的复杂表情，让于一的疑惑膨胀到让她窒息的程度。而莫少宏竟然不敢接她的眼神，侧脸对着她。

但是，于一知道，绝不能在这个节骨眼上询问个中原因，这将会是颗定时炸弹，而且不知道会炸死谁。于是，她放下手臂，咧咧嘴，欣然答应下来。原因很简单：她真的是拿莫少宏当朋友，难得他需要自己帮忙；最重要的是，这个黎青青很合自己的眼缘，她并不排斥收留一个自己看着顺眼的人。

莫少宏如释重负地舒了一口气，一直紧绷着的脸上流露出一丝稍纵即逝的轻松。大家总算是彻底从尴尬中挣脱了出来。然后，莫少宏对于一说："这么久没见了，一起吃个饭吧，我请客。"

莫少宏把咖啡钱和小费留在桌子上后，他们便起身离开了。他选了一家价格不菲的很有格调的餐厅，看得出来，除了为了答谢于一的搭救，也是为了黎青青。席间，除了交换一下这一年多来的近况外，任何跟这个疑团有关的实质性内容都没有被提及。

很明显，莫少宏把黎青青"寄存"在于一这里，是为了避开"大喇叭"狗一般的嗅觉。幸好"大喇叭"这几天和朋友出去旅游了，如果"大喇叭"知道了青青的身份和他们此行的目的，势必有一场大战将要拉开序幕。

疑团的前世今生

通过只言片语，于一逐渐猜到，青青就是莫少宏提过一点的把他伤得很深的那个前女友。对于这个前女友，于一略有耳闻，她是莫少宏在国内读本科时的同学。两人门当户对：莫少宏家境优裕，父母都是央企的高管，从小衣食无忧；青青是个典型的白富美，集万千宠爱于一身，到北京上大学后，她在老家做生意的父亲竟然在大学附近买了一套房子，为的是青青做全职主妇的母亲可以随着女儿去北京，料理女儿的生活。

在所有人眼里，这对情侣都是绝配，无论是外形条件还是家庭条件，简直有童话故事的即视感。可是，“现实在童话面前总是如此讽刺”这一规律总是无法打破。大四那年，莫少宏遵从家里的安排，开始准备毕业后出国留学。他想让青青跟他一起去，并且独断专行地做出了规划：他先出去，等安定下来后，再接青青过来。就是这个决定，彻底改写了黎青青和莫少宏之间的童话故事。

毕业后，莫少宏来了法国，找到了房子，一切准备妥当，便让青青过来，青青也来了。谁知道，这场看似完美的爱情，在青青到来后便起了波澜。青青办的不是留学签证，而是为期一个月的商务签证。青青给的解释是，先过来试试，如果适应得好，再学法语，办留学也来得及。

莫少宏表面上没质疑什么，心里却埋下了一颗不安的种子。黎青青来法国后，莫少宏有课的时候便去语言学校上课，没课的时候便带着她各处游览。晚上，两个人基本就是窝在出租屋里看片子。

开始时着实温馨浪漫，可是，仅仅过了一周，青青就开始觉得无聊了，开始吵闹，开始无法忍受。确实，法国的生活和国内娱乐活动丰富的生活相比，确实无聊到让人想吐。在非大城市的地方，晚上六点以后，非市中心的街上就看不到什么人了。过这样的日子对青青来说，别说是几年了，就连几个月都是煎熬。

果然，仅仅逗留了三周，青青就任性地改签了机票，提前回国了。

莫少宏去机场送青青的时候，张开嘴好久，好不容易才挤出几个字："到家给我打电话。"然后，别无他言。

从此，这对恋人便开始了让人绝望的异国恋。

后来，断断续续地，他们分分合合了好几次。每次分手，莫少宏都会叫于一出来陪他喝酒，两人一整晚相对无言。于一不怎么问，他也不怎么说，然后各自回家睡觉。

直到有一天，莫少宏半开玩笑似的对于一说："你再也不用出来陪我喝闷酒了。"于一依然什么都没问，她知道，问的话就是往伤口上撒盐，看来，他们其中的一方已经做了彻底的了断。

拨开混乱的迷雾

饭后，莫少宏带着青青回家拿了行李，连人带物一起送到于一的公寓，对于一说："这几天麻烦你了，我再联系你。"于一微笑着摇了摇头，示意他别放在心上，又点了点头，表示保持联系。

快要过圣诞节了，很多学校进入了假期，董蔓荷回国了，柯米去了"程咬金"那里，房子里只剩下于一一个人，黎青青来得很是时候。

莫少宏走了，于一安排黎青青放行李、洗漱，并且拿了一套备用被褥放在室友的房间，然后等着青青出来，准备安排她睡在自己的房间。于一一边等，一边在脑海里整理着今天发生的一切，串起之前点点滴滴的线索。

黎青青洗漱完毕，换好睡衣，在客厅窗边的沙发上坐下，然后从包里摸出烟和打火机，用眼神问于一："可以抽烟吗？"于一点了点头，推开了窗户，十二月的冷风灌了进来，两个人同时缩了一下。

青青缓慢而颤抖地点着烟，深深地吸了一口，吐出一个烟圈，动作并不优雅，但是很娴熟。烟的味道很冲。随着香烟在黎青青的吞云吐雾中慢慢变短，她的眼圈越来越红。最后，当她把烟蒂熄灭时，一滴眼泪掉了出来。气氛忽然变得凝重而尴尬，不晓得要进入什么样的一个状态。为了缓和气氛，于一起身去煮咖啡。

于一很喜欢煮咖啡，并且偏爱摩卡壶，就是一种金属的蒸馏咖啡壶。在壶中加好水和咖啡粉，放在电炉上直接加热，然后，咖啡的香味就会随着翻滚的节奏慢慢扩散出来，要是煮得老一点，还会混杂着一种特殊的焦香味。于一不是个有小资情调的女人，也不懂咖啡，咖啡粉都是超市里买二送一的普通货色，她只是很喜欢满溢焦煳味的咖啡香气和推开窗户涌入的寒意交融的和谐。对她来说，这是一种宁谧的味道。

于一倒了一杯咖啡，递给青青，问道："你不困吗？有时差呀。"于一知道这是一句缓解尴尬的废话，青青苦笑了一下："困过劲了，就不困了。"

"我知道无法挽回了，可是，我还是想试试，我知道我来找他这个行为很愚蠢。我不是故意破坏他现在的恋情，来之前，我不知道他已经和别的女人同居了……"青青哽咽起来，最后几个字，还是于一靠逻辑猜出来的。

于一没办法安慰青青。她不能支持青青，因为莫少宏已经重新开始了，虽然女方是个让人讨厌的人，而且，所谓同居，是那个女人自己偷偷把房子退了，极其不要脸地强行搬进了莫少宏家。同时，她也没办法否定青青的做法，因为这段金玉良缘的结束，在任何人眼里都是如此令人遗憾。

青青呷了一口咖啡，又点了一支烟，用红肿的眼睛看着于一，说：“你不想知道到底发生了什么吗？”

于一调侃道：“你怎么知道我不知道？”

青青淡淡地说：“我了解他，这么丢人的事情，他是不会告诉别人的，哪怕是最好的朋友。”她忽然用力灌了半杯咖啡下去，很努力地迸出几个字：“我背叛了他。”

于一有点吃惊，觉得这种事情，一个女孩亲口承认，是很需要勇气的。毕竟对女孩来说，水性杨花永远都不是什么光彩而值得炫耀的品质。

“为什么？”于一很好奇，因为在她个人看来，女人对于远距离恋爱的坚持度往往高于男人，并且对于性需求的忍耐度也高于男人，单单因为性出轨，有点让人难以理解。

青青看着于一的眼睛，很认真地说：“因为寂寞！令人愤怒的寂寞！”

于一有点懂了，如果单单是生理因素，真的没办法直接导致这种选择，只有寂寞才可能。

寂寞是种很可怕的东西，一旦你开始感受到它的存在，它就会随时随地地无限蔓延而侵蚀你的灵魂，让你失去控制力，失去理智。寂寞不是孤独，孤独是一种状态，而寂寞是一种心情。你可以在人群中喧闹着，但仍感到寂寞；你也可以处在孤独的状态中，却充实而不寂寞。

黎青青从莫少宏决定出国的那一刻起，就开始感到寂寞了。她感觉到了被抛弃，她深爱这个男人，觉得早晚会嫁给他，和他共度一生。可是，她没想到他在做这个重大的人生选择时，竟然根本不在乎自己的态度。虽然说莫少宏计划让青青和他一起出国留学，可是，青青觉得，自己只是他留学的一件随行品。莫少宏从来没有考虑过青青自己想不想去留学，这让青青大为光火。

黎青青爱热闹，爱交际，爱朋友，爱喝酒，爱夜生活。上大学期间，她每周有两三个晚上在KTV唱歌，剩下的几天，不是去酒吧就是去聚会。刚来法国时，她以为法国的生活像文艺爱情电影那般浪漫，一周的新鲜感过去后，她才知道，法国的留学生活竟然如此无聊，除了上学，就是做作业，不然就是宅在家里上网、看剧。这种安静和平淡，对黎青青来说比死还难受。

而且，她又是个完全没有生活自理能力的“公主”，任何事情都是父母帮他处理好、安排好。在这边，别说做饭做家务，连修理这种事情都要亲力亲为，这对青青来说根本是不可能做到的。

黎青青独自回国后，这段关系俨然名存实亡了。青青开始更加沉迷于灯红酒绿、纸醉金迷，她想靠麻醉自己来掩盖被抛弃的事实；而莫少宏也越来越沉默，他想靠沉默回避自己被抛弃的事实。

这是个很神奇的命题，一段关系中的两个当事人，同时感觉自己是被抛弃的那一方。事实上，他们都是对的：青青被莫少宏的决定抛弃，而莫少宏则被青青的离去抛弃。

这时，于一想起了文飞。

爱和距离间的距离

这段七小时时差、一万多公里距离的时空虐恋正式拉开了帷幕。莫少宏的内心是绝望的，但态度是积极的，他坚持每天给青青打越洋电话，坚持在线上和青青保持紧密的联系。而青青的内心是混乱的，态度是消极抵触的，她故意不接电话，每天出去买醉，对莫少宏忽冷忽热。

这一头乱、一头空的状态，让原本就岌岌可危的跨国恋情变得忽明忽暗起来。

于一开始认真思考这个距离的问题。经历过留学，或者毕业后的分离，再或者网络上相逢的人，无论是当事人自己，还是周遭的同学好友，多多少少都会触及这个话题。

在国内的恋人带不来，学业未完成回不去，在不同城市的学校，或者，相识时就天各一方……很多感情问题，都是“距离”造成的。分手，劈腿，关系变质了，感情淡了，甚至性困扰……人生不如意事十之八九，奈何？

都说女人更能坚持、更痴情，可是，有多少女人先放弃了？对女人来说，最大的诱惑其实是陪伴。都说男人的爱情观很现实，可是，不乏一些男人就这么默默地撑着，直到对方忍无可忍为止。其实，很多男人认真起来，比女人更痴情。

多少人，坚决反对异地恋，可是，爱情来了，勇敢面对。多少人，绝对爱情至上，距离算啥？可是，真正遇到问题了，甩包袱比谁都快。多少人，拿到签证，下一件要面对的事情，不是买机票，而是分手。多少人，信誓旦旦地说要等待，誓言却渐渐消失在新欢的陪伴中。多少人，转了一大圈，最爱的，还是那个遥远的人。还有多少人，直接认输，放了对方，但是心底里，一直在淌血。

大家视频着，音频着，MSN着，QQ着，微信着，e-mail着，短信着，Skype（一款即时通信软件）着，电话着。从开始的每天联系，变成少有联络；从开始的深深思念，变成偶尔想起；从开始的无话不说，变成干涩无语；从开始的新鲜兴奋，变成习以为常；从开始的共同面对，变成单打独斗；从开始的相互关心，变成听而不闻；从开始的彼此忍让，变成易燃易爆；从开始的共同计划，变成自己筹谋；从开始的你侬我侬，变成平平淡淡；从开始的焦急期盼，变成麻木不仁。

多少人放弃投降，是输给了寂寞；多少人英勇无畏，是战胜了自己；多少人爱得可歌可泣，轰轰烈烈；多少人败得丢盔弃甲，死状惨烈；多少人因为坚持而后悔；多少人因为放弃而顿足。

到底，我们在这场距离战中的胜算有多少？到底，有多少人临阵退缩？到底，一场距离恋爱能带给我们什么？到底，到了最后，是距离战胜了爱情，还是爱情打败了距离？

那么，面对距离，面对爱，是距离产生美，还是距离有了，爱没了？

压死骆驼的最后一根稻草

终于，这段岌岌可危的感情在泥泞中前行了六个月之后，顺理成章地迎来了那个迟早要来的结果——背叛。与其说这次背叛事件是导致他们最终分手的原因，不如说是他们异国恋的后果更为合理。几个月的纠纠缠缠、分分合合，再怎么伟大、坚不可摧，也会让人最终意兴阑珊，更何况这种开始时就带着幽怨的敷衍。

终于，在一个如电影情节般月黑风高的适合发生些什么的夜里，黎青青借酒装疯，半推半就地和某个追求者发生了关系。这段关系的开始，也就变相地宣告着另一段关系的结束。

于一问黎青青：“值得吗？”

黎青青默然地看着天花板，说：“你觉得我背叛他是为了什么？性吗？”

于一摇头。

黎青青忽然狡黠地笑了一下：“是为了彻底拯救我们两个。”

于一恍然大悟，青青和莫少宏之间需要的，不是让人苟延残喘的续命金丹，而是压死骆驼的最后一根稻草。底线没有了，这个世界就清净了。人生的选择，往往比我们想象的还要哲学。

“可是，为什么来法国？”于一犀利地问。

“因为本以为死了就结束了，没想到，我放不下……”

她从未离开

出生入世，即入轮回纠扰，诸苦纷至而来，因此，生即是苦。人生八苦：生、老、病、死、怨憎会、爱别离、求不得、五阴炽盛。前四苦是宿命，是一种无法控制的轨迹，没得选。人生中大部分的自讨苦吃来自后四苦。而这正是：不可能的人和事……

所谓死心，其实就是一种放下。你放不下的人，必然都是你不能拥有的人，因为各种原因相聚离散，虽斗转星移，但仍无法释怀，故百转千回，萦萦绕绕。放不下有这样几种类型：

第一种，不自知。

很多人放不下一个人，不是因为心有眷恋，而是因为不自知，仅仅因为惯性的执着而继续着。这执着已然进入偏激的状态，也就是我们常说的偏执。而这偏执，代替了原本正常的情感，成为一种坚持的动力。也就是说，世人常常为表象所迷惑，因而深陷其中。所看、所听、所想、所遇、所感的各种形形色色的假象，导致迷乱而不可自拔。而这，就是八苦之一的五阴炽盛。这种放不下，是一种心智迷乱的错误情绪和思维，甚至不是情感。被错误的情绪和思维控制着，是无法感受自我的，更别说追求自己真实的态度和需求了。

第二种，怕输。

把情感当成一种博弈，张牙舞爪，尔虞我诈，斤斤计较，权衡利弊，或者被“赛果”蒙住了眼睛，到最后，自然是输不起的。其实，在情感里，根本没有一方胜、一方败的情况。要么两败俱伤，要么皆大欢喜。只有根本没有投入情感，才存在稳赢的可能。但此时，这已不是一份感情，游戏而已；对方也不是爱侣，对手而已。从头到尾姿态都摆得很高，用冷傲的脸孔去面对，若即若离的撩拨，不动声色的进退，想方设法地运用所谓的技巧、战术，玩尽花招，男女攻防……到最后，却连心底里早已满溢的情感都不敢直视……要知道，只要动了真情，就无论如何都不可能赢了，还要摆出一副高冷的姿态，来否认自己的心，那便是连输都输不起。既然爱了，或者爱过了，消得人憔悴如何？满盘皆输又如何？即便万劫不复，也输得无怨无悔，荡气回肠！

第三种，不甘心。

得不到的永远想得到，只爱那个不属于自己的人。其实，说白了，就是不甘心。这是所有人多多少少都会有的心态。人们都觉得：得不到的那个才是最好的。于是，欲望扩张，掩盖了真实的情感需求。

董蔓荷显然是不自知，还带着点不甘心。而黎青青，连她自己都不知道自己是属于哪种放不下，或者说，在她眼里，自己从未离开过。

于一不知道该不该把黎青青看作一个无耻的贼。在她眼里，黎青青和莫少宏的爱情是令人唏嘘的。但是，稍稍换位思考，站在“大喇叭”的角度去看待整件事，故事立马从凄美的爱情变成无耻的骗局。过于客观的旁观者立场，总是搞得于一的思维很是分裂。

偏偏莫少宏就是这么个“有情有义”的人，对青青是爱情，对“大喇叭”是道义。毕竟一日夫妻百日恩，无论“大喇叭”怎么龌龊，要自己主动出手伤害她的事情，莫少宏是做不出来的。这样的性格，我们不能称为优柔寡断，顶多算是太有原则。可是，就是这些个人原则，使这段感情的问题无限扩大和膨胀，最终无疾而终。

就连于一这样的局外人都能一眼看出，莫少宏从来没有放下过黎青青，而这段感情，连声讨谁对谁错的资格都没有，三个人都是受害者，三个人都是过错方。

在青青眼里，她从来都不是莫少宏的前女友，他们之间只是出现了一些问题。确实，黎青青看似是个人人得而诛之的前女友版小三，回头破坏莫少宏和“大喇叭”的感情，可是，“具体问题具体分析”这句话说得好呀，这么缺德的挖墙脚行为，不晓得为什么，主角变成霸王硬“上位”的“大喇叭”后，反而有点大快人心。这就是所谓的情感因素永远在是非判断中具有不可磨灭的决定作用。

青青就在于一家里待着，傍晚跟于一出门放放风，去超市买买东西。快到圣诞节了，外面很是热闹，两个女孩会去市中心逛逛。这样的日子过了一周，莫少宏竟然一次都没有出现，这让于一多多少少有点气短，这是要撒手不管吗？黎青青反倒泰然自若，仿佛只是来度假而已。

于一是个第六感超强的谨慎的非乐观主义者，她觉得事情不妙，有种山雨欲来的预感。果然，于一的“半仙”特质再次得到了印证。周五晚上，她和青青吃了晚饭回到住处，发现怒发冲冠的“大喇叭”正站在门口。

捉“三”记

于一下意识地想保护一下青青，因为她知道“大喇叭”不是省油的灯。没想到的是，“大喇叭”冲着于一骂了起来。

由于语言过于污秽，就不原文转播了，大意就是，于一是个贱人，自己得不到莫少宏，就撺掇莫少宏的前女友来搅和，还把黎青青藏起来，就是要搅散“大喇叭”和莫少宏。于一和黎青青狼狈为奸，一丘之貉，欺负“原配”，其罪当诛，臭不要脸……此处省去八百字。

一百个科学家也研究不出来一个脑残的逻辑，同样，一百个正常人也吵不过一个泼妇。很显然，大家又共同发掘了“大喇叭”的一个新特质，就是“泼”。满口污秽言，一把荒唐泪。最可怕的是，她的指控毫无逻辑，这让于一很是着急和愤恨，因为连还嘴都很困难。一个人骂你说“你很坏”，你还可以摆事实讲道理，告诉他你不坏，你经常扶老奶奶过马路，也会给灾区捐款，不随地吐痰，不杀人放火，也不贪污受贿。从普世价值观和政治正确上讲，你是个好人。可是，如果一个人骂你“你长得像一盘红烧肉”，那么这明显不是事实，没人长得像红烧肉呀！可是，你浑身长嘴也解释不清楚，如何证明自己看上去并不像一盘红烧肉呢？于是，对“大喇叭”这种过于“飘逸”的指控，于一只能硬生生地忍了。

于一彻底蒙了，这可如何是好？难道真的要扭打起来？万一有帅哥经过，被看到多糗呀；或者被人拍下来传到网上，就“红”了。由此可见，于一的逻辑其实也是异于常人的，这种时候还能“自娱自乐”。

两个沉默的“坏女人”被一个彪悍的“受害者好女人”逼到了墙角，这是于一这辈子第一次如此渴望见到莫少宏。最终，谢天谢地，在惨剧发生之前，救兵还是到了。莫少宏二话不说，拖起“大喇叭”就走。“大喇叭”毕竟是个女人，拗不过，被莫少宏一边拖着走，一边继续骂。那场面真是相当滑稽。于一唯一感到庆幸的就是，“大喇叭”是用中文飙脏话，街上没人听得懂。

等他们走远了，不绝于耳的骂声也渐远了，于一才想起来回头看黎青青一眼，发现黎青青已经成了一个泪人，哭得上气不接下气。于一不知道该怎么安慰青青，“大喇叭”的指控虽然荒诞，但是，道理确实是在她那边的。从客观的角度说，青青这次的到来确实可能会对莫少宏和“大喇叭”的情侣关系进行质的摧毁。虽然他俩分手是众望所归，但是，任何一段关系的结束都应该是当事人的主观意志，而不应该是受到外力作用而被迫为之。这不是道德的问题，而是一段关系只有从内部瓦解，才会结束得干干净净，而含恨的“被结束”就会不清不楚，剪不断理还乱。

有一种无奈叫前女友

一个女人，可以是妻子、女儿、女友、母亲……这些身份决定了女性存在的意义。在女性的诸多身份中，还有一个令人无比纠结的身份，叫“前女友”。你可能是某人的前女友，你也可能遭遇男友的前女友。人们越早熟，社会越开放，人际关系越复杂，前女友问题就越突显。

为什么前男友问题没有前女友问题严重？因为男人总是向后看，女人总是向前看，于是乎，前男友似乎约等于断交或者仇恨，而前女友则跟怀念和美好相关联。放眼望去，有初恋情结和对前任念念不忘的，几乎全是男人。前女友是不存在道德问题的，但是着实对男女关系有着极大的杀伤力。忘不掉，想不清，拿不起，放不下，剪不断，理还乱……

前女友不是过期的罐头，扔了就扔了；前女友也不是灯塔的光亮，指引前进的方向；前女友只是鸡肋，是一段食之无味、弃之可惜的历史。记性不好的人，可能很快就记忆模糊，但始终念念不忘；情深义重的人，为纠结所困，境况着实凄凄惨惨。

最稳定的形状是三角形，最易碎的关系是三角恋。

对现任女友来说，前女友往往是个噩梦。和排队买限量品是一个心情，看着前面的身影，嫉妒、担忧、焦虑，恨自己为什么没早点来，怕轮到自己时，这个男人的爱情已经售罄了。如果你顺利地买到了，那么相安无事，前女友顶多就是一个女人八卦的话题。但是，一旦你前面的那个买下了这个男人的最后一份爱，轮到你时，只剩下这个男人空空如也的躯壳，面对这个虽然属于你但是早已耗尽爱情的男人，你是该哭还是该笑？心惊胆战着，哪天激情四射、天雷地火之时，从他带着喘息的口中蹦出的，竟是前女友的名字。你甘心全身心地成为一个替代品吗？又或者，步入婚姻殿堂的最后时刻，这个男人消失了，只留下一张字条："对不起，我忘不了她。"前女友把肉吃完了，连骨头渣子都不剩给你，怎么怨？以上情况，那前女友如同鬼魂，肉身已逝，精神尤在，斗来斗去，竟然都是在跟一段回忆做斗争，尊严何在？

虽然丢脸，但是总比前女友来去自如的情况来得强。于一的一个朋友有个青梅竹马的前女友。为什么提到前女友，我们总是喜欢冠以"青梅竹马"这个修饰词？因为前女友这个身份，本来就存在着浪漫主义悲剧色彩和后现代主义颓废色彩。"青梅竹马"这个词不卑不亢，很完美地诠释了每一段"前感情"。继续说这个青梅竹马的前女友，此男深爱其前女友，但是前女友似乎是个玩咖，拿此男当港湾。

无聊了，就分手出去玩；玩累了，就要求和好。后来，此男有了个新女友，可是前女友依然我行我素，上演着“check-in，check-out”的戏码。最纠结的是此男，竟然对前女友从来说不出半个“不”字。于是，现任女友穿肠过，前任女友心中留。就这样浑浑噩噩过了六七载，终于，前女友良心发现，决定不再打扰此男的生活。可是，面对终于来到眼前的光明，此男竟然脑子进水般地忧伤起来，拒绝走进新生活。还好，前女友还有一点点人性，决意放过此男，强迫他面对新生活。

看到此，谁能不纠结？最纠结的，莫过于历任现任女友。典型的，前面那个买完东西，又回来插队，再买，再插，再买，再插……何时了？

说实话，之前的两种情况，局势明显是倒向前女友的，现任女友最大的功能就是替代品，或者迅速镇痛的麻醉剂。

可是，接下来的这种情况让人肝肠寸断。一对恋人因不可抗拒的因素而分离，在无望的情况下，男人打算开始新生活，遇到现任女友。可是，正当男人的人生在全速前进时，前女友再度出现。两人发现，此时的爱，更胜以往。可是，谁都知道，现任女友无辜，爱情更无辜。更何况，男人也不是完全不喜欢现任，只是更爱前任。面对一起找不到责任归属方的事故，人是最无奈的，连找个人抱怨都没机会。可是，奈何？这就是人生。

当然，也存在男人天生犯贱、主动招惹前女友的情况。这种心态，于一不了解，也不太想了解。

抉 择

黎青青并不是因为委屈而流泪，相反，她是觉得羞辱。她好好的一个黎青青，怎么就犯贱到千里迢迢来法国找骂呢？她并不怨恨莫少宏，也不怨恨“大喇叭”，而是怨恨自己。一切的一切，都是自己咎由自取的结果，与人无关。还好，青青是个三观颇为端正并且很有廉耻心的姑娘，很快她就考虑清楚了，再这么下去也是无果，不如自己彻底离开，给别人一条生路，也放了自己。

于一知道青青的决定后，并没有给什么意见。其实，于一觉得青青此行很是值得，至少让自己下定决心重新开始，也不算是一件坏事。

舍得舍得，不舍就无得。人们总是在想办法争取的时候，往往看不到其实放弃才是必须先学会的东西。付出并不一定和回报成正比，在过度执着的过程中，你很有可能会忽略真正对你有意义的人和事。现代社会的价值观更倾向于教导人们要坚持，可是，如果方向根本就是错的，那么坚持下去的结果就是数不尽的痛苦和失败，并且让人迷失。

每个人都曾经执着过，关键在于，什么时候才能学会放下。有些人天资高、领悟快，稍有察觉就马上放下了；有些人天生偏执，一根筋，到死也放不下。这两者的区别在于，后者用尽生命去执着于一件事、一个人，受纠缠、受折磨的时候，前者则可利用这份心思和时间去享受人生。有人会说，那些轻易放下的人，都是不懂真爱的人。是吗？所谓放不下的真爱，到底执着的是这个人，还是执着坚持这件事本身？于一想到了洪欣，想到了自己，也想到了董蔓荷和柯米。

青青改签了机票，准备后天回国。她邀请于一去吃一顿好的，于一欣然接受，这也算是给青青践行吧。于一问青青要不要通知莫少宏，青青笑了笑，摇了摇头。

第二天，于一挑了家很有气氛的西班牙小馆，吃Tapas。这是一种西班牙小食，其实就是各种冷热小吃的拼盘，从严格意义上说算是餐前点心，可是，分量对女生来说，足以算作正餐了。小馆的灯光很昏暗，墙上挂着斗牛士的画像，音乐是典型的西班牙民乐，气氛很是煽情。于一和黎青青点了红色马提尼作为开胃酒，当酒精在食道里开始发热时，青青紧绷了几天的神经也慢慢放松下来。

黎青青忽然用诡异的眼神打量着于一："说说你吧。我在你面前已经是透明的了，可是我对你一无所知。这不公平。"

于一乐了："我？你想听什么？"

黎青青说："你没有男朋友吗？"

于一："有过。"

黎青青："为什么分手？"

于一："你问哪个EX（前任）？我很多的。"

黎青青笑了："我还以为你跟我一样，只有一个男朋友呢。"

于一故作严肃地说："错，你还有过一个情人。"

黎青青笑得花枝乱颤："对，我怎么把他忘了。最近的这个吧，怎么分手的？"

于一伸手又点了一杯红色马提尼，用长把勺捣烂柠檬，然后摇晃杯中的冰块，喝了一口，忽然停住了，望向远方。经过一段很长很长的静默后，她对青青说：“明天几点的飞机？”

青青懂了，没有再问。

走了，走吧！

于一送青青去机场，直到出门的那一刻，莫少宏都没有再次出现。看得出来，青青眼里满是失望和牵挂。

“真的不再给他打个电话吗？”于一觉得有点伤感。

“不了，他这么做，是为我好，我懂。”黎青青暗淡的眼神里有着一丝倔强。

于一对青青刮目相看，能把离别的决绝理解到这层含义，绝对不是那些自以为是、对爱情要死要活地占有的女人能触及的境界。

到了机场，青青走了。于一忽然觉得有点孤单，她觉得青青会是个很好的朋友。她轻叹了一口气，掏出手机给莫少宏打电话，竟然听见身后有铃声响起。于一转身，看到柱子背后泪流满面的莫少宏，刹那间，恍惚看到了当年的文飞。

于一静静地走过去，拍拍莫少宏的肩膀，说：“走了，走吧！”出了机场，于一和莫少宏同时仰望天空，天空忽然飘起了雪花。

作自己，再多也不过分

柯米搬走后，刚来法国的新生薛歌成了于一她们的新室友。于一对人类的理解第一次被颠覆，就是在薛歌搬进来之后。

薛歌是一个百分之百的背影杀手，从背后看，高挑纤瘦，长发飘飘；从正面看，满脸痘印，眼小无神。最可怕的是她那青白色的粉底、两毫米宽的眼线和沾着粉底的假睫毛。薛歌走的是小清新的文艺女青年路线，手里必备单反，一张口就是“我在巴黎的时候如何如何”。

薛歌的家境很一般，不穷不富，大学在国内念了一所三流的美术学校，直到毕业都没学会画画，成绩造了造假，也算勉强毕业了。想来法国镀金，可是家里没闲钱给她补窟窿，她就一哭二闹三上吊地要挟父母。最后父母只能妥协，拿出养老的本金给她办留学。

薛歌很向往巴黎，不能说向往，巴黎对她来说简直就是信仰，巴黎的狗屎对她来说都是香的。可惜天不遂人愿，倒霉这种事吧，其实一大半都是自己造成的。因为缺钱，薛歌找了个能力比较有限的留学中介，再加上自己成绩不好，毕业的学校也没名气，巴黎的语言学校没有申请到，被塞到一座听都没听过的奇怪城市，后来辗转来了马赛。薛歌那个委屈、那个纠结呀，简直就是一朵鲜花插在牛粪上的不甘。

从搬进来的那天起，她就是一副郁郁寡欢的样子。对于一来说，这个初来乍到的同胞，虽非高山流水般的朋友，也算同一屋檐下的室友。于是，于一就变成了薛歌抱怨马赛和向往巴黎的听众。当然，董蔓荷也难逃此劫。

奇葩的人是在任何场合都会马上大放异彩的，薛歌也是如此。由于她太文艺，又太自恋，令人瞠目结舌的事迹屡见不鲜，很快大家就对她有点敬而远之了。不过，千万不要小看内心强大的极品的自信。很快，这种孤立的行为就被薛歌解读为曲高和寡，高处不胜寒。其实，除了性格诡异之外，薛歌并不是个坏人，也不会做什么坏事。但是，这个世界上穷凶极恶的人毕竟是少数，大部分人还是因为性格原因不被大家接受。

因为长得丑，还很自恋，薛歌从小到大就没有恋爱过，更别说被人追了。然而，她一直把没人追这件事归罪于男人无法高攀她的才华和气质。于是，讨伐中国男人成了她每天的必修课。事情很快有了改变，薛歌这种“美女”竟然在法国有了点市场。随着在大街上和交友网站上和她搭讪的人数的增多，薛歌的自信心越来越膨胀。但是，在法国受欢迎这个安慰奖并没有消减她对中国男人的仇恨，因为中国男人对她的态度一直没变，依然很坚决地判断她为“丑货”。

其实，在法国被法国男人搭讪，真心不是那么值得骄傲的事情。原因很简单，随着亚洲国家的崛起和欧洲人民对亚洲女性好奇度的增强，看似单身的亚洲女性，年龄在五十岁以下，走在欧洲的大街小巷，被搭讪是再平常不过的事情了。而上去搭讪的人，大多是满脸欲求不满的落魄猥琐男。可惜薛歌不这么解读，她觉得出国简直是她这辈子最英明的决定，不但来到了梦之国，还顺便得到了爱神的垂青，终于有人对她持有客观的审美态度了。

很多人都把“一个老外的身边常常能看到一个亚裔丑女”这一现象解读为老外审美很奇葩，就是喜欢我们觉得丑的。其实不然，欧洲人的普遍审美观和中国人无异，但是他们的审美宽容度比中国人大很多。比如，我们普遍追求“以白为美”，对黑皮肤的容忍度是零；我们普遍追求苗条的身材，对肉感的容忍度是零。但是，在欧洲，虽然你比较胖，但是你胖得很有感觉，欧洲人依然会觉得你很美。

在接下来的日子里，于一和董蔓荷的世界观不断地被薛歌刷新着。进入语言学校三周后，薛歌交了第一个男友，据说是在社交网络上认识的，两个人网恋恋得你死我活。当然，薛歌的故事里，男主角的居住地一定都是巴黎，不在巴黎的男人，薛歌绝对不会跟他浪费分毫时间。原因很简单，薛歌觉得自己是属于巴黎的，早晚会在那儿安身立命，另一半自然也要在那儿。这么伟大的情怀，怎么能被外省的人瞎搅和？

“外省”这个词的意思就是，除了巴黎之外的广大地区。是的，整个法国分为两部分，巴黎和外省。巴黎是巴黎，不是法国，这是一个连法国人自己都默认的有趣事实。巴黎拥有最前卫的时尚，最显赫的国际地位，最美轮美奂的建筑，最高大上的美食，最复杂的人群构成……但它不是法国，因为你在巴黎感受不到任何真正的法国的氛围。这也就是于一选择来南部的原因，她希望感受的是真正的法国的人文气氛。然而，于一也失误了，因为按照人口构成来说，马赛也不是正宗的法国，应该算是阿拉伯世界的城市了。

薛歌兴奋地给所有能说上话的人看她男友的照片，大家的反应出奇地一致，就是笑而不语，因为实在不知道该说什么。这个巴黎小哥长得真心不错，但是刚刚十七岁。以薛歌的急功近利，果不其然，两个人好了不到两周，薛歌就买了车票，翘课匆匆赶往巴黎，与其相会。

薛歌杀到巴黎一周后的晚上，于一和董蔓荷回到家，发现薛歌满面春风地坐在客厅里上网。看到于一和董蔓荷，她边尖叫，边几乎带着泪水跑过来，兴奋而又迫不及待地开始讲她这次和男友的见面是多么浪漫、浪漫和浪漫。作为八卦的忠实爱好者，于一和董蔓荷扔下包，马上进入状态，开始聆听。

到了巴黎，“十七哥”竟然没空来接她，并且要到晚上才有空和她见面，于一猜测“十七哥”还是个高中生，不能翘课。虽然如此，但薛歌并不觉得失落，而是马不停蹄地乘地铁赶往塞纳河畔，准备来一场浪漫的散步。冬天的巴黎，寒意阵阵，薛歌为了凹造型，依然衣着单薄飘逸。果不其然，上来搭讪者着实不少。于是，薛歌还没见到自己的男友“十七哥”，就已经跟“谢顶男”和“大肚男”两个男人先后喝了咖啡，交换了联系方式。当然，在薛歌的描述里，是没有“谢顶”和“啤酒肚”这种不文艺的字眼的，必然用的是Jean-Pierre（让-皮埃尔）、François（弗朗索瓦）这种带着浓郁法语特征的人名。只是，于一在看完照片后，坚决而果断地拿体貌特征来作为区别她的众男友的标签。

晚上，薛歌见到了魂牵梦萦的“十七哥”，在一顿浪漫的麦当劳晚餐后，小哥带着薛歌回到了自己家。“十七哥”的父母还没回家，家里没人，于是，他们迅速地开始做该做的事情。最神奇的是，对男方来说，这是明显的约炮行为，而对女方来说，这竟是一次浪漫的爱情，并且女方还是个货真价实的处女，虽然原因很显然不是对贞操观的坚守。

匆匆了事之后，男方竟然以父母要回家为借口，请薛歌离开，这个行为着实伤到了薛歌的自尊心。于是，薛歌二话不说，出了门就约下午刚刚邂逅的“谢顶男”出来谈心。“谢顶男”还是很靠谱的，至少家里没有要回家的爹妈。他礼貌地带薛歌回了家，礼貌地跟薛歌朝云暮雨，最重要的是，末了并没有礼貌地赶薛歌出门，薛歌就安然地在“谢顶男”家住下了。

薛歌的“初夜”竟然给了两个男人。这个效率让于一和董蔓荷的心情非常复杂，就算要弥补在国内二十四年的情感空白和性经验的缺失，也不需要如此拼命吧？如果故事就此结束，那就不叫不断刷新底线了。薛歌晚上住在“谢顶男”家，第二天白天，又乘地铁前往塞纳河畔享受浪漫的邂逅。无巧不成书，结果竟然又巧遇“大肚男”。这让薛歌当时就觉得，这是天意，这是命运，这是缘分。他们相聊甚欢，“大肚男”说：“我家就在附近，来坐一坐？”于一觉得，其实“来做一做”更为贴切。

果然，他们就去他家“做了做”。薛歌作为刚刚破处的新手，两天之内和三个男人发生了关系。她直白地表示，“谢顶男”技术不错，并且拥有极佳的硬件条件。“大肚男”最有感觉，让她高潮连连。至于“十七哥”，由于时间仓促，还没来得及品味就结束了。这一周的时间，就在晚上住在“谢顶男”家、白天约会“大肚男”的淫乱之中结束了。临走还是和“十七哥”见了一面，坐了坐。当然，并不单单是坐一坐，还是要做一做的，但是效果依然不理想，看来这个小哥有点力不从心。

董蔓荷尽量抑制自己的情绪，不想表现得太过惊恐而显得没见过世面。即使是见过些大风大浪的于一，也被震撼得久久不能平复心绪。这女人是要疯狂的节奏吗？一时的疯狂也许只是情绪，而一直的疯狂就是脑子有病了呀！没错，薛歌的疯狂并没有随着时间的推移而偃旗息鼓，反倒有愈演愈烈的趋势。

之后，她开始频繁地往返于巴黎和马赛之间，享受这种充满情色、欲望和“浪漫”的生活。男友当然不仅仅是那三个家伙，还出现了于一和董蔓荷懒得起外号的许多新人。故事依然是，她每次回来，都详细认真地描述这次的浪漫之旅和性爱感受，直到于一和董蔓荷充耳不闻。

事情如果就是这么发展，我们还可以说，这就是一个对情感和性没有底线的女人。可是，事情发展得远比想象的要严重。在薛歌又一次去巴黎“寻梦”的时候，于一接到了一个电话，对方劈头就用中文问：“薛歌在吗？”

于一问：“您是？”

对方回答：“我是她妈！”

于一通过电话得知，薛歌已经一个月没给家里打电话了，只是时不时地在QQ上给她妈留个言，报个平安，说很忙，没空打电话。直到前天，她在QQ上留言跟她妈要钱。她妈看到留言，打她手机打不通，实在没办法，才想起来打家里的座机。

于一只能半隐瞒半坦白地说："薛歌不在家，而且这几天也不会回来。我也不知道她在哪儿。"于一暗暗觉得，事情可能麻烦了。

第三天，薛歌回来了，一脸坦然地坐在客厅里上网、听歌。于一问她知不知道她母亲找她的事情，她说知道了，已经打电话回去了。于一松了口气，觉得自己虽然没帮上忙，但是至少也没给她添麻烦。

董蔓荷问薛歌："你跟家里要钱是怎么回事？你才来不到半年，不是带了十万块钱过来的吗？省着点能花一年半呢。"

"哦，没钱了。买了台新的单反，还有去巴黎的路费，买衣服，吃饭，花光了。"

于一听完就糊涂了，这是什么情况？她问道："你和你男友出去，难道都是你花钱？"

"嗯，大部分是我花。谁付账重要吗？开心就好。"

于一一听就炸了，那天和薛歌的母亲交流，知道她母亲是拿了所有积蓄出来让薛歌出的国。薛歌跟家里要钱，她母亲吓死了，以为她出了什么事情，马上跟亲戚朋友借了五万块钱，给薛歌打了过来。薛歌竟然如此挥霍，真的让于一很是震怒。可是，这是人家的家事，自己真的没什么发言权。原来以为薛歌仅仅是个奇葩，至少无害，可是现在看来，她还真的不是那种无害的奇葩。眼看半个学期过去了，薛歌对于申请学校的事情一点行动也没有。除了去巴黎会男人和认识新的男人，没干过第三件事情。

时间过得飞快，转眼到了六月，别人的录取通知书都收到两张的时候，薛歌的申请材料还没开始寄呢。而且，薛歌只申请巴黎的学校，非巴黎不投。结果可想而知，一所学校也没有中。

于一和董蔓荷根本不敢开口问，谁知道薛歌自己说：“我要去巴黎，读私立学校。”

于一这回彻底无语了。母亲拿出了所有的积蓄，又借了五万块钱，薛歌应该很清楚自己的家境吧，竟然要去读昂贵的私立学校，这是脑子进水了吗？于一只是淡淡地问：“你考虑清楚了吗？”

薛歌眉飞色舞地说：“那当然，下周我就开始搬家了，我会搬去我男友家。”

于一和董蔓荷相对无言，甚至连是哪个男友家都不想知道。第二天，于一还没睡醒，就听到薛歌在客厅里歇斯底里地打电话。于一推门出来，听到薛歌吼：“不管你给不给钱，我都要去巴黎，那是我的梦想！你凭什么断送我的梦想？”

于一猜到，薛歌肯定又跟家里要钱了。薛歌生气地把电话摔到桌子上，拿着包出门了。于一接起电话，那头薛歌的母亲哭得泣不成声，哽咽着说：“不是我不给你钱，是家里真的没钱了。”

于一说：“阿姨，是我，于一。薛歌出门了。”

薛歌的母亲像是抓住了救命稻草似的，开始倾诉，让于一帮忙劝劝薛歌，让她放弃读私立学校。于一知道，劝也没用，薛歌已经疯了，只能安慰薛歌的母亲，让她别太难过。

在薛歌搬家之前，家里的汇款还是到了。于一不知道薛歌的母亲是从哪里弄来的钱，但是，于一知道这钱的分量。薛歌快乐得像只自由的小鸟，而于一的心情沉重得像是奔丧。并不是每个家庭都负担得起高昂的留学费用的。虽然法国已经是留学费用相对来说比较低廉的国家了，但是对很多家庭来说，这笔费用还是一个很重的负担。像薛歌这样自私的人，于一见了不少。可是，像她这样踩着父母的血汗满足自己的私欲，还美其名曰“实现梦想”的人，还真是第一次见。

即使薛歌作为朋友来说还算是仗义，也确实无害，甚至慷慨，于一还是开始从心底里深深地排斥她。在道德上，她开始无法接受这样一个“朋友”的存在。

薛歌搬走了，房间空了出来，于一和董蔓荷有了少许的平静，至少三观可以不用每天被颠覆了。这次没有新人进来，房间暂且空置了。

“蜜月”

婚后的“程咬金”回家越来越晚，总是有各种理由和借口在节假日独自外出，把柯米一个人留在家里。柯米并没有产生多大的排斥感，平日里继续去咖啡馆打工，节假日就在家看书、看片、做饭、收拾家务、打理花园，也是乐得清闲。她觉得婚姻生活本就是平淡的，哪有那么多激情天天跟演偶像剧似的过日子。

终于，蜜月在他们结婚半年后姗姗到来。虽然蜜月安排得很普通，只是在威尼斯小住一周，但是柯米非常期待。因为经济原因，在别的留学生到处旅行的时候，她总在打工，虽然嘴上不说，但是心里怎么可能不羡慕那近在眼前的游历机会呢？“程咬金”倒是带她做过几次短途的旅行，可是，她从未跨出过法国半步。为了这次旅行，她甚至买了几套颜色鲜艳的衣服，准备好好拍一些照片。她查阅游览攻略，了解当地文化，精心准备行李，做一个兴奋的旅行者该做的所有事情。

出行的日子在柯米掰着手指的期盼中到来了。临行前一天晚上，“程咬金”忽然对柯米说：“我明天有个大客户要见，这单生意将影响我明年的整个经营计划，非常重要。客户临时提前了见面时间，我也没办法。不然，你先去，我谈完坐晚班飞机过去找你。”

柯米惊呆了，她不知该做何反应。这种时候，作为一个妻子，应该有什么反应？愤怒？失望？委屈？还是表示理解？她对自己的不知所措感到震惊的程度，比对“程咬金”的临时变卦感到震惊的程度还严重。不知道自己的戏是不是已经演到连这种事情都需要揣摩后才能做出合理回应的境界了。柯米的反应很机智，可以说是老谋深算——在无法回应的时候，唯一无漏洞的回应就是不回应。于是，她沉默了，一整晚。

第二天，“程咬金”把她送到机场，就匆匆回去了。这已经不是他们第一次在去机场的路上相对无言了，虽说无言，但是气氛似乎并不那么凝重和尴尬，而是充斥着一种无奈的惰性。柯米并不明白这种感觉对婚姻来说意味着什么，毕竟他们都是第一次结婚，谁都没经验，都是摸着石头过河。

飞机准时起飞，准时降落。降落的那一刹那，柯米才反应过来：“他妈的，我的新婚蜜月竟然是以独角戏开场的！”这反射弧长得让自己有点哭笑不得。

机场建在威尼斯对岸的泰塞拉岛上，距威尼斯市区八公里，从机场到威尼斯要乘坐穿梭巴士，之后搭乘水上公交。威尼斯是个类似于厦门鼓浪屿的地方，没有汽车，唯一的交通工具就是各种船。有趣的是，连警察局都没有警车，只有警船。

当水上公交船停泊在圣马可广场的码头上时，柯米还是稍稍兴奋了一下，然而，这兴奋随着一个人的形单影只瞬间转变为凄凉。她拖着行李箱，按照地图的标示，找到了“程咬金”订的酒店。酒店很奢华，住这么高档的酒店是柯米之前的人生中没有经历过的，尤其是在威尼斯这种寸土寸铂金的地方。其实说白了，她从来没有出入过任何所谓高级的地方，即便是跟“程咬金”恋爱时，去的也都是一些小资情调的普通场所而已。柯米感觉有点不安，她不懂平日里很是在意性价比的“程咬金”怎么忽然奢侈起来。然而，她现在根本无心深入思考这个问题，因为她有更严峻的情形需要面对：她像是穿上水晶鞋的灰姑娘，虽有锦衣华服的加持，却无法掩饰内心的软弱和战战兢兢，生怕被打回原形。

办理完入住手续，进入房间，室内的装潢是典型的巴洛克风格，繁复而浮华，炫耀而隆重。可是仔细一瞧，又若隐若现地有点罗可可风格的影子。再细细看，还能找出几丝维多利亚风格的韵味。这种融汇虽说没有不伦不类那么严重，但是有点类似青铜爵、三彩杯和青花盏摆在一起，画风怪怪的。

看着柔软而舒适的king size（欧美双人床的尺寸，表示特大尺寸）大床，柯米忽然开始失落。她丢下行李，匆匆出了门。她没带地图，也没带旅行指南，只是想随意地走走，只是希望快点把白天熬过去，等到了晚上，“程咬金”就来跟她会合了。

酒店就在圣马可广场边上，于是，柯米索性在圣马可广场的露天咖啡馆里坐了下来，点了人生第一杯意大利的咖啡。眼前人潮涌动，威尼斯似乎一年三百六十五天都是旅游旺季，狂欢节和电影节时更甚。游客们讲着各国语言，都在拍照，自拍、互拍、左拍、右拍。下午的斜阳洒在整个广场上，不远处的海面反射着粼粼波光。柯米抑制住自己的好奇心，没有独自开始游览。她要等到“程咬金”来，这么美好的地方，她希望两个人共织回忆。

时间慢得像粘在了钟上，好不容易熬到夜幕降临，柯米匆匆回到酒店给“程咬金”打电话。万万没想到的是，电话竟然没人接，柯米顿时蒙了。这次的蒙，比之前“程咬金”告诉她要晚到更让人混乱。她不是没有能力一个人应付窘况，而是她完全不知道自己身处什么样的窘况。她不知道“程咬金”在干什么、能干什么以及想干什么。一种不祥的预感慢慢升起，笼罩在柯米心头。

从第一个电话开始，她每隔半小时给“程咬金”去一次电话，自始至终无人接听。当她整整打了四个小时后，她停止了。这四个小时，看似做的是无用功，然而，她好像明白了些什么。

柯米在等待的疲倦和恍惚中不知道几点才睡着，第二天临近中午才醒来，醒来的第一件事就是继续给“程咬金”打电话。这一次，电话通了。“程咬金”接起电话，声音慵懒。

“哦，昨天公司临时发生了一些事情，所以耽搁了。我今天需要处理这起突发事件，争取今晚过来。”

柯米彻底怒了，倒不是因为对方爽约，而是因为对方拿自己当傻子的态度。撒谎不能走点心吗？这种根本不按照逻辑和剧情发展的剧本，没法演下去呀！柯米甚至不知道如何崩溃才是最合理的。她开始对着电话咆哮，至于咆哮了什么并不重要，内容无非是一些人品评估和一些毫无意义的疑问句和反问句。这还不是高潮，高潮是“程咬金”怒了，干脆利落地挂断了电话，然后关机了！

于是，柯米大概成了为数不多的一个人前往蜜月旅行地，然后被通知丈夫不会出现了的妻子吧。还好房费是预付的，否则柯米身上连支付到返程日期的房费钱都不够。

然而，好不容易来了，或者说来都来了，而且威尼斯就是个只要遛腿、不花钱也能玩的地方，于是，“程咬金”挂掉电话两个小时后，柯米洗了澡，认真化了妆，打扮收拾妥当后，便出门逛去了。柯米不是没心没肺，只是现在这个情况，坐在那儿悲春伤秋的能改变什么？还不如该干什么干什么。是的，这就是人们所谓的内心强大。

按照攻略，柯米把叹息桥、圣马可大教堂、总督府、黄金宫之类的必须到此一游的景点挨个“瞻仰”了个遍，顺便在威尼斯的奢侈品街看到了黑人兄弟在Louis Vuitton（路易威登）专卖店门口摆摊，贩卖假Louis Vuitton产品的奇幻场景。

是的，这一点非常诡异。意大利对奢侈品仿品几乎没有什么态度，意大利人民对假货也是买得开心，用得满意，完全没有正品和版权意识。你经常会看到一个高端、大气、妖娆的意大利女郎背着个Dior（迪奥）造型Gucci（古驰）Logo外加Hermès（爱马仕）丝巾做装饰的包，画面简直令人惊叹，让人瞬间对这个“借鉴师”或者更准确点应该叫“抄袭师”的功力交口称赞。

整个申根地区是没有什么边境概念的。于是，有这么个害群之马存在，在对假货的打击力度非常严苛的西欧，简直就是灾难，受灾最严重的就是奢侈品原产地大国——法国（当然也包括意大利自己）。因此，在意法边境，有一群专门打击盗版奢侈品流入法国境内的边境警察，常年潜伏在法国的芒通和意大利的文蒂米利亚之间，检查意大利进入法国境内的车辆是否携带有假货和违禁品。当然啦，意法边境的通路不止一条，不一定要走热那亚—尼斯这条坦途大道，如果闲得无聊，可以走都灵后翻阿尔卑斯山入法国境内，那边别说边境警察了，连个鬼影子都看不到。

柯米马不停蹄、走马观花地参观游览期间，腿没闲着，脑子也没闲着，冥冥之中，她总觉得哪里不对。终于，在某条街的某个转角，她久久地凝视着橱窗里的面具，忽然，一个邪恶的设想跳入脑中：这一切都是有预谋的。从“程咬金”开始说要见重要客户，到第二天继续借故延期，甚至用愚蠢的谎言和敷衍的态度对付她，都是有设计的，都是阴谋！为的就是激怒她，让他们之间的关系彻底紧张起来，从而有借口避开这个蜜月。订了奢侈的酒店，是“程咬金”的一种内疚补偿。这个论断如此合理，合理到柯米顿时出了一身冷汗。

可是，动机是什么？带着这个疑惑，柯米始终徘徊在威尼斯的大街小巷，直至夜幕降临。然而，到最后她也没得出结论。

很快，一周就结束了。其实不应该说很快，对柯米来说，虽说算不上度日如年，但至少也是备受煎熬。柯米搭乘返程航班回了马赛，正在琢磨怎么搭车回家时，在出口看到了正在等候她的“程咬金”。这真的完全出乎柯米的预料。柯米松了口气，不是因为有车回家，而是因为这个台阶给得简直如救命稻草般，让她有办法去面对接下来的婚姻生活。否则，她真不晓得自己受到如此冷遇后，该如何如此狼狈地觍着脸回去。

没有硝烟的战争

“于一，我实在没办法了，莫少宏最近跟我吵架的态度，已经让我渐渐感觉到，我留不住他了。之前，不管我怎么闹，他都是一副大人不记小人过的样子。这次，每当我提到杜若，无论语气多么和缓，他都立马勃然大怒，然后攻击我的品德，质疑我的人格。我承认，是，我泼辣，不讲理，可是，我没害过人呀，我就是想守着自己的爱情而已……”说到这儿，一向威风八面的“大喇叭”竟然哽咽起来。“大喇叭”一脸尴尬，于一则是一脸万万没想到。

“我把这一切都告诉黎青青了。”

于一再次一脸万万没想到。

“大喇叭”清清楚楚、详详细细地把最近发生的事情和自己的想法留言告诉了青青。青青的反馈很含糊，她只是说她想想，并没有给出任何确切的态度。确实，作为一个前女友，不管用什么立场说话，似乎都很尴尬，即使是站在为了男方好的角度。

这次“大喇叭”的造访让于一感觉到她真的走投无路了，也让于一对她有了新的看法。“大喇叭”能放下所有前嫌、放下姿态去求助于这个曾经和她撕得头破血流的敌人，可见这个女人对莫少宏的爱有多深。于一忽然非常佩服她，为了爱情放下尊严，在今时这世间已难得了吧。

“大喇叭”讲述的版本显然比莫少宏的版本要精彩许多，然而也并不客观。于一大概综合了这两个版本，去掉所有隐瞒、夸张和主观臆断后，得出的导演剪辑版是这样的：

原来，“大喇叭”早就破解了或者是偷窃了莫少宏所有的社交账号的密码，目的是侦查他跟黎青青有没有继续苟且。她发现，青青走后，确实没有跟莫少宏有半点联系，这一点让她对青青有了些好感。

在认识杜若的那次聚会上，莫少宏一如既往地少言寡语，或者说，一如既往地在“大喇叭”面前尽可能少滋生事端，以免“大喇叭”那敏感的神经一触即发，引起不必要的“人员伤亡”。想不到，这一切都被同样拥有专业级察言观色水准的杜若看在了眼里。杜若简直一眼就看出了莫少宏和其女友“非同一般”的感情关系。

这个举止优雅，看似教养极好却带着个人见人烦的泼妇的男人，引起了她的很大兴趣。当晚，她就跟他要了他的微信账号，加了好友。之后，她有事没事就找莫少宏聊天。

“大喇叭”知道吗？当然啦，凭借她在莫少宏身上出色的情报能力，早在杜若刚刚开始勾搭莫少宏的时候，她就开始全面监控了。不但监控，还利用狗似的嗅觉和不要脸的精神四处八卦，到处打听，结果还真被她打听到这女人的不少事迹。这些事迹坐实了于一她们不少的“道听途说”。

这个女人家里确实有钱，老爸是做实业的，而且做的是民生行业，据说是杜若读初中后才发达的，之前好像家境很糟，属于穷则思变的典范吧，并不是什么传说中的儒商。杜若读初中之前，才貌平庸，备受冷落，极其自卑。家里发达后，她高中没毕业就跑去日本整了容。由于底子本就不差，加上选的土豪医院的技术好，整容归来后，她像换了个人似的，重新开始定位自己的人生。她在国内并没有考上什么好大学，于是，大二就出国了，在魁北克上了个不知道什么鬼学校，后来兜兜转转到了法国，竟然也申请到一所不错的学校。就这样，杜若硬生生地把自己塑造成了学霸、纯天然白富美、含着金汤匙出生的人生赢家。

然而，这一切都没有证据，都是“大喇叭”靠点点滴滴的信息拼凑出来的。杜若和莫少宏聊天非常频繁，聊天记录的内容能把人气死，几乎都是那种欲言又止的半截话，就是那种想怎么解读都可以的似是而非的言辞和态度，看似闲扯淡，但是话题又总会有意无意地被引导到感情问题上。然而，最终都没什么实质性的爆点。总而言之，这种对话就是：女友看了都会吃醋敏感继而发怒，这个女性友人却可以说“你想多了，我们很清白呀”，而男人则可以大言不惭地说“你小心眼”，让人十分崩溃。

聊天记录一条都没删，原原本本地都留在那里，可能是莫少宏压根没觉得这些对话有什么不妥的。确实，对话明显是杜若在控制方向和节奏，莫少宏只是单纯地回应。可能在他看来，这都是满满的“善意”吧，毕竟直男的神经都粗得跟海底电缆似的，也可能是他压根没想到“大喇叭”已经把他的手机攻陷了。

其中有几条，看了真的会让人吐血。

“你对你女朋友好一点啦，她其实挺好的，就是不懂你，并且不太懂事，有时也作了点。不过，你要忍耐啊，虽然她这么作，但她是你女朋友啊！”

“昨天给你发短信的时候，还小小地期待了一下你会马上回我电话呢。那个时候你在陪女朋友吧？有你这样的男生陪着，她真的好幸福哦！”

“于一其实没有恶意啦，就是可能占有欲比较强，比较霸道，所以会对我的存在比较敏感，于是处处针对我。你不要生她的气啦。”

“我真的好幸运，在异国他乡，还能遇到这么Nice的你，从来没人这么懂我呢。所以，我们一定要一直一直当好朋友哦！”

“我今天读了一首诗（此处省略诗文风骚露骨的内容），不知为什么，我一下就想到了你。”

“我们这样，你女朋友会不会吃醋呀？但是，我并不想为此而失去你这样的好朋友。”

“婚礼那天，我真的不想伤害任何人，我也不知道事情怎么会变成这样。我真的觉得我好坏。你女朋友是不是误会我们了？我去跟她解释吧，我好怕你们因为我而不开心。”

于一边看边吐，时而生气地吐，时而恶心地吐。“大喇叭”当然是处在濒临崩溃的边缘，憋了一肚子闷火。只有一点是让她欣慰的，莫少宏从头到尾都没提过黎青青这个名字。“大喇叭”的解读很富有阿Q精神：第一，不提，说明杜若和莫少宏的关系还没近到可以推心置腹的程度；第二，他把黎青青淡忘了。

于一很不解，为什么“大喇叭”会先找黎青青去想办法对付杜若，到了走投无路的地步才来找自己。仔细一想，可能是因为“大喇叭”原本以为自己和杜若是一路货色吧!

于一问:“你为什么要告诉黎青青这一切?”

“我只是觉得,少宏也许会听她的,我没想那么多。”

于一信她,她确实不是个有心机、有城府的女人,守护爱情的方式也蠢得令人发指。于一心里其实很矛盾,她总觉得这个女人的爱很愚蠢,很压迫,莫少宏不应该被这种人困住。同时,她又觉得“大喇叭”的爱很单纯,很直接,至少莫少宏能全心被爱,不会被背叛。经历过一次和黎青青那样刻骨铭心的离别和伤害,莫少宏短期内根本不会再有安全感和爱人的能力了,“大喇叭”的这种爱虽然不健康,但是至少足以镇痛。

于一只能开诚布公地告诉“大喇叭”,为了杜若的事情,她也几乎跟莫少宏翻脸了。接下来,两个人陷入一种尴尬的面面相觑中,久久无言。

“大喇叭”走后,于一做了一件奇怪的事情。她留言给青青说:“你跟莫少宏谈及此事了吗?”

青青回:“是的,我只是简单地问他发生了什么,但是他还没回复我。”

于一说:“如果莫少宏问是谁告诉你的,你就说是我,千万别提起‘大喇叭’。”

死　局

“于一,你是不是有毛病?你为什么那么三八地告诉黎青青这些?干什么把她牵扯进来?”莫少宏在电话里怒吼。

于一知道会有这个结果，只是不知道来得如此迅速。

“我……只是不想你被人耍。”

“你神经病呀？我被不被耍关你什么事？你只是我的朋友，又不是我妈。于一，我真的看错你了，没想到你是这种人！”

电话挂断。

这时，偷听完莫少宏咆哮的“大喇叭”才恍然大悟，自己愚蠢的计谋彻底把整件事情推进了完全无路可走的境地。

于一很清楚，“大喇叭”的这种做法简直蠢得人神共愤，这就是把莫少宏往绝路上逼呀。他最在乎的就是黎青青，让黎青青知道他现在混乱的状况，是他最害怕也最不愿意的。一旦莫少宏知道这件事是“大喇叭”干的，他们的关系势必会土崩瓦解，回天乏术。这时候，最开心的估计就是杜若了，她做了这么多，无非就是为了搅散莫少宏和“大喇叭”。虽然目的不详，可是目标明确。于是，于一选择了背这个黑锅，她不是帮“大喇叭”背，也不是帮莫少宏的感情背，而是为了不让杜若得逞而背。于一奇怪的义气和莫名的正义感，在这件事上体现得淋漓尽致。

跟杜若明争暗斗的这几个回合里，于一她们一群人输得屁滚尿流，毫无反击之力。以为戏唱完了？呵呵，天真！这戏算得上年度巨制，那一出才只是个开始！

杜若的形象简直完美得像是规划过一样。而过于完美，不是假的，就是假的。最可怕的是，她貌似也没什么明确的可洞察的目的，除了挑拨离间。所以，即使你言中了她的兴风作浪和各种阴谋，也等不到那个“后果”，去力证你的先见之明。而且，从防范的角度来看，我们总要知道对方的目的，才能去判断其下一步的进攻趋势，从而选择相应的战略战术。杜若这种没目的，根本防不住呀！

但是，杜若千算万算，唯独算错了一点，“大喇叭”是个狠角色，不但狠，还癫狂和持久。

这种事发生在一般“原配”身上，估计顶多就是回去跟男友闹腾一下，因为毕竟没有实质性的越轨行为，并且一看男方就是被设计的那个，是对方在惹是生非。可惜，这次的“受害者”是“大喇叭”，不说睚眦必报，在莫少宏的问题上，“大喇叭”是绝对不会轻易罢休和认输的。

“大喇叭”终于聪明了一回，这次，她没有擅自行动。自从她确认了于一是站在自己这边的，就像抓住了一根救命稻草似的。于一也确实愿意力挺她，当然，这是为了莫少宏。于一非常想保护莫少宏这个朋友，因为她觉得他现在根本就是一副自暴自弃的摆烂样子，她希望他哪怕爱情死了，也能像个正常人一样生活下去，而不是一副活死人的状态。当然，也可能是因为自己已经开始讨厌杜若了。她们知道，莫少宏对这件事已经极度敏感了，不能直接从他身上下手，于是准备剑走偏锋，曲线救国！

具体实施必然是“大喇叭”亲自操刀，于一她们三个负责出谋划策，制定具体步骤。虽然一牵扯到莫少宏的事情，“大喇叭”就处于癫狂状态，但是她本人的心地并不坏，加上性格热情奔放，社交也算广泛，不缺熟人。于是，经过N度人脉的多方打听，并且通过监控、查阅、分析杜若的所有社交网络——微博、朋友圈、关注列表、粉丝列表、留言互动，最终，她理出了杜若的一张暧昧清单、一张“备胎”清单，以及一张前男友清单。

然后，她分别监控这些人的动向，摸清路数后，加好友，套近乎，用的当然是假身份。混熟了，话题开始时不时地往杜若身上靠，假装八卦，实则套话。果然，她从这些人嘴里听到了一个完全不一样的杜若。

杜若这个女人何止厉害呀，简直是玩人玩出花了。她暧昧的每个男人，都以为马上就能跟她在一起了。她分手的每个男人也都觉得，她就是需要安静一段时间，或者是由于某些客观原因而暂时分别，并不是她不爱自己了。而她拿来当“备胎”的男人们，也各个甘之如饴地抱着希望，觉得坚持就是胜利。她不会拒绝他们，在这些人觉得没希望的时候，她会忽然跳出来，给他们一点点希望，给他们一点点鼓励，让他们撑下去。这群人，就在这个女人严密的布局中安分守己地待在自己的岗位上，等待着逆袭的那天。

万事俱备，只欠东风。资料都搜集齐了，人物关系、故事情节也都揣测得八九不离十了，这时大家才发现一个最严峻的问题：怎么搞？

“大喇叭”看着于一，于一看着董蔓荷，董蔓荷看着柯米，柯米看着炉子上炖的肉。

“大喇叭”说，直接把这些黑材料统统给莫少宏。话音未落，连于一都笑了。为什么要说“连”呢？可以说，论心机和城府、运筹帷幄和解读人心，于一在她们三个里是等级最低的，连于一都觉得不靠谱，可见这策略有多蠢。

莫少宏对这件事已经不只是敏感，甚至开始反感。其实，他并不是真的站在杜若那边，觉得于一她们多无聊，没事找事，多坏，而是：第一，于一她们的态度，直接在质疑他的判断力，如同喝醉的都不承认自己醉了，眼瞎的也不承认自己看人出了问题；第二，他不希望自己的朋友看起来如此恶毒，因为他觉得，善良的人不应该去针对别人，即便是为了他。这两个原因不约而同地指向同一个问题：莫少宏对人性理解的肤浅和天真，也就是说，容易被表象误导。

如果这个时候把所有的真相展示在他面前，他不但不会觉得这是真相，反而会抵抗得更厉害。想想那些反抗家庭硬要在一起的苦命鸳鸯，其实有多爱？也不一定有多爱，但是，为了抵抗反对而坚持，简直是人民群众最普遍容易出现的逆反情绪。于一管这个叫“我偏不综合征”。

按理说，这个时候，最好的策略就是：明面上示好，暗地里斗法，也就是“以其人之道还治其人之身”。然而，她们几个人八面玲珑、能屈能伸的水准之低，简直让人无可奈何。除了柯米勉强有点战斗力外，剩下的都是渣渣。董蔓荷虽然做不到见鬼说鬼话，但至少还能做到“深藏不露”。于一的脸简直就是个提词器，所有心理活动弹幕状地呈现在脸上。而“大喇叭”更甚，一牵扯到莫少宏，就随时会炸裂得让你怀疑人生。

这个计划算是彻底搁浅了，原因说出来简直令人啼笑皆非，就是大家都不知道该如何是好。但是，在连续高强度的毁灭性打击下，也不是什么都学不到的，至少她们学会了三缄其口和卧薪尝胆。目前，无论杜若如何放大招，她们都压制住怒火，按兵不动，虽然暂时不能绝地反击，但至少能让状况不再恶化下去。

逆 转

善恶终有报，天道好轮回，不信抬头看，苍天饶过谁！正当这四个人临时组建起来的“战斗”小组一筹莫展、濒临架空的时刻，事情竟然发生了让人意想不到的大逆转。

不知道是杜若的气数已尽，还是刚好倒霉，留学生论坛上忽然出现了一个关于她的扒皮帖，证据充分，内容翔实，分析精准，言辞犀利，甚至还有些她们没有挖到的黑历史和一些极具说服力的聊天记录截图。看来，爆料人不但拥有策略，还拥有技术。

在那些被曝光的材料中，最令人叹为观止的不是杜若高超的陷害技巧和引导人想入非非却抓不住任何把柄的言谈举止，而是她对付所有男人的套路竟然如此类似。在莫少宏手机上出现的那些话语，也高频率地出现在和别的男人的聊天记录中，甚至很多话根本就是复制粘贴的，连措辞和标点都不改。

四个人惊呆了，原来，人生还能这么玩啊！

有关杜若的话题实在太盛，她人又高调，在圈子里红得要死。可是，水能载舟，亦能覆舟。对完美的摧毁，是每个阴暗的人最喜闻乐见的人生调味剂。“女神的真面目”这个爆点像枚重磅炸弹，瞬间在留学生的圈子里引爆。帖子开始迅速盖楼，转发、截图开始迅速出现在各个聊天群里，各路人马纷纷从四面八方赶来围观，顿时人声鼎沸，甚是热闹。群众的意见莫衷一是：一半是有所保留，采取观望态度；另一半中的一半是怀着各种恶意来看热闹的，落井下石；剩下的，有力挺的，有和稀泥的，也有同情的。

夜路走多了，撞见鬼也是正常的。杜若被人“扒皮”并没有什么让人匪夷所思、出乎意料的，“四人帮”现在最好奇的就是爆料者到底是谁。

世间的事，本就没有绝对的秘密。杜若做不到滴水不漏，爆料者同样也做不到，很快就现出了原形。然而，爆料者的身份更加坐实了杜若的所作所为，他是杜若在加拿大留学期间回国时交往的某任“前男友”，也是跟杜若纠缠最久、被拖得最惨的那个。其实，也不能完全算是前男友，就是那种“友达以上，恋人未满”，又超越暧昧的状态。貌似杜若给了他“现在分开是由于相隔两地，等我回国，我们就在一起”这种“承诺”，导致他痴痴地等到现在。引起他沉默多年忽然爆发的根本原因是，杜若好死不死地“不小心”勾搭了他的一个哥们儿，这个哥们儿明显是情商不高、智力有限，无意中知道了他跟杜若的纠缠，以为他对兄弟的女人死缠烂打，为此跟他翻了脸。爆料者这才意识到自己被这个女人当猴子耍了如此之久，于是，怀恨在心，伺机报复。终于，待到证据搜集完毕，他便毫不留情地公布出来。

其他的“受害者”，有点度量和城府的，或者觉得被耍很丢脸的，都保持了缄默；没风度的，或者伤得太深的，都气急败坏地参与了举证和讨伐。杜若没出来做任何解释，因为这些都是事实。于是，在女主默认的风向下，原本在观望的群众纷纷加入了墙倒众人推的行列。

杜若“前男友”这行径确实卑劣，但是，作为既得利益者，“四人帮”表示同情和怜悯，并心安理得地原谅了这个男人的下作行径。在她们看来，杜若的这个“渣男友”简直就是她们的救世主。

“大喇叭”这次学乖了，并没有直接让莫少宏去看帖子。她先询问了“战斗”小组的意见，柯米指示她，回家用电脑打开那个帖子的页面，然后留在那儿，出门。大家纷纷点头，内心点赞。“大喇叭”按照指示完成任务后，四个女孩跑到馆子里大吃了一顿，“大喇叭”请客。

“大喇叭”回到家后，莫少宏正在用电脑写报告，她留意到她刻意打开的页面已经被关闭了。“大喇叭”心生欢喜，但是，柯米交代她“不问不说”，她只能抑制住好奇，洗洗睡了。

第二天，莫少宏给于一发了条短信，约她周末出来吃饭。于一把短信内容告诉了“大喇叭”，同时告诉她，警报解除了。

莫少宏虽然没有正面说过一句和好或者误会解除的话，但是，对“大喇叭”的态度有了极大缓和。之前两个人的关系已经近乎冷到冰点，现在又暖了起来。莫少宏甚至主动带“大喇叭”出去吃了顿晚饭，这样的事情，就算在此次事件之前，除了逢年过节、过生日，也是几乎没发生过的。这让“大喇叭”原本紧绷得濒临崩溃的神经，终于得到了放松。

当你对一个人抱有内疚的态度时，你就会尽力地宽容甚至取悦对方。莫少宏曾经对“大喇叭”的所有容忍和无奈，都源于心里一直放不下黎青青。杜若事件让他内心的内疚感荡然无存，直白的厌烦让“大喇叭”感受到了危机。

于一不知道这么帮助他们维持这段单方面的情感关系是否正确，但是她知道，杜若的覆灭对所有人都是好的。

周末到了，于一按时赴约。她惊喜地发现，“大喇叭”也在场，而且，莫少宏根本不知道她跟“大喇叭”私下勾结的情况。“大喇叭”自然是一副喜出望外的表情。看来，这是难得的一次莫少宏主动带她见朋友。虽说带她出来并不代表着什么承诺、深爱，但是，站在女人的角度看，带自己见人的意义往往非同一般，至少能继续用来自我催眠。

正如“四人帮”预料的，莫少宏没有提起杜若半个字，于一和“大喇叭”也配合他装傻。这种对男人自尊的保护是交往中最起码的常识，无论是恋爱还是交友。现在逼他承认自己眼瞎，看错了人，比直接杀了他还可怕。要知道，对男人来说，和面子相比，生命都显得没那么宝贵了。“大喇叭”的情商和处理恋爱关系的智慧，在跟于一她们结成同盟后，简直是突飞猛进地增长。这要是原来，她势必会逼着莫少宏承认自己看错了人。

海边沁人心脾的微风和事情的完美解决都让于一舒服极了，她们没有触碰一点自己的原则和底线，也没做出什么伤害别人的蠢事，就大获全胜，这是谁都没想到的结果。

于一知道，杜若会换个地方重新开始，这对她来说并不难。但是，别以为这件事情会让她反省，这种女人是不会改变自己的。她没有真心待别人这个意识，她还会有下一个假想敌，所有人在她眼里依然是棋子，别人的人生在她看来仍然是一场游戏。这种对人连最起码的尊重都没有、事事工于心计的女人，即便事情不败露，也不会开心。于一很同情她，这种靠手段才能换来尊重、友情甚至爱情的人，一定很寂寞吧。

没有人是别人的人生意义

自从那次转身后，董蔓荷全部的生命和精力都用来下定决心。李为也没有再找蔓荷，只是偶尔开车路过蔓荷的公寓楼下时，悄悄停下，熄灭引擎，待上几分钟，然后悄悄离开。他自己都不知道自己为什么要这么做，这像个仪式，一个提醒自己还有灵魂的仪式。然而，他始终没有勇气去继续伤害那个女孩。

无疾而终的关系中，必然存在着不可调和的矛盾和无法忽略的不和谐。有句特别矫情的话说得很好：错过的都是注定，留下的才是人生。眷恋仅仅是一种对求不得的不甘心而已。其实，心一旦死了，怎么都好说，离不离开只是个形式罢了。很不幸的是，蔓荷并没有绝望。所以，不算死别，纯属生离。

她知道，没了爱情，人生还会继续，她不会死，要继续生活，也没有理由矫情，还会笑，也会生气，会喝醉，会失眠，会和人搞搞暧昧，会抽个空去旅行，会在聚会上和朋友谈笑风生。一切都看似顺理成章，甚至找不出理由愤怒。可是，貌似失去了那根本的意义。然而，那根本的意义，真的是爱情吗?

小时候看《大话西游》是喜剧，到了成年，却觉得怎么看怎么是悲剧。它描写的是我们儿时无法读懂的成人的世界，那时候眼里的世界是多么简单明了、快意恩仇啊！有情人必然长相厮守，坏人必然不得善终。渐渐长大后发现，眼中的世界和真实世界之间的差距大到我们甚至无法理解。也开始发现，实现梦想不是甜的，而是苦的；人生不是多姿多彩的，而是充满艰辛的；没有什么付出是不求回报的，没有什么所得是理所应当的；人性可以丑陋到你一想起就会感到阵阵作呕。

于是，我们开始歌颂和向往爱情：我们以为这就是苦海中那唯一的慰藉，那个人就是你今生的意义……然而，当我们把所有美好的期望都寄托在爱情上时，我们忽然发现，爱情才是尘世间最飘忽、最不平等和最不堪一击的关系。两个人的承诺，不及一个人的决绝；千辛万苦的经营，不敌一朝一夕的误解；深陷无法自拔的倾慕，不料对方毫无感觉；两情相悦，不虞相遇太晚……其实，世间的男女之爱大多源于私欲，说白了，仅仅是给自己的自私、自恋找个出口和载体，为的是自己开心，哪有什么所谓“爱的奉献”。爱过了，也只不过是对这种角色扮演的一种厌倦。“无望之爱”的美就美在“悲情”二字，自己被自己感动得一塌糊涂，于是自然而然就信以为真了。

如果单恋算是恋爱，大概大部分人的初恋都是在单恋中进行的。单恋是件有意思的事情，本应该有两个主角的故事，自始至终只是一场虽经常开始得风情万种，却往往无疾而终的独角戏。

于一读初中的时候，暗恋过一个男生。那时候，于一每天都很期待去学校，又总觉得每天的课都好长，离放学那么远。因为每天放学，于一都会刻意绕远路回家，希望能在路上上演“不期而遇”的戏码，借此制造出一种两个人很有缘分的假象。无论是那个男生因何故跟她说了一句话，还是无意中四目交会而马上躲闪开的眼神，都会让她在这一天接下来的时间里保持脸红心跳的状态。她从未指望过他会喜欢她，只是单纯地希望自己在他眼中能够与众不同一点。但是，少女的敏感总是让于一觉得，他也在关注着她，像她关注着他一样，或许是因为害羞，或许是因为学业压力，所以不敢对她有所表示。当然她也不能主动出击，她是清纯的少女，少女要矜持！

单纯的日子总是容易转瞬即逝，转眼到了初三毕业，于一没选择直升本校高中，而是另择他校。男孩得知后，红着脸请于一在他的同学录上写毕业感言，提出互赠照片，并且在最后时刻递给她一张粉红色心形卡片，上面写着他的电话号码。此刻，于一才恍然大悟：他们竟然一直在相互暗恋着对方！怪不得她不厌其烦地绕路的时候，总是能遇到他。

那种谜底揭晓时的心情，说实话很复杂，有点得意，又有点失落，但是并没有想象的那么甜蜜和圆满。那个电话，她始终没打，原因是忽然觉得好像不喜欢他了。果然，没过几年，别说长相，连他姓甚名谁都记得很模糊了。

在一个不明不白的开始和一个不清不楚的结尾的共同作用下，她的第一次暗恋就这么结束了。

到了高中，青春鼎盛时期的于一，不晓得是不是荷尔蒙紊乱的程度太严重，开始执着于走高贵冷艳的路线，陷入一种“全世界没人懂我”的痛苦中。随之而来的“并发症”是仰着脸走路，用鼻孔看人。当然，此举产生的效果也很立竿见影，她很快就被全班女生讨厌和孤立了。更不幸的是，全班女生暗恋的“班草”好死不死地喜欢她。为什么要用“不幸”这个词呢？无奈她那时候太脑残，又执意要高冷下去，不允许任何人破坏自己刻意营造的寒冷的孤独。

班草对于一不是暗恋，是明追，各种方式方法，各种攻势战术。于一对他非常排斥，各种打击拒绝，几乎是摧毁式地见招拆招。

于一最不理解的求偶方式就是追求，她有个有意思的理论：我喜欢你，你追我干什么？我不喜欢你，你追我干什么？追求真的会让一个并不喜欢你的姑娘变得喜欢你吗？还是感动、依赖？恋爱难道不该是先互生好感，再不断深入接触，相互了解，判断彼此合适与否，继而建立亲密关系吗？一开始就不平衡的关系，会有多自在的过程和皆大欢喜的结果呢？当感情不再只有感情，而掺杂了所谓的征服和不甘时，原本因为喜欢而渴望拉近的关系，原本因为爱慕而不断涌出的留恋，都会因为愚蠢的机关算尽、欲拒还迎而变得复杂而不堪。然后，亲手把一场原本风花雪月的事，变成了尔虞我诈的殇。

其实，即使是现在看来，班草的许多套路也极具攻心性，也算是天赋异禀的泡妞高手吧！并且，于一至今都不太明白他的审美情趣。那时候的于一，并没有任何值得班草青睐的地方，婴儿肥，四眼妹，短发，穿校服，成绩虽然很牛，但是架不住操行奇差，旷课罢考，不交作业，迟到早退，顶撞老师，饱含反叛的执着，坚持着终日诡异的行为模式。

他执着地追求，她执着地打击，从高一开始，一路拼杀到高三。

忽然有一天清晨，于一睡醒，脑子里蹦出一个灵感：虽然我还是不喜欢他，但是，我接受吧……不要尝试揣摩她这种不在正常人频率中的逻辑，别说广大人民群众了，就连她自己到现在也没搞清楚这个灵感来源于哪儿。迄今为止，于一都不怎么缅怀自己的青春年少，因为傻得有点令人惊叹，很难让人承受这种回顾。

宝剑出鞘，必然沾血。于一做的决定，没有反悔和不执行一说。嗯，那时的她，就是这么任性和脑残。当机立断，说走就走，前往学校。班草那时选了理科，而于一读文科，文理科班课间休息总有时差，见面并不容易。于一通过他们班后门口的同学给他递了小字条，约他放学后在学校后门外的湖边左数第二个垃圾桶边见面。

他如约出现，于一并没有因为改变决定而忽然觉得他英俊起来。但是，于一必须承认，他是班草这个事实，是不能单凭她个人的审美而一力否认的，只能说他俩的审美看来都有问题。

事情的发展是令于一吃惊的。班草单独面对于一时，竟然很冷漠，只表现出一副“有屁快放”的不耐烦样子。这时，于一有点失落了，心理活动是这样的：这可是我第一次主动约你，你难道不该热泪盈眶吗？难道不该感动万分吗？难道不该热情奔放吗？内心的感慨未完，班草便把不耐烦从表情升级到了语言：“快说吧，什么事？”于一瞬间又开始心理活动：你追我这些年，我约你自然是讨论一下男女之事呀，浑蛋！难道你觉得会是单挑吗？

毕竟当年的于一是高冷的，即使心理活动频繁而剧烈，看起来也是面不改色心不跳、波澜不惊的样子。为了酷，她什么都能装。于一故作优雅地、淡淡地说：“我们的事情，我考虑得差不多了，我可以尝试接受你，相处一——”这“一”字后面的话还没说出来，班草那边就迫不及待地回应：“不必了！”然后呢？然后就没有然后了呀！

班草拂袖而去，留下于一一个人在风中凌乱。

在一个无厘头的开始和一个无厘头的结尾的共同作用下，于一的第一次被追就这么结束了。

谜团一直没有解开，直至于一上了大学，一个微风轻拂、鸟语花香的晚上，她忽然接到一个从祖国领土某个非常偏远的地区打来的长途，一听声音，竟然是班草。于一眉毛一抖，心想：我被高中同学一直孤立到今时今日，跟所有人断无任何联系，这货是如何得知我的联系方式的？真乃高手高手高高手！

班草很平静，语气好似经常联系，话题却非常直白和劲爆："你想不想知道，当年我最后为什么Say No？" 对！他用的就是"Say No"。于一心里默念：呸！装×！那时的于一，荷尔蒙已然恢复至正常水平，困扰她整个青春期的高冷症也无药而愈，活得非常真实自在、接地气。但是，那一瞬间，曾经的高冷模式在她完全无意识的情况下自动重新开启，她竟然从牙缝里冷冷地挤出三个字："没兴趣！" 然后，果断地挂掉了电话。

半分钟后，于一开始捶胸顿足：好想知道呀！也许这是这辈子唯一揭开真相的机会了！竟然，竟然，竟然，就这么……由于当时思维太混乱，她现在也无法组织出具体的心路历程了。事后，于一竟然被雷劈了似的想到，当年跟自己相互暗恋对方的男孩，估计也会一直不能释怀她始终没打电话给他吧！

这个无解的困惑从此以后一直潜伏在于一的头脑深处，虽然不再纠缠和计较，但是始终没有散去。直到前几年，一日，她顿悟似的莫名其妙地豁然开朗了：当年中意的，仅仅是牵挂一个人但并不需要回馈的一种羁绊，说白了，就是一种情窦初开后需要释放的情绪。

其实，无论是于一本人，还是班草，他们的单恋似乎都和恋的对象没有太大关系，纯属自娱自乐。之所以选择此人，是因为对方恰好符合他们预先的人物设定。于一演的是浪漫小清新女生，随便对手是谁都可以；而班草则选择当苦情男，所以必然要找个最“冰山”的女主角。他们沉浸在自己的角色中不能自拔，至于演对手戏的人是谁，有什么回应，又有什么关系呢？

当人们根本不懂爱的时候，那爱的错觉仅仅是为了填补自己心里的缺口而营造出来的一种类似爱的迷恋，那不是爱。而使他们迷恋的，不是那个人，而是自己不断创造和完善出来的某种设定。像是艺术家爱上自己作品中的形象，作家爱上自己虚构出来的人物。即使再逼真，再深刻，再痛彻心肺，再萦萦绕绕，再久久不能忘怀，终归也仅仅是自己和自己的一场戏而已。

听起来有点绝望和残酷吧。没关系，因为你马上会发现这还不是最惨的。其实，最惨的是被设定为单恋对象的那个人：无休止地满足另一个人的各种或美好，或浪漫，或激情，或猥琐的意淫，到头来，根本只是个被人用来实现幻想的现实载体而已。

蔓荷的每一次伤痛、每一次纠结、每一次崩溃，都是演给自己看的；她的每一次努力、每一次蜕变、每一次进步，其实也都是为了自己，跟这个男人无关。只不过，这个男人让蔓荷的刻度变得清晰起来。于是，她误认为他就是她人生的意义。

她以前总是找不到自己的位置，看不到人生的意义。她不知道自己应该为谁而奋斗，有别的女儿和妻子的父亲？还是新婚的母亲？

爱情是蔓荷世界里唯一的解药，世俗的爱情对她施加的力度太轻，她渴望激烈而跌宕起伏的虐恋，渴望因爱而痛的毒品般麻醉自己的灵魂。她需要那种极致的悲情，可以让自己宣泄情绪，甚至可以用来弥补在家庭中缺失却一直假装没那么在乎的那份爱。于是，她紧紧抓住李为，把他当成自己人生的意义。她迷恋他、依赖他、爱慕他、崇拜他，她不敢尝试失去李为，像守护信念般笃定。然而，蔓荷并不知道，没有人是别人的人生意义，拿别人当自己的人生意义，只是为了让自己的努力看起来不那么孤独和狼狈。

董蔓荷的这场悲剧或者说闹剧什么时候能结束，全看她自己。如果一直在摆姿态，在碎碎念，在不断重复，在下定决心要离开，那必然是并非真的想走，只是做个样子给自己看，让理智舒服，让情感难受，抑或只是企图听到对方的挽留。而真正要走的时候，不会大张旗鼓，昭告天下。身能去，只因心已远……

蔓荷再没有落泪，她似乎想明白了什么，再也没有说有关于此的任何话。

婚姻背后

虽说柯米内心很强大，对自己很冷酷，但是，一个人的蜜月这个结果，以她的经验和城府，还是无法承受的，这事情已经跟感情无关了。经过无数次自我洗脑和强行心理重建的她，最终还是毫无悬念地崩溃了，随便找了个借口，收拾了点东西，准备回去跟于一她们住几天。“程咬金”自然也是有愧的，但硬是表现出一副“这件事只能怪各种阴差阳错，怪不得我”的态度，没有低声下气地挽留。两个人各有打算，始终不肯正面相对，甚至默契得都没有再提及此事。表面看似波澜不惊的暗涌，实则已经开始酝酿真正的惊涛骇浪。

柯米和“程咬金”都是不会去主动解决问题的逃避型性格的人，柯米善用手段，“程咬金”则主攻装傻。然而，这对于已经埋下的隐患丝毫没有起到消除的作用。表面的虚假繁荣，虽然看似和平顺遂，但丝毫无法遮掩已经开始溃烂的真相散发出的恶臭和痛感。

每当有人问及这对新婚夫妇的蜜月之旅，两个人都尴尬得无法应对，而对柯米来说，更多的是一种无法爆发而隐忍的愤怒和委屈。久而久之，这个点成了他们之间一个不可碰触的禁忌，又是但凡发生争执，必然会被撕开的旧伤。这枚随时可能被引爆的被和平掩盖的炸弹，使两个人开始了一种小心翼翼、步步惊心的相处方式。

伪装成对方喜欢的样子，让对方上钩，再开始尔虞我诈，相互控制，彼此憎恨，不惜一切代价去毁掉对方，最终依然因为舆论或者某些龌龊而冠冕堂皇的原因看似不离不弃。这不就是婚姻的本质吗？惊悚吗？哪里惊悚？这样的女人和这样的男人比比皆是，这样的故事每天都在发生。柯米也在尝试这么去做。原本在恋爱中被面具遮掩得痕迹全无的性格缺陷，终于在时间的推移和日夜面对的相处中剥去伪装，渐露嘴脸，而根本不是建立在牢固爱情和共同人生目标基础上的这场莫名其妙的婚姻，也因为缺失根本的包容基础，开始时不时地表现出摇摇欲坠、岌岌可危。不断出现的新的矛盾和争端，渐渐击碎了“程咬金”原本就质量不怎么好的外壳。

柯米现在已经非常清楚“程咬金”是个什么样的人了，他易怒，情绪飘忽，没有耐心；他是个表面自信、内心极度自卑的人；他利用所有的资源、时间、精力、金钱，来装点别人眼里看到的自己。

精心打理的身材和外形，重金购置的豪车和名牌货，华而不实的爱好和技能，以及各种可以炫耀的生活方式，他似乎无时无刻不在向人们刷存在感。当然，柯米很清楚，自己也是他刷存在感的一种方法：他带着她到处炫耀，不是情感上的肯定，而是向世人证明自己的另一半是个有魅力而聪慧的异国女子，是特别的。可惜，“程咬金”原本并没有预料到，刷个存在感要把自己赔进去，亏得很大。

婆婆一直劝柯米不要跟“程咬金”计较，他本质是善良的，只是被宠坏了。于是，柯米开始进入一个无限期迁就这个男人的噩梦，而她又无法憎恨，因为一手造就这个噩梦的人是她自己。柯米原本以为慢慢就好了，婚结都结了，还能如何？婚姻本就是用最不堪的角度去看彼此最不堪的一面。然而，柯米错了，她没想到“程咬金”的自私已经达到了如此登峰造极的程度。

柯米是一个不会主动做出决绝的选择的人，不是她优柔寡断，而是她为了实现所求爆发出了超强的忍耐力。她总觉得，在触及底线之前，一定要尽可能地给对方和自己机会，不要盲目地否定任何人和事。柯米自我催眠“程咬金”真的爱过自己，而且很爱。如果不爱，他不会在最后那一秒撕掉柯米的登机牌，求柯米留下来，嫁给他。至于婚姻，可能“程咬金”比柯米还恐惧。柯米相信，婚礼之后，“程咬金”就开始陷入对婚姻的极度恐慌之中，甚至无暇去思考他对她到底是一种什么样的感情，而是在极度混乱中自我肉搏，所以才会如此阴晴不定、风云莫测。

柯米也是一个底线很低的人，说好听点就是宽容，说直白点就是有更大的野心要去实现，所以必须牺牲某些感受和态度。她知道自己要什么，所以不会因为计较细节的得失而威胁她的主要目标。她从不会因为鸡毛蒜皮的小女人之事而斤斤计较，不喜欢像一般女人那样干涉男人的琐事。久而久之，她这种不干涉他人的行为模式也慢慢塑造了自己不想被他人干涉的个性。不干涉，不代表看得惯和能接受，于是，柯米再次把“喜欢逃避”这一性格缺陷运用到了极致，简直就是刻意制造空间去回避矛盾。

婚姻，把两个原本陌生的人结合在一起，类似于把两个齿轮组装在一起，至于齿轮是否匹配，另当别论。如果匹配，那就真是天造一对地设一双。如果不匹配，要怎样去磨合呢？是两个齿轮同时改变，打磨自己的锯齿，去适应对方？还是其中一个齿轮最大限度地消除自己的锯齿，改变成一个不需要迎合的万用齿轮？还是像柯米一样，为了不被干涉而跟对方保持距离，看似亲近，实则根本没有真正相扣，不给对方任何磨掉自己的可能？

婚姻之路对柯米来说，类似一个根本不喜欢运动的人去爬一座自己不了解的高山，她不知道多久会到达山顶，也不知道山顶有什么在等着她，是胜似仙境的美景？还是人工修造的“天下第一峰”之类的每座山上都有的所谓地标？很有可能那上面还贴满了各种小广告。或者，这山根本就是通往另一座山峰的起点？抛开这些未知的因素，已知的是让人崩溃的疲累，机械性攀登的厌恶感，蚊叮虫咬，饥寒交迫。更可怕的是，同行的人无聊至极，甚至惹是生非，等等。

面对这样一场“盛宴”，既然知道不适合自己，一开始就不要去爬，而不是爬到半山腰，上不去下不来地尴尬着。柯米一直都知道自己不适合结婚，可是，她又深切地知道，没有尝试就没有发言权。更多的是，她知道，如果自己不结婚，母亲是不会放过她的，母亲依赖她给予的所有虚荣生存，怎么能少了这个终极炫耀的因素呢？

破　裂

“蜜月”之后，随着两个人的关系朝着奇怪的方向发展，“程咬金”的作为更加恶劣了，开始还只是晚归，后来经常夜不归宿。理由更是信手拈来，大多数令人啼笑皆非，似乎是明着冲柯米挑衅——“我就是在说谎，你能拿我怎么样？”

柯米万分不解，但并没有探究什么真相，她是不会去质问的。确实，对“程咬金”，她有种复杂的情绪，可以说是内疚，也可以说是依赖，更可以说是她需要他来使自己圆满。

很明显，这场婚姻完全是柯米靠心机得来的，她也是想要走下去的。“程咬金”相对于柯米来说还是单纯的，柯米摸到了他的软肋，就是无法容忍“被抛弃”，而且已经到了病态的程度。她心里很清楚，“程咬金”给她婚姻，只是为了有资格玩下一局。她也就是利用他的“资格赛”，得到自己想要的而已——合法身份。柯米赌了一把，她做足了戏，投下所有筹码。她赢了，或者说，她以为自己赢了。

柯米渐渐明白了，为什么婚后这短短几个月，“程咬金”会这么莫名其妙、歇斯底里地折腾，因为他用来武装自己的招数已经用尽，再也没有能用来掩饰自己的新道具了。他感到情况在失控，并且是朝着他不能掌控的那个方向发展。强大的自卑模式开启，而击溃他最后的防线的，恰恰是柯米对所有事情的游刃有余和淡定。原本只想“收藏”一只镶金花瓶可以四处炫耀的他，最终却对自己的收藏品的价值产生了深深的恐惧，在他眼里，这是不被允许的。

一个阴天的上午，该发生的事情终于发生了。柯米去打工前，顺手整理车库里积攒的玻璃酒瓶，准备在上班的路上拿到分类垃圾站丢掉。在拎起其中一个酒瓶时，她看到瓶底赫然粘着一个用过的避孕套，而她和“程咬金”结婚后，他们就再没有用避孕套来避孕，而是改吃避孕药。她忽然想起丈夫缺席的蜜月的第二天，“程咬金”接起电话时那慵懒的声音，以及他越来越扑朔迷离的行程表。

这一切都给她之前所有成体系的推论和假设匹配上了一个完美

的原因——她老公有了别的女人。此时此刻，真相的诱惑力大过了一切，柯米不动声色地把那个恶心的避孕套扔了，因为这个“物证”并不能真的证明什么。柯米从来没有查老公手机和聊天记录的习惯，倒不是多信任对方，而是觉得这种行为很危险。所以，“程咬金”对柯米并没有严防死守。柯米现在回想起来，确实，从蜜月前不知道多久开始，“程咬金”就电话不离身了，而且永远设置成静音模式。

当天晚上，柯米回到家后，如往常般准备晚饭，等待外出的“程咬金”回来吃饭，然后睡觉。“程咬金”睡着后，柯米偷偷拿起他的手机，解锁时发现需要输入解锁图案，只好放下手机，另谋他招。

第二天，她在网上搜索了很久，终于找到一招，准备试试。晚上吃饭的时候，柯米“不小心”在“程咬金”的手机上洒了一点饮料，她马上拿了一块干净的布来帮他擦干，当然是特别仔细而反复地擦拭手机屏幕，然后还给他，说：“你看看，没事吧？”“程咬金”放下柯米精心烹制的蜜汁鸡翅，用纸巾随便擦了一下手，便解锁了手机，看了一眼，又锁屏放下了，说：“没事。”柯米拿起手机，尖叫着说：“桌子上还有水，别放这里！”转移手机时，柯米侧对着光，顺势瞟了一眼“程咬金”依然带着油的手指在镜面般的手机屏幕上留下的痕迹，不动声色地把手机放在了干净的地方。

接下来，她就开始静候一个能跟“程咬金”的手机独处的机会了。没过多久，他们被邀请跟朋友一起去开卡丁车。柯米不会开卡丁车，对这类活动也没兴趣，是作为家属和啦啦队成员出席的。由于卡丁车里的空间狭小，“程咬金”的身材又很健硕，手机卡在裤兜里很不舒服，他就把手机丢给柯米代为保管。这种天赐良机，柯米怎么会放过，她借口去洗手间，带着手机去了厕所，开始取证。“程咬金”设置的解锁图案并不太复杂，柯米试了三次，就解开了。她用女人最可怕的第六感，在短信列表中点开了一个名字，里面的一条信息赫然写道：“我也爱你，晚安。”

虽然已经有心理准备了，但是看到确凿的证据，还是让人吃不消。柯米抑制住狂乱的心跳，快速用自己的手机拍摄短信的内容，然后锁了手机，出了洗手间。这时，“程咬金”那轮已经赛完，柯米迎上去，把手机还给他，带着满脸的笑。

之后，柯米开始关注“程咬金”的Facebook、Flickr（雅虎网络相册）等社交网络的所有好友的动态。没过多久，她就查到一些蛛丝马迹。比如，他说去参加了朋友的聚会，但那些朋友完全没有发布有关聚会的任何动态和照片。很快，一个女人的账号引起了她的注意，她跟“程咬金”有不少共同的朋友，但是两个人从没互动过。然而，一张时间显示为蜜月那天拍的照片，彻底证实了她就是“那个女人”。那个女人发了一张车内的自拍照，虽然截图截得周围的环境景物所剩无几，柯米还是一眼就断定，那是“程咬金”的车，然而，地点标注的是离马赛不远的一处度假胜地。

柯米陷入了困惑，把这一切证据保存下来后，她沉默了，彻底地。这不是一种态度，而是完全不知所措。是啊，短短半年，自己的婚姻就走到这一步，这是柯米做梦都没想到的，她不知该如何应对。假装一无所知，继续生活，委曲求全？她对他是有感情的，只是过于现实的她并不想让感情在生命中，特别是在婚姻生活中占去过多的比重。怎么可能真的不在乎？说她在乎这段感情吧，她更多地思考的却是，如果真的离婚了，自己接下来的路要怎么走，就这么莫名其妙地成了失婚妇人？虽说她从未想过全盘信任婚姻，打算安定下来后马上换一份更有前途的工作，可婚姻的忽然崩塌，还是让她彻底惊慌失措了。

要摊牌吗？还是继续装傻？没错，从头至尾都是由“形象大使”在进行的婚恋，即便到了最后，画面也不会太难看。柯米的面具并没有摘掉，撕破脸是不可能的。柯米根本不在乎这是个什么样的女人，她的相貌、年龄、家世背景统统和这场婚姻是否终结无关。她只是个符号，她出现在柯米的婚姻这座山上，目的只是告诉柯米，也许是时候该下山回家洗洗睡了。

柯米经过一周煎熬的自我博弈，终于病倒了，病来得很莫名其妙，忽然发高烧。柯米打电话去咖啡馆请了假，然后竟然有点开心，烧得迷迷糊糊地躺在床上，正好不用思考这些令人恐惧的事情。

“程咬金”得知柯米生病后，只是带了点退烧药回来给她，并没有太多的嘘寒问暖。此时，柯米虽算不上绝望，但也已经彻底心寒了。晚上，柯米的烧不但没退，反而更严重了。“程咬金”不在家，柯米打电话给他，让他带自己去看急诊，被他礼貌地回绝后，忽然有一股力量蹿了出来，她神志不清地对着电话大叫起来：“你妻子病成这样，出于责任和道义，你现在应该在我身边，而不是她！”是的，高烧导致的恍惚和脆弱彻底击溃了柯米努力保持的沉默，再有城府和心机的人，在这种状态下也没办法再掩饰自己的情绪。

半小时后，“程咬金”的父母出现在柯米身边，柯米看到他父母的那一刻，泪流不止。二老照顾了柯米一夜，“程咬金”还是没有出现。

柯米病好后，没有任何信心主动去提起这件事，因为一旦撕破脸，自己根本没办法承担那个后果。难道强势地说要离开？可是，自己无处可去啊！屈辱吗？是。面对这种非常规的寄人篱下，她还是留下了，没骨气、没自尊、没皮没脸地留下了。但是，在现实面前，骨气、尊严都是奢侈品，看看就算了，千万别指望能拥有。特别是柯米这种挣扎在贫困线上的弱势群体，别说奢侈品了，就连日用品都得到得战战兢兢，根本毫无资本去抵抗这种碾轧。她没有一个能让她站着活的强大后盾，跪着也是情理之中的。但是，她也没办法主动原谅对方，就算暂时放下尊严，也不是要送到对方脚下让其践踏的。于是，只能缄默。“程咬金”更是不可能去问柯米到底知道了些什么。

再一次地，没有人提起这件事了。

“程咬金”家的花园里种了半院子的薰衣草，到了初夏就开始开花，目之所及，一片紫色花海。柯米刚刚住进去的时候，简直爱死了这些不花不草的玩意儿，多少姑娘魂牵梦萦想来看一眼的东西，竟然满院子都是。柯米不能免俗地摆各种姿势拍照，到处发朋友圈，自然得来一圈的赞美和羡慕。没多久，柯米就发现自己错了。薰衣草生长之处，到处是蜜蜂。由于小时候被蜜蜂蜇过，她很害怕蜜蜂。可是，这蜜蜂满院子都是，根本避无可避，这让她整个夏天都过得胆战心惊。柯米事后经常拿这薰衣草来讽刺自己的婚姻：看到美好的都是别人，感受纠结的只有自己。或者说，这段婚姻给自己带来的唯一东西，就是别人的一句甚至不是发自内心的“羡慕”。

于一跟蔓荷得知这件事后，表现出的态度比柯米崩溃多了。蔓荷那种为爱情存在的女人，和于一那种为自己存在的女人，都无法理解柯米的顾虑和选择。可是，作为朋友，她们除了支持柯米，有空就去陪伴柯米，去她打工的咖啡馆坐一坐外，其他的事情也无能为力了。

是的，说“何不食肉糜”的人是会让人耻笑的，你站在你的立场去解读别人的选择，吃饱喝足后，摇着头去点评乞丐的吃相难看，这是无耻的。以于一和蔓荷的家境，她们是可以去追求一些看似纯粹的东西的，不是她们更高尚，只是她们运气更好。柯米不幸自己的不幸，不争自己的不争，并没有伤害和妨碍任何人，不应该被任何人采用任何方式来鄙视，甚至惋惜。

柯米就是柯米，毕竟是寄人篱下界的一员猛将，从小的磨砺不是白受的，很快她就能得心应手地面对这种情感上的尴尬了。她不仅能自如地面对“程咬金”新近开始的夜不归宿和携新欢出国旅游之类的问题，甚至在“程咬金”在家的不多的时间里，她还能下厨做几道好菜，和“程咬金”谈笑风生，好像“程咬金”只是在家暂住的一个友人而已。这并不是说一个婚姻失败的女人拥有广阔的胸襟，此时此刻还能如此“自如”地周旋和逢迎着，没有丝毫的厌恶和妒火，只能说明一个她一直忽略或者说回避的问题：她根本没爱过“程咬金”。

一旦有了这个结论，所有的事情就都豁然开朗了。他们根本就是各怀鬼胎，也许有过激情，也许有过好感，但是没爱过，只是因为各种原因，现实的也好，心里的也好，莫名其妙地主动“被结婚”了，最终乱枪打鸟地“死”在了一起。

但是，在世俗的价值观里，过错方就是过错方，无论始作俑者是谁，先忍不住背叛的那个就是人渣。柯米凭借自己无过错方的身份，悲情地扮演起一个为爱隐忍的角色，接受着周遭的同情和宽慰；“程咬金”则背负着负心汉的头衔，面对着指责和批评，不敢轻举妄动地“善待”着柯米。

柯米对这个角色的把握和诠释是如此驾轻就熟，这归功于自己曾经无数次利用扩大自己身世和境遇的悲剧色彩，换取同情来满足自己的目标、欲望和虚荣心。包括小时候表妹的日本发卡，同学的新铅笔盒，长大后别人刻意让给她的机会，宽容的环境，甚至做错事的豁免权。她不止一次地，甚至习惯性地把这些其实她早已麻木的“命途多舛”重新粉饰后，拿出来“沿街哭诉”，让走过路过的人们对她多了一点宽容，看她的眼神多了一丝关爱，包括“程咬金”和他的家人，以及于一和董蔓荷。

柯米利用自己是个“受害者”，但是并不屈服于命运、依然笑着生活的正面形象蛊惑着人心，让自己的路看似顺遂了许多。也许她骨子里就是个没有灵魂的人吧。魔鬼就是魔鬼，哪怕曾几何时自欺欺人地以为自己已经变身成了天使，回到地狱的自在和游刃有余让她发现，她从来都没有变成过天使。然而，她并不知道，一时兴起的施舍和被这个人的本质吸引愿意为其付出之间的天壤之别。作为一个乞讨的人，在乎的只是得到这种短视的利益，这就是他们的命运总是可悲的根本原因吧。

接下来的日子里，她依然游刃有余地扮演着“受害者”的角色，隐忍而悲痛地接受着所有人同情的注视。所有人都觉得柯米在强颜欢笑，只有她自己知道，这没什么。对于“程咬金”在外面的女人，柯米甚至不称之为“小三”。因为在柯米看来，“小三”是具有一定破坏力的人物，要么是破坏感情，要么是破坏家庭，而这个女人什么都没有破坏，不管是爱情还是婚姻。“程咬金”出轨的曝光，反而让她松了口气。从“程咬金”把她留下时起，其实战争就已然开始了，她用最无耻的手段赢了最不该赢的一局。之后的渐行渐远都是咎由自取，他们之间还有什么是可以让别人来破坏的?

当然，这么阴暗而邪恶的心理活动，柯米是不会告诉任何人的，甚至连她自己都不愿意想起。

薛歌的回马枪

薛歌那天来找于一，上来就说：“我明年毕业，打算毕业后留下来，准备做生意，想考察一下市场。有什么好的建议吗？”

这简单的一句话让于一彻底蒙了！于一心想，这是一夜暴富吗？还是家里一夜暴富？信息量大到于一的脑子根本没办法在短时间内处理所有的内容。

由于疑问太多，她只是问了几个关键词：“你有项目？有路子？有关系？还是有货源？”

薛歌说：“我有能力呀！”

听完，于一算是平静了，原来并没发生什么出人意料的巨变。与此同时，她也嗅到了一丝极品的气息。虽说薛歌极品不是一天两天了，但是以往于一觉得，她可能只是在感情上比较极品而已，没想到极品得这么全面，闪烁着虚幻光芒的爆棚的自信心竟然从两性关系上延展到了工作能力上。于一本以为毕竟过去了几年，经历会让薛歌成熟一点，没想到她还是这么不靠谱。

一个根本没有任何做生意的经验、家人也完全没有这方面经验和人脉的穷孩子，在异国他乡，特别是经济这么不景气的欧洲，竟然还觉得自己可以成功地赚到欧元，只是因为自己有或真或假的“能力”，于一甚至不知道该如何规劝她要脚踏实地一点了。

看着薛歌的那种坚定，于一语塞了，只能说：“我一个学哲学的，你问我做生意的事情，是不是找错人了？”

“哦，并不是只问你，我在到处纳谏呢！”

于一被这句话抛进了无尽的尴尬，原来她高估了自己的地位，人家无非就是客套一下而已。

但是，于一也不是什么善男信女、与人为善的人，张嘴就打蛇打七寸，问了一个最关键的问题：“你有本钱吗？”

薛歌可能也没想到于一会问得这么直接，愣了一下。“没有，但是我在找人投资。我是不会回去的，政策决定经济，决定教育，决定国民素质。”薛歌坚定地表态，“中国反正是糟透了，我眼睛看到的，只有污秽，更别说那些我看不到的。所以，我一定要留下，成为法国人。”

薛歌的话让于一觉得自己很无力。但是，薛歌的确也算是有进步的，就是从狂热地爱着巴黎，发展到狂热地爱着法国；从痛恨中国男人，发展到痛恨整个中国。“你不觉得你的这个观点太偏激了吗？”于一并不太想激怒她。

“Non,Non（法语：不，不），我已经和原来不一样了。这几年，我学会了思考，我看得很透彻。”薛歌接着侃侃而谈。

思考就像习武，你用错误的方式去练习，越深入，就会越走火入魔，因为你思考的逻辑和切入点是错的，越思考，就会越偏激，最终导致疯狂。薛歌思考了这些年的结论就是：造成老娘一切不幸的根源就是国家体制问题，就是因为生在中国，我才不幸福，我才很痛苦。只要我留在法国，一切问题就都解决了，我一定会开花结果，从此过上幸福的生活。

一个没有感受幸福的能力的人，就算出生在皇室，也会痛苦一世，终日自怨自艾；一个有创造幸福的能力的人，哪怕经历战乱，也能绝处逢“乐”，努力善待自己。

于一已经不想再和薛歌讨论下去了，薛歌杀这个回马枪，也许仅仅是为了向很会思考的于一展示如今的自己也很会思考。于一大可以说句“好啊，我看好你哦”，然后该干什么干什么。但是，强烈得吃饱了撑的喜欢关爱同胞的责任感让于一忍不住说：“其实没你想的那么简单，不然你再想想？”

薛歌说：“你根本就不了解我。”

于一乐了：“我当然不了解你，从严格意义上来说，我们连朋友都不是。”

薛歌的到访让于一一头雾水了整整一下午，直到董蔓荷回来，她才搞清楚状况。薛歌已经黑在法国好久了，据说是因为没钱承担私立学校的学费，公立学校也不要她，拿不到学时证明，所以干脆黑了下来。有心情就去餐馆打打散工，可能是能力太差，赚的钱还不够赔打破的盘子。于是，她开始四处借钱度日，巴黎那边的朋友被她借了一圈，走投无路，来了马赛。

薛歌的自卑已经深深地刻在了她的骨头里，忽然到了法国，竟然开始有人追了，产生了典型的暴发户心态：穷怕了，忽然有了钱，各种卖弄和显摆，俨然把自己归为受欢迎的行列。但是，她毕竟是半路出家，自然得不到真美女的姿态和心态，说话办事，一颦一笑，都拼了老命地在寻求认同感，刷存在感，生怕一觉睡醒，被打回原形。找一切机会向别人暗示自己的优越，被搭个讪，嘚瑟好几天，恨不得微博、QQ、朋友圈同时直播；有点风吹草动，就归结为太美遭嫉妒，树大招风；甚至利用频繁地更换男友的方式，累积追求者的数量；还通过“集邮”、搞暧昧等手段找自信。看似情场得意，实则自卑至极，患得患失。

于一既不同情她，也不鄙视她，只是偶尔怀着慈悲之心温和地瞥她两眼。薛歌是一个很虚弱的人，虚弱到于一根本不想打击她。为什么说她虚弱？薛歌看起来叛逆而乖张，很有所谓的“艺术范儿”，做什么，怎么做，都不在乎别人的看法，很有自己的个性似的，追求特立独行。实际上呢？这一切特立独行都是为了特别而特别，这一切反叛也都是为了叛逆而叛逆。因为她实在太缺少被人注视的所谓“卖点”，所以必须人为地制造几个出来。

于一正是薛歌极力想演绎的那种人，而这种人都在掩饰自己的棱角和特质，来避免受到社会的压力，甚至不得不打磨自己来适应。人性本就是排异的，天生的异类都在努力伪装成正常人，怕被当作异己排除。饱受异类之苦的人，都尽力让自己看起来从善如流，怎么会到处去告诉别人自己是异类呢？

薛歌这种学艺术的伪文艺青年，自以为在文艺，其实行为上就是在消费文艺，内里只是为了反世俗，而她反世俗的目的只是刷存在感。只能说，她是个可怜人，一个被社会价值观打压得只能靠想象和演绎来寻求自我价值的可怜人。

薛歌走后，于一她们再也没听到过她的消息，之前还活跃在社交网络上的她，像是人间蒸发般地消失了。有人说她被遣返了，也有人说她继续黑了下去，还有人说她找了个法籍阿拉伯人结婚留了下来。至于真相，没人知道，也没人在乎，包括于一。

生活就是生活

柯米和“程咬金”这种别扭的日子过了三个月后，他们的关系竟然开始缓解了。“程咬金”开始按时回家，时不时地给柯米报备行踪，甚至对柯米嘘寒问暖。这让柯米直觉上感到“程咬金”似乎跟对方分手了。没错，不晓得什么原因，“程咬金”和那个女人的恋情告一段落了。柯米感到松了一口气，她觉得自己这段时间的隐忍应该能让婚姻勉强维持下去，直到她得到自己需要的一切。

但柯米并没有完全地放松警惕，她开始谋划自己的前路。她本就不是一个觉得男人是可以依靠的人，只是在这种“不得不”的状态下，别无他法而已。她开始积极地投简历，找工作。由于有了稳定的在法身份，是“家属”而不是漂泊的学生了，找工作比原来容易很多。很快，成绩和毕业学校都还不错的柯米就收到了几家公司的面试通知。

找工作的事情并不像想象的那么简单，法国近些年的就业形势一直不好，国家鼓励和提倡优先录取本国公民。法国对待“外人”的态度向来诡异。法国是非移民国家，却又民族混杂；法国人追求平等，却又傲慢不已；他们努力装出对异族的大度，却又在细节上斤斤计较。总之，非常分裂。二战后的殖民地移民、当年从北非引进的大量劳工、战争避难者、政治避难者，让这个原本就不纯粹的民族更是乱上加乱。于是，倾向性和排斥很严重。确实，留学生只是“过客”，从国家角度来说，其实只是一种拉动内需的手段，并非真的是引进的人才。而真正的人才，国家自然会给你留下的机会。所谓真正的人才，更多的是指高精尖科技工程类专业的毕业生，而非柯米这种“水货”。所以，面试的机会虽然有，但结果大多石沉大海，杳无音信，这让柯米很是丧气。

然而，这还不是最惨的。最惨的是，好了没几天的“程咬金”又开始“犯病”了。原本以为一切都顺利起来、生活又充满了希望的柯米，瞬间被眼前的回跌暴击得眼冒金星。

这次柯米连查证都没查证，单单根据“程咬金”对自己的态度、回家的时间和主动过性生活的频率就可以马上确认，这货不是跟之前那位和好了，就是另有新欢了。

柯米是无语的，是真的无语，就是不知道用什么语言和态度来表达的那种无语。那是一种不悲不喜、不卑不亢的，甚至没有任何滋味的态度。连柯米自己都很纳闷，至少得有点愤怒啊，即使没有愤怒，也得来点不平啊，或者嫉妒啊。这是个什么情况？没有一字半句可说，是个什么心理状态？这可能才是柯米对待“程咬金”真正的内在情绪吧，所有演绎的假象退去后的一种漠然。

“程咬金”此次似乎不像上次那么“善良”了。四个月后，终于，非常“合理”地，“程咬金”提出了离婚。

这段时间，柯米曾经无数次思考，如果“程咬金”提出离婚，自己应该怎么面对。但是，她脑子一片混乱，根本不知道该怎么办。虽说迷茫，但她明确了自己的底线，就是不能让父母和国内的亲戚知道这边发生的一切。这对她母亲和她自己来说，都是毁灭性的打击。柯米就是典型的明明生活在国外、心却活在国内的人，她似乎是在活给国内每个看得到她的人看的。得到一句“真羡慕”，是她苟延残喘下去的最大动力。

“程咬金”反复地说：“不行，这婚必须离！”

连之前发现“程咬金”有外遇的事情，都没有让柯米如此绝望。柯米很要面子，她不想低声下气地去哀求。可是，经过激烈的思想斗争，她认真地跟“程咬金”谈了一次。好吧，说白了，是祈求，求他现在不要离婚。“程咬金”表现出的态度是从头到尾的“事不关己”，这让柯米有种冲过去掐死他的冲动。人生而自私，每个人都是自私的。在面对自己的权益和对方的权益进行抉择时，一个人的善良与否才能真正体现出来。善良与否不是你有没有恶念，而是在关键时刻，你能否牺牲自己，去成全他人。

柯米曾经觉得，自己嫁给“程咬金”没嫁错，她以为她很了解“程咬金”。在她看来，“程咬金”有颗金子般善良的心，他强调自己的心善，也会去做一些慈善，比如资助非洲的一些儿童，经常利用自己公司做医疗器械的行业便利，给一些慈善性质的社会组织提供帮助和捐助。甚至，他们去滑雪的时候，柯米亲眼看到“程咬金”去帮助那些车轮陷在雪坑里的路人推车。包括自己，也是“程咬金”见义勇为时认识的。这都说明，“程咬金”是个善人。一个善良的人，应该是值得托付终身的吧。

可是，柯米判断错了，错得很天真、很离谱。一个人喜欢做善事和他本身善不善良、和他对老婆孩子好不好都没什么关系。善良的人也可以自私，也可以无理取闹，也可以歇斯底里，也可以用道德去绑架他人达到自己的目的，这些都跟善良不冲突。而善良不是解决问题的根本，不是相处之道的奥义，只是一个看似温和的人品形容词而已。

世界上有一个词叫“伪善”，也许，一个人表现出善，只是为了平衡心底里的恶，或者仅仅是一副人皮面具。“程咬金”的善良是面具，还是偶尔良心发现的心灵补偿，又或者是一种纯粹的人格分裂，没人知道，除了他自己。

百分之八十的人都会认为自己是善良的。这也是“自我评价语录”里最没意义的一句废话，跟说自己长相中等偏上一样，纯属意淫。那些口口声声说自己邪恶的人，并非真的觉得自己邪恶，这么说的目的无非是：第一，主动摘掉高帽子，免得被人架上道德高台下不来；第二，自己说出来，自黑在前，即使真的有哪些地方触及了他人底线，也有个缓冲；第三，想获得别人的肯定，只能自我否定在先，再通过别人的嘴，获取实质意义上的口头肯定。退一万步说，他们即使真的邪恶，也会为自己的邪恶找出一万个合理的借口，在这一点上，大家一点也不用担心。

出于无奈，柯米只能求助于公公婆婆。当公婆听完整件事的经过后，三个人陷入了一种很有默契的安静的尴尬。公公婆婆回去商讨了一夜，第二天，郑重地承诺柯米，他们会全力帮助柯米迫使“程咬金”屈服。这个决定倒是真的让柯米震惊，她没有想到，为了自己的利益，公公婆婆竟然肯承担跟儿子感情破裂的风险。

经过几个月漫长而反复的谈判、调解，最终，柯米接受了离婚。作为交换，“程咬金”答应帮柯米拿到法国国籍后，再进入离婚程序。在法国，只有有效的伴侣关系才能被视为取得合法身份的必要前提。名存实亡的伴侣关系是无法让柯米拿到下一年的合法居留身份的，即便名义上，柯米还是“程咬金”的妻子。这导致柯米不能跟“程咬金”分居，就是不能体现出家庭关系破裂。于是，这对准离异夫妻只能被迫生活在同一屋檐下。非常幽默的是，即便到了如此境地，两个人也依然相敬如宾，非常有爱地和谐相处着。

让柯米感到庆幸的是，她看到了自己转身后对方的真实，这种戏码不是每个人都有机会看到的。在同一屋檐下的同居，让柯米看到了“程咬金”怎样用一样的套路对付不一样的女人。他就好像一个专业的捕手，在他眼里，女人仅仅是猎物。既然是猎物，捕猎的步骤自然是雷同的。无论多好的女人都仅仅是好的猎物而已。

柯米第一次远远地欣赏他的“表演”，发现是那么拙劣，让人不忍直视，她实在无法理解为什么他需要如此多的“道具”去装饰自己的自尊心。那装出来的幽默、侃侃而谈的神情、闪闪发亮的跑车和有意无意的炫富，都在不断强化他的虚弱。柯米开始觉得他很可笑，后来忽然觉得他很可怜。确实，如果一个男人能拿来示人的都是金钱能买来的浮华，那就意味着他真正的魅力是缺失的。

“程咬金”的病根来自他的家庭，父母早婚，这就给他们的婚姻埋下了很多不稳定的因素。他们是彼此的初恋，因为相爱，十九岁的父亲娶了二十二岁的母亲。由于过早地稳定下来，他父亲很快就厌倦了婚姻生活的一成不变。随着家里的经济状况越来越好，以及视野的扩展和口味的改变，他父亲有了情人。就像所有狗血的出轨故事一样，父亲提出离婚，母亲企图挽救婚姻。最后，他母亲用了最不可取的方式——生孩子挽救家庭。于是，“程咬金”出生了。他母亲非常单纯，或者说，愚蠢。当“程咬金”像所有孩子一样，天真地问父母自己是从哪儿来的时候，他母亲竟然如实交代。从此，阴暗的种子被埋下了：他的出生不是因为爱，而是为了挽救家庭。“程咬金”的母亲觉得对不起他，于是加倍宠溺他，让他变得非常自私。他甚至还找到了一个冠冕堂皇的自私的理由：没人爱我，只能我自己多爱我自己一点咯。这个理由简直合理到男默女泪、无懈可击。确实，当自己的出生都变成被人利用的工具时，“程咬金”实在找不到任何可以说服自己自信起来的理由。

可是，柯米对“程咬金”的鄙视戛然而止在自省的那一瞬间，自己不也活在晒幸福给自己带来的虚幻中吗？不也用在法国嫁给高富帅的烟幕弹在亲友面前扳回一局来建立自信吗？这简直就是五十步笑百步，自己和“程咬金”有什么本质区别？

确实如此，从这个角度看，他俩还是蛮般配的。区别在于，柯米对自己很残忍，她可以看破，可以面对自己最龌龊的想法，但是“程咬金”没这么有种。

可惜，好景不长，这份扭曲的和谐并没有持续很久，就因为“程咬金”的再次变卦而崩盘了。看样子，可以确定，“程咬金”就是个承诺比放屁还不值钱的人。他原本答应柯米，不再胁迫她离婚，两个人采取分居不离家的方式，直到柯米拿到法国国籍后再走离婚程序。

然而，两个月后，他就反悔了。他开始用各种手段逼迫柯米搬走，处于劣势的柯米被他这么肆意妄为的食言彻底逼崩溃了。

柯米觉得羞耻和不安，即便如此，她还要死皮赖脸地赖着不走，任人摆布，却毫无反击之力，面对“程咬金”心情不好时就爆一个坏消息给自己的狼狈局面。这就是自己的命运吗？小时候寄人篱下，嫁为人妇还要寄人篱下。柯米像是一只被猫捉住的老鼠，被对手肆意地玩弄着，总在筋疲力尽时，被对方锋利的爪子碰触一下自己的尾巴，这足以让她魂飞魄散，不知如何是好。

柯米不是一个会屈服于命运或者他人操纵的人，她忽然有了一个邪恶的念头，这个念头让她自己都为之感到羞耻。然而，经过仔细的思考，她决定实施这个计划。柯米算好日子，买了一瓶好酒，做了一顿好饭，化了妆，穿了最漂亮的睡衣，点了催情的精油，告诉“程咬金”，她准备回于一她们那里住，希望在她走之前，他能陪自己好好过三天，作为回忆。

“程咬金”觉得实在没有理由拒绝，便答应了。面对柯米的妖娆和赤裸的勾引，一切似乎都回到了从前，饭刚吃到一半，“程咬金”就迫不及待地把柯米压在餐桌上，行起夫妻之实来。接下来的三天里，他们似乎回到了热恋状态，亲密无间地相守，肆无忌惮地调笑，淋漓尽致地做爱。三天后，柯米二话没说，马上搬走了。“程咬金”对柯米的干脆冷静有点心生疑虑，但是，想到这件事终将解决，不禁轻浮地欣喜起来。

人真的很奇妙，柯米从前住在那么小的一个房间里，一直幻想着自己能够搬进一所大房子，开阔，充满阳光。搬进“程咬金”家后，她就不再喜欢大房子了，那么大的一个空间，一个人游来荡去，甚是孤独。特别是“程咬金”开始频繁地出轨后，那偌大的空间，对她来说，简直就是赤裸裸的讽刺。她开始渴望自己存在于一个温暖的、一眼就能看到全部空间的、属于自己的小公寓里。而这对柯米来说，简直就是奢求。

搬回于一和蔓荷那里的柯米，忽然开始对邻居好奇起来。由于法国老式建筑的楼板都很薄，柯米很容易地拥有了探知他人生活的权利。她们家楼上住了一个单身女人，经常在阳台上哼歌，每天晚上十一点睡觉，早晨七点起床，八点出门，周六早晨十点吸尘，家里从来没有访客。她喜欢花草，每天下午五点浇花，阳台上会哩哩啦啦地渗水下来。于是，柯米在渗水的位置摆上植物，这就意味着每天下午都有人帮她浇水。

柯米总在思考，这个女人会有什么样的故事呢？而谁又会在乎自己的故事呢？每个故事都会有看客，无论是哪种态度的看客，多多少少都会影响到当事人的“表演”。她看着微博上的朋友们争奇斗艳般地晒幸福，晒事业，晒包，晒钻戒，晒老公，晒旅行，晒恩爱，她会嫉妒，同时，更多的是不解。为什么自己的生活会过得这么艰辛？为什么别人的生活会过得这么顺遂？她觉得不公平，自己那么努力地生活，却如此艰难曲折。她无非就是想在法国有一个安定的生活，有一份平淡的婚姻。可是，偏偏天不遂人愿，一次次地大起大落，一次次地峰回路转，一次次地从头再来。她内心很疲惫，疲惫到甚至不想去思考，可是，微博上的这些“刺”时时扎着自己。

柯米并不知道，其实“晒幸福”晒的不是幸福，而是内心的虚弱。这是一种内心渴望被关注、被肯定的表现。可能是成长的环境导致性格中存在自卑的因素，也可能是虚荣心促使她们做出“晒幸福”的举动。需要被晒的，不是幸福，而是对幸福的渴望。自己的幸福需要别人的点赞才能得到实现的人生，是可悲的。柯米忘记了，她一个人在威尼斯的大街小巷游荡的时刻，还没有忘记发几条微博，而那时那刻，她并不幸福。

绝　路

一个月后，柯米的月经没来。她买了测试纸，测完后，她露出了一抹淡淡的邪恶且复杂的微笑。是的，她走了跟她婆婆一模一样的路，只不过，她不是用孩子拴住丈夫，而是用孩子帮自己留在法国而已。她希望“程咬金”能因为孩子暂且搁置离婚的事情，哪怕两个人分居，哪怕到最后这婚非离不可，她也可以靠孩子留下来。

柯米告诉了蔓荷和于一全部的真相和想法，蔓荷听完后半天没说出话，良久后才说：“你这么做之前，为什么不问问我？”蔓荷不懂柯米的心态，做了羞耻的事情之后坦白和做之前就当作伟大的计划到处去说，两者性质的差异是巨大的。前者带着悲剧的破釜沉舟的无奈，后者则是无耻的臭不要脸。毕竟，柯米再现实和阴暗，也不想让自己成为一个贱人。

蔓荷犹豫了一下，平静地告诉了柯米一个坏消息。事实上，柯米这么做并不是一招必杀技，因为在法国，外籍女性和法籍男性无论是婚生还是私生的子女，如果得不到法籍父亲的承认，即便生下来，也不会对获取合法身份有任何帮助。也就是说，“程咬金”必须同意在孩子的出生证明上签字，承认自己是孩子的父亲，这个孩子才能获得法国国籍，然后，其母亲柯米才能因为自己的子女拥有法国国籍而去申请团聚类的合法居留，从而留在法国。但是，如果生父不承认这个孩子，即便孩子出生后去做亲子鉴定，证明他们就是生物学父子，只要生父不在法律文书上签字坐实，一切也是毫无意义的。

说白了，她的孩子在“程咬金”不承认的前提下，是毫无“功能性”的。并且，一旦“程咬金”承认自己是孩子的父亲，有了义务，相应地，也就有了权利。他可以要求探视权，甚至争夺抚养权。

最可怕的是，柯米这个阴谋式的卑鄙之举，很有可能最大限度地激怒“程咬金”，让他更疯狂地排斥她，丝毫不留任何余地和情面。他甚至可以拒绝帮助柯米办理接下来的合法居留，那就意味着，即使柯米拒绝离婚，也没办法在法国继续待下去了。“程咬金”可以单方面宣布感情破裂。而申请合法居留，需要的不仅仅是法律上婚姻关系的延续，还有合法同居，相互认可对方情况下的婚姻关系。说白了，就是有感情存在的、有责任的真婚姻。

由于自己的无知和冲动，柯米愣是把自己逼上了一条无法回头的绝路，完美地给自己挖了个坑，使自己陷入了一种无比窘迫的境地。

于一此刻真的焦虑起来，开始在屋子里踱步。她想骂柯米愚蠢，想骂柯米自私。可是，她骂不出口，被“程咬金”这么节节逼迫到墙角的柯米，只是情急之中选了一个歼敌八百、自伤一千的愚蠢的反击招数而已。

放下“程咬金”跟柯米的爱恨情仇暂且不提，就算他们两个都是浑蛋好了。这些都不重要，重要的是，柯米现在该怎么办？硬着头皮生下孩子来？带着这个出生动机不明的孩子回国？或者求“程咬金”在出生证明上签字，确认其父亲的身份？还是打掉，彻底把这个麻烦终结在胚胎状态？没人能帮柯米决定。

于一走来走去，良久，终于停了下来。她问柯米：“你想要这个孩子吗？”听完后，柯米沉默了。

这竟然是柯米第一次意识到，她从没思考过这个问题。开始是阴谋得逞的窃喜，后来是计划落空的气馁，她竟然完全没思考过自己到底想不想要这个孩子，或者说，她甚至没思考过自己想不想要孩子。柯米开始迅速地回忆自己的成长，回忆跟“程咬金”的种种，竟然完全搜索不到关于孩子的丝毫讯息。结婚生子在她看来是必经之路，似乎没有想不想，只有该不该。于一的一句话提醒了她：是啊，我到底想不想要这个孩子？

柯米隐约想起自己小时候刚刚从乡下到上海的日子，带着一个农村女孩的单纯和朴实的乡里气息，被城里洋气的孩子们排斥。没有父母的呵护和陪伴的成长，曾经有那么一秒让她发誓说，将来自己有了孩子，一定不会抛弃他/她，一定会好好陪伴他/她。这大概是她迄今为止唯一一次思考孩子的问题。剩下的大部分时间，她都在竭尽全力地生活，用力到根本没有去考虑过这个问题。

是啊，其实我们大部分人都是在被生活选择着，并没有选择生活的权利。我们顺从，我们世俗，我们大众，因为我们没有反抗的资本，甚至没有时间去思考反抗的问题。生活不是连续剧，当你看不下去的时候，你不能快进，也不能关掉，更不能干脆换一部片子来看。生活就是生活，现实而残酷，用血淋淋的痛告诉你该用什么姿势来哭。

终于，柯米开始严肃地思考这个本该一开始就思考的问题——到底要不要这个孩子。柯米拿出一张纸，把利和弊分别写在两边。她写的弊越多，就越拼命努力找寻利来写，可是，除了“陪伴”，她找不到第二个理由了。她急赤白脸地憋了一个晚上，最后，一怒之下把清单撕了。

不是每个故事都有结局

柯米平静地约了“程咬金”，告诉他这个坏消息或者喜讯。她很直白，把自己跟“程咬金”这一路的心路历程坦然告知，包括到最后脑袋一热，决定利用孩子达到什么目的，以及现在的态度——她依然会离婚，不会缠着他，也不会要他一分钱。她之所以告诉他这一切，是因为：第一，这是她现在唯一能做的，因为他有知情权；第二，她对他感到很抱歉，为曾经阴暗的动机和如此卑鄙的手段。

“程咬金”听完，彻底呆若木鸡。对，他是一个自私的人，一个从来没有一秒站在别人角度去思考问题的人。“程咬金”什么也没说，带着一脑袋乱麻走了。柯米也没问，她不需要“程咬金”回答什么，因为连她自己都不知道自己需要什么样的回答。

就在柯米见过“程咬金”的第二天，蔓荷对她们说：“我要走了，回国。辞职手续已经办妥了。离开可能是我唯一能拯救自己的方式了，原谅我的懦弱。爱情这种事情，经历过一次就好，太多伤身。”蔓荷边满不在乎地说着，边转过头，悄悄擦掉没控制住而滑落的一滴眼泪。

于一看见了。

出国的人虽然已经习惯了面对来来往往、走走停停、缘聚缘散，可是，这突如其来的决定还是让于一和柯米彻底陷入了巨大的伤感。

蔓荷没有接受柯米和于一去送机的要求，她说她痛恨那种场面。离开那天，蔓荷几乎扔掉了自己所有的东西，只剩下一只行李箱，看起来像是去旅行而已。

她出门的时候，忽然转过头看了于一和柯米一眼，眼神复杂而空洞。

望着蔓荷决绝的背影，柯米忽然握着于一的手，说："于一，我想回家……"

（全文完）

图书在版编目（CIP）数据

不是每个故事都有结局 / 王豕著. —长沙：湖南文艺出版社, 2016.3
ISBN 978-7-5404-7443-0

Ⅰ. ①不… Ⅱ. ①王… Ⅲ. ①长篇小说—中国—当代 Ⅳ. ①I247.5

中国版本图书馆CIP数据核字（2016）第002512号

上架建议：文学·情感小说

BUSHI MEIGE GUSHI DOU YOU JIEJU

不是每个故事都有结局

作　　者：王　豕
出 版 人：刘清华
责任编辑：薛　健　刘诗哲
监　　制：于向勇　马占国
策划编辑：刘　伟
营销支持：刘　健
版式设计：利　锐
装帧设计：郑力珲
封面摄影：Number W
出版发行：湖南文艺出版社
（长沙市雨花区东二环一段508号　邮编：410014）
网　　址：www.hnwy.net
印　　刷：北京嘉业印刷厂
经　　销：新华书店
开　　本：700mm × 1000mm　1/32
字　　数：200千字
印　　张：8.5
版　　次：2016年3月第1版
印　　次：2020年1月第2次印刷
书　　号：ISBN 978-7-5404-7443-0
定　　价：35.00元

质量监督电话：010-59096394
团购电话：010-59320018